LOCUS

LOCUS

RECREATION

R35

窺獵（夜之屋5）

Hunted (the house of night, book 5)

作者：菲莉絲・卡司特＋克麗絲婷・卡司特（P. C. Cast & Kristin Cast）

譯者：郭寶蓮

責任編輯：廖立文 美術編輯：蔡怡欣

校對：呂佳真

法律顧問：全理法律事務所董安丹律師

出版者：大塊文化出版股份有限公司

台北市10550南京東路四段25號11樓

www.locuspublishing.com

讀者服務專線：0800-006689

TEL：(02) 87123898　FAX：(02) 87123897

郵撥帳號：18955675　戶名：大塊文化出版股份有限公司

總經銷：大和書報圖書股份有限公司　地址：新北市新莊區五工五路2號

TEL：(02) 89902588　FAX：(02) 22901658

排版：辰皓國際出版製作有限公司 製版：瑞豐實業股份有限公司

初版一刷：2011年4月

初版五刷：2015年10月

定價：新台幣 280元

Printed in Taiwan

窺獵

Hunted

THE HOUSE OF NIGHT, BOOK 5

P. C. CAST + KRISTIN CAST
菲莉絲・卡司特＋克麗絲婷・卡司特 著　郭寶蓮 譯

1

夢境始於撲翅聲。事後回想起來，我知道我早該認出那是不祥之兆，因爲仿人鴉已被釋出。然而，在夢境中，那不過是背景聲音，有點像電扇旋轉或電視轉到購物頻道的聲音。

夢中，我站在一片美麗草地的中央。黑夜裡，一輪盈月高掛草地四周的樹木頂梢。明亮的銀藍月光投射出影子，讓一切恍若浸在水底。柔軟的草經微風吹動，在我的裸足間拂掠旋舞，宛如波浪輕拍海岸。濃密黑髮在風吹拂下，從我的裸肩揚起，彷彿一層紗，襯著我的肌膚飄動。

裸足？裸肩？

我低頭，驚愕地小小尖叫一聲。我穿著一件非常短的鹿皮連衣裙，前胸後背都是巨大的V字領，領口垂肩，露出一大片肌膚。衣服美極了，潔白色澤，飾以流蘇、羽毛和貝殼，被月光映照得閃閃發亮。整件衣裳鑲綴著繁複圖案的飾珠，美到令人難以置信。

我的想像力簡直太酷了！

這衣裳喚起某個回憶，但我置之不理。我不想花腦筋——這畢竟只是夢！因此，我沒有流連在似曾相識的畫面中，而是在草地上翩然起舞，幻想著當紅男星柴克．艾弗隆和強尼．戴普忽然出現，肆無忌憚地對我調情。

我隨著微風轉圈搖擺，左右張望，似乎看見高聳巨樹之間閃過什麼影子，動作怪異。我停下腳步，瞇眼想看清楚黑暗裡的動靜。我明白自己是怎樣一個人，老做怪夢，心想自己說不定在夢裡創造出了一瓶瓶可樂，懸掛在枝椏上，像是什麼怪水果，等著我摘取。

就在這時，他出現了。

在草地邊際，樹木的陰影裡，有個身影現形。我可以看見他的身軀，因爲月光就映照在他光滑的赤裸肌膚上。

裸體？

我頓住。我的想像力失控了嗎？我可沒打算跟裸男在草地上嬉戲，就算他是神祕迷人的強尼．戴普先生。

「妳猶豫了嗎，我的愛人？」

我聽見他的聲音，全身戰慄，而樹葉沙沙低鳴，傳出可怕的嘲笑聲。

「你是誰？」我很高興自己在夢裡的聲音沒有洩漏我的恐懼。

他的笑聲跟他說話的聲音一樣低沉動聽，但也同樣令人畏懼。樹木在一旁眈視。那笑聲在枝椏間迴盪，然後變得彷彿看得見，一聲聲飄向我，圍繞著我。

「妳要假裝不認識我嗎？」

他的聲音拂過我的肌膚，我手臂上寒毛直豎。

「沒錯，我認得你，你是我創造出來的。這是我的夢，你是柴克和強尼的綜合體。」我凝視著他，遲疑了。我像是滿不在乎，其實心臟跳得快要迸出，因爲這傢伙顯然不是這兩個男星的綜合體。「嗯，要不，你就是超人或白馬王子。」我不願面對眞相，只管胡扯瞎掰。

「我不是妳的幻想產物。妳認識我，妳的靈魂知道我。」

我沒移動腳，身體卻緩緩移向他，彷彿被他的聲音拉過去。我接近他，仰頭再仰頭……是卡羅納。打從他開口說第一句話，我就知道是他，只不過我不願承認。我怎麼可能夢見他？

噩夢——這一定是噩夢，而不單純是夢。

他全身赤裸，但並非全然的有形有體。隨著微風輕拂，他的身形波動搖曳。在他身後，就在樹木的深綠陰影中，我看見他那群仿人鴉兒子的幽靈身影。他們以人類的手腳攀附在樹枝上，畸形鳥臉上的人類眼睛盯視著我。

「妳仍堅稱不認識我？」

他眼睛黑黝，猶如無星的夜空。全身上下就只有那雙眼睛最具體，還有那清澈如水的聲音。**就算這是噩夢，也仍是我的夢，我可以醒來！我要醒來！我要醒來！**

但我醒不來，無法醒來。我無法控制，掌控噩夢的是卡羅納。他製造了這個夢和這片幽暗可怕的草地，他把我帶來這裡，關上我身後的門，阻絕了真實世界。

「你想幹麼？」我快速說道，不讓他聽見我的聲音在顫抖。

「妳知道我想幹麼，我的愛。我想要妳啊！」

「我不是你的愛人。」

「妳當然是。」這次，是他移動，靠近我。我感覺得到他那靈幻軀體散發出寒意。**「妳是我的埃雅。」**

埃雅，幾世紀前切羅基族女智者創造出來囚禁卡羅納的女孩。驚恐竄遍我的全身。「我不是埃雅！」

「妳能統御元素。」他的聲音像愛撫，可怕又美妙，令人迷醉又驚駭。

「那是我的女神賜給我的禮物。」我說。

「在妳能統御元素之前，妳就是由元素構成的。妳的存在是為了愛我。」他的巨大黑翅振動揚起，輕輕往前撲打，將我摟入他魅影般冰冷如霜的懷抱中。

「不！你一定把我和某人搞錯了。我不是埃雅。」

「妳錯了，我的愛，我在妳身上確實感受到埃雅的存在。」

他柔軟的翅膀緊緊抱住我。他的身軀似眞如幻，但我可以感覺到他。他的身形是一團冰霧，嚴冬似的寒氣逼入夢中我的溫暖身軀，凍傷我的肌膚，卻同時將電流導入我的身體，燃起我的欲望。這欲望，我不想感受，但無力抵抗。

他的笑聲好誘人，我想沉溺在其中。我閉眼傾身，大口喘氣，感受他靈體的寒氣摩挲我的胸部，帶給我一種既痛苦又美妙的愉悅感受，讓我無法自已。

「妳喜歡這樣的痛苦，這痛苦帶給妳快樂。」他的翅膀收得更緊，身體變得愈來愈硬挺、冰冷，表現出更火熱的痛苦。「臣服於我。」他原本就悅耳的聲音，因著激情撩動而更加誘人。**「我在妳懷裡待了幾世紀。這次，我們的結合將由我掌控，而妳將陶醉在我帶給妳的歡愉中。拋開遙遠女神給妳的枷鎖，來我身邊，當我的愛人，肉體和心靈上真正的愛人，我會給妳全世界！」**

我突然聽懂他話中的意思，痛苦與愉悅的煙霾因此穿破，猶如露水在陽光照射下消渙。我拾回自己的意志，踉蹌退出他翅膀的擁抱。一縷一縷冰冷的黑煙如捲鬚向我的身體攀附……碰觸……愛撫……

像一隻不悅的貓亟欲甩掉身上的雨水，我猛力晃動自己，黑色煙縷從我身上滑脫。

「不！我不是你的愛人。我不是埃雅。我也絕不會背離妮克絲！」

我一說出妮克絲的名字，噩夢瞬間瓦解。

我在床上坐起身子，顫抖，喘氣。史蒂薇·蕾在一旁睡得好沉，但我的貓咪娜拉清醒得很。她低聲嗚嗚叫，拱著背，整個身體鼓成一團，瞇眼直盯著我的頭頂上方。

「啊，可惡！」我驚呼，跳下床，轉身仰頭查看，以為會見到卡羅納像巨大蝙蝠盤據在我們上方。

什麼都沒有。上面沒有任何東西。

我抱起娜拉，坐回床上，顫抖的手不停撫拍她。「只是噩夢……只是做了噩夢……只是噩夢。」我這麼告訴她，但我知道這是撒謊。

那真的是卡羅納，而且不知怎麼地，他有辦法透過夢境來找我。

2

好，卡羅納可以進入妳的夢，但妳現在醒了，所以，要鎮定！我堅定地告訴自己，同時撫摸著娜拉，讓她那熟悉的呼嚕聲安撫我。熟睡的史蒂薇·蕾翻動身子，喃喃說著我沒能聽清楚的話，然後，她微笑、嘆氣。我低頭看著她，眞高興她夢中的運氣比我好。

我輕輕將被她捲到身體下面的毯子拉出來，瞥見她傷口的繃帶沒滲出血，鬆了一口氣。

她又動了一下。這次，她眼皮顫動，睜開，有那麼半晌滿臉迷惘，然後睡眼惺忪地對我微笑。「妳覺得怎麼樣？」我問她。

「我沒事。」她迷迷糊糊地說：「不要那麼擔心。」

「我最要好的朋友老是要死去，很難不擔心。」我也對她微笑。

「我這次只是差一點死去，可沒死。」

「我的直覺要我告訴妳，這差一點很要命。」

「告訴妳的直覺，靜下來，睡覺去。」史蒂薇·蕾說著閉上眼睛，抓起毯子重新蓋在身上。「我沒事。」她再次要我安心。「我們都會沒事的。」然後，她呼吸聲漸沉。我發誓，我還來不及眨眼，她就已經又睡著了。我壓抑住想大聲嘆氣的衝動，躺回床上。娜拉蜷縮在我和史蒂薇・蕾之間，不悅地對我**喵—呦—嗚**了一聲。我知道她是要我放輕鬆，好好睡個覺。

睡覺？然後再次做夢？噢，不，打死都不。

我一邊注視著史蒂薇・蕾呼吸，一邊心不在焉地撫拍著娜拉。實在太怪了，在我們自己創造的這個寧靜小泡泡裡，一切彷彿很正常。看著熟睡中的史蒂薇・蕾，我幾乎無法相信，才幾個小時前，她的胸膛被利箭射穿，而我們被迫倉皇逃離夜之屋，世界陷入混亂。我不允許自己入睡，疲憊的思緒飄回先前的時刻，重新播放這一晚的所有事件。仔細回想，我再次驚歎我們這幾個人竟得以倖存……

我記得，在那種情況下，史蒂薇・蕾居然還叫我去拿紙筆，說正好可以利用時間開列清單，寫下我們在坑道裡會需要的東西，因爲如果得在這裡躲一陣子，得備齊補給品。

她坐在我面前，胸口插著箭，語氣非常平靜。我記得我看著她，直覺得反胃，所以撇開視線，對她說：「史蒂薇・蕾，我不覺得這種時候合適開列清單。」

「啊，好痛！該死，這比腳被羊頭薊刺到更痛。」史蒂薇・蕾吸一口氣，痛得畏縮，不過仍勉強轉頭對達瑞司微笑。他剛剛撕開她背後的衣服，露出從她後背中央穿出的箭。「對不起，我不是說你弄痛了我。你說，你叫什麼來著？」

「我叫達瑞司，女祭司。」

「他是冥界之子戰士。」愛芙羅黛蒂補充，對他露出一個甜美到令人訝異的微笑。我說那笑容「甜美到令人訝異」，是因爲愛芙羅黛蒂平常可不是甜美的女孩，但事情愈來愈明顯了，她對達瑞司**真的**來電，因此流露出罕見的嬌柔甜美。

「拜託，他看來就是戰士的模樣，長得像一座大山。」蕭妮邊說，邊向達瑞司拋媚眼。

「非常性感的大山。」依琳呼應，還努嘴對他發出親吻的聲音。

「名山有主了，孿生怪胎，自個兒滾邊去玩吧。」愛芙羅黛蒂厲聲喝止她們。不過在我看來，她根本罵得有口無心。這會兒再想一想，事實上她的語氣聽起來還挺和善的。

「喔，是啊，眞感謝妳提醒，我們的男友不在這裡。」蕭妮說。

「因爲他們很可能被那些半人半鳥的怪物給吃掉了。」依琳說。

「嘿，打起精神，柔依的阿嬤又沒說仿人鴉眞的會**吃**人。她只說他們會用巨大的鳥嘴把人叼起來，甩去撞牆或什麼的，直到那個人全身每根骨頭斷裂。」愛芙羅黛蒂面帶笑容，輕快地對孿生的說。

「唉，愛芙羅黛蒂，我不認爲妳這麼說有好處欸。」我說，雖然她講得沒錯。事實上，她和孿生的可能都沒說錯。但我不願繼續想那畫面，所以將注意力轉回我受傷的好友身上。她看來好糟，蒼白、冒汗、渾身是血。「史蒂薇．蕾，妳不覺得我們應該送妳到——」

「找到了！找到了！」這時，傑克衝進史蒂薇．蕾當作房間的這個分岔坑道，後面緊跟著女公爵，那隻幾乎不讓傑克離開她視線的黃色拉布拉多犬。他滿臉通紅，手上揮舞著一個白色手提箱，上面有個大大的紅十字符號。「就在妳說的地方，史蒂薇．蕾，在那個像廚房的坑道裡。」

「等我喘過氣來，我再告訴你們我有多驚喜。眞沒想到還有冰箱和微波爐，而且功能良好。」戴米恩說。他跟在傑克後面進來，氣喘吁吁，還誇張地緊貼著傑克。「妳得告訴我，你們到底怎麼把那些東西弄來的，連電力都有。」戴米恩忽然頓住。他瞥見史蒂薇．蕾身上那件被撕開的衣服沾滿血，一支箭從她後背穿出，原本粉紅的臉頰瞬間轉爲慘白。「等妳治好，不再en brochette之後，再請妳告訴我。」

「en什麼？」黛妮問。

「什麼-chette？」依琳說。

「笨蛋，這是法文，用鐵籤穿刺，串起來燒烤的意思。即便世界陷入瘋狂，惡魔放出『戰爭之鳥』——」他故意把莎士比亞的「戰爭之犬」講錯，並對孿生的挑眉，期待她們察覺，但她們顯然一無所覺——「辭彙也不該這麼貧乏。」然後他轉向達瑞司。「對了，我在一個不怎麼衛生的工具箱裡找到這些。」說著拿起幾把像是大剪刀的東西。

「將那把鐵絲剪和急救箱拿過來。」達瑞司鄭重其事地說道。

「你要鐵絲剪做什麼？」傑克問。

「用它剪掉箭羽，然後將剩下的部分從女祭司的身體拔出，這樣一來她才會痊癒。」達瑞司簡單明白地說。

傑克倒抽一口氣，癱靠在戴米恩身上，戴米恩趕緊伸手摟著他。而女公爵哀號一聲，靠在他腿上。史蒂薇．蕾胸膛這一箭，就是女公爵原本的主人詹姆士．史塔克變成活死人之後射出的。

「戴米恩，或許你和傑克可以，呃，回你們剛剛發現的廚房，看能不能弄點什麼給大家吃。」其實我是想找點事情給他們做，而不要待在這裡盯著史蒂薇．蕾看。「我想，若能吃點東西，大家都會舒服些。」

「我吃了可能會吐。」史蒂薇．蕾說：「除非那是血。」她說完後本想聳聳肩表示道歉，但動作做到一半就痛得倒抽一口氣而乍停，原本已經夠蒼白的臉變得更加慘白。

「是啊，我也不餓。」簫妮說，對著史蒂薇·蕾後背竄出的利箭目瞪口呆，那出神的表情就跟群眾伸長脖子看車禍現場一樣。

「我一樣，孿生的。」依琳說。她的視線四處亂瞄，就是不瞥向史蒂薇·蕾。

我正想開口告訴他們，我根本不在乎他們餓不餓，只是想找點事讓他們忙，別待在這裡，這時艾瑞克·奈特衝進房間。

「找到了！」他手裡抱著一台**真的**很古老的三合一手提錄放音機，就是可以播放CD、錄音帶和聽廣播的那種。以前，大概一九八〇年代吧，人們管這碩大無朋的東西叫迷你音響。他看也沒看史蒂薇·蕾一眼，將它放在靠近她和達瑞司的桌上，開始轉動巨大的銀色旋鈕，喃喃說著希望在地底這裡可以收聽到什麼。

「維納斯呢？」史蒂薇·蕾問艾瑞克。她顯然一說話就會痛，聲音顫抖著。

艾瑞克回頭瞥向那個掛著毯子充當門的拱頂入口，不見半個人影。「她剛剛還跟在我後面，我以爲她也進來了——」這時他總算看著史蒂薇·蕾，話卻說不下去。「啊，天哪，一定很痛。」他輕聲說：「妳看起來很不舒服，史蒂薇·蕾。」

她努力對他微笑，但實在笑不出來。「我覺得好多了。很高興維納斯能幫你找到這台迷你音響，有時這裡收聽得到廣播。」

「維納斯也這麼說。」艾瑞克咕噥著，雙眼直盯著從史蒂薇．蕾赤裸的後背穿出的箭。

我一心掛著史蒂薇．蕾的傷勢，這會兒卻不禁納悶維納斯跑哪兒去，而且拼命地想記起她的模樣。上次我有機會好好看這些紅雛鬼時，他們額頭的弦月輪廓仍和一般雛鬼一樣，是深藍色的，還沒變紅，也仍是狂暴、嗜血的活死人怪物。直到不知怎地，愛芙羅黛蒂的人性（誰知她眞的有人性啊？）和五元素的力量結合，促成史蒂薇．蕾經歷另一種蛻變，拾回人性，臉上出現藤蔓和花朵形狀的美麗成鬼刺青。但這些刺青不是深藍色的，而是紅色的，鮮血的紅。在這同時，所有活死人小鬼的記印也變成紅色的，並且——按理說——也找回了他們的人性。但史蒂薇．蕾蛻變後，我其實沒什麼機會和他們相處，無法百分之百確定。

我上次見到維納斯時，她看起來很噁心，因爲她那時還是個可怕的活死人小鬼。但現在她「復元」了（應該是吧），變成活死人之前又跟愛芙羅黛蒂混在一起，這代表她一定很漂亮，因爲愛芙羅黛蒂沒興趣結交醜朋友。好吧，我承認，我聽起來像個醋罈子。但艾瑞克帥得像超人，而且是個超級有才華、善良的好男孩，呃，不久前才完成蛻變的好吸血鬼啦，而且是我的男友，呃，前男友啦。這會兒，我居然擔心起哪個變態的紅雛鬼會吸引他。

多虧達瑞司鄭重其事的聲音打斷我的內心戲。「廣播可以等。現在必須處理史蒂薇．蕾的傷。箭一拔出，她立刻需要乾淨的衣服和鮮血。」達瑞司將急救箱放在史蒂薇・蕾床邊桌上，忙著拿出紗布、酒精和一些看起來很嚇人的東西。

這一下，大家果然嚇得噤聲不語。

「你們知道，我很愛你們大家，對不對？」史蒂薇・蕾對大家露出勇敢的笑容。我們楞楞地點頭。「好，所以，我叫大家離開，只留下柔依，陪達瑞司在這裡幫我拔箭，你們該不會誤會我的意思吧？」

「大家都離開，除了我？不，不，不，爲什麼妳要我留下呢？」

我看見史蒂薇・蕾的痛苦眼神裡閃過一抹笑意。「因爲妳是我們的女祭司長啊，柔。妳得留下來幫達瑞司。再說，妳看過我死去，這一次怎麼可能更糟呢？」忽然她打住話語，雙眼圓睜，盯著我呆呆舉起的手掌，衝口而出：「天哪，柔，看看妳的手！」

我翻轉手掌，盯著掌心看。我感覺到自己的雙眼也睜得老大。兩隻手的掌心布滿刺青，美麗的繁複漩渦，跟我臉上、頸部，沿著脊椎兩側延伸，乃至於圍繞腰際的圖案一樣。**我怎麼會忘了呢**？就在我們平安逃入坑道時，我感覺到熟悉的刺痛感竄過手掌。那時我心裡已經明白，我的女神，妮克絲，黑夜的化身，再次標記了我。我是唯一額頭有實心弦月，而且刺青蔓延臉部的雛鬼。這是成鬼才有的標記。所以，我臉上的記印顯示我是成鬼，但我的身體仍是雛鬼。至於身體其他部位的刺青，前所未見，不曾發生在任何雛鬼或成鬼身上，到底代表什麼意義，我自己也不是百分之百清楚。

「哇，柔，太神奇了。」戴米恩的聲音從我身邊傳來。他小心翼翼地伸手摸我的手掌。我的視線從雙手往上移向他的褐色眼睛，想知道他看我的眼神是否有所改變，是否流露崇拜、緊張，甚或恐懼的心情。但我只看到我的朋友戴米恩，以及他溫暖的笑容。

「其實，我們剛下來坑道時我就感覺到了，只不過後來我忘了這件事。」我說。

「果然是我們的柔。」傑克說：「連這種幾乎是奇蹟的事都能忘記。」

「不是幾乎。」簫妮說。

「柔依特有的奇蹟，而且還三不五時就發生。」依琳說得好像這事稀鬆平常。

「我一個刺青也保不住，她卻滿身刺青。」愛芙羅黛蒂說：「還眞有天理唷。」她的笑容顯示她其實不是在譏諷我。

「這是女神恩寵的記印，代表妳確實走在她爲妳揀選的道路上，妳是我們的女祭司長，妮克絲揀選的人。」達瑞司嚴肅地說：「所以，女祭司，我需要妳幫我醫治史蒂薇．蕾。」

「啊，要命。」我咕噥一聲，緊張地咬著嘴唇，握緊拳頭，藏起掌心的新刺青。

「哎呀，該死，我就留下來幫忙好了。」愛芙羅黛蒂大踏步走向坐在床沿的史蒂薇．

蕾。「只要流血痛苦的不是我，我就無所謂。」

「我應該到坑道口去，那裡收訊可能比較好。」艾瑞克說著，幾乎沒看我一眼，更沒對我的新刺青發表意見，就穿過門口的掛毯走出去。

「我想，吃點東西是個好主意。」戴米恩說，牽起傑克的手，準備跟著離開。

「是啊，戴米恩和我是同志，這就代表我們肯定是好廚師。」傑克說。

「那我們跟他們一起去。」簫妮說。

「對，我們不相信同性戀是好廚師這種理論，最好跟去監督。」依琳說。

「血，別忘了血。攙點紅酒，若找得到酒的話。她需要這東西來復元。」達瑞司說。

「有個冰箱裡裝的都是血。另外，去找維納斯。」史蒂薇・蕾又痛得皺起臉，因爲達瑞司正拿著沾了酒精的紗布，清除她背部箭頭周圍的乾涸血漬。「她喜歡紅酒。告訴她你們需要什麼，她會找給你們的。」

孿生的遲疑了一下，對看一眼。依琳代表兩人開口問：「史蒂薇・蕾，那些紅小鬼眞的沒問題嗎？我的意思是，殺死聯合隊足球隊員，抓走柔的人類男友的，不**就是**他們嗎？」

「是前男友。」我說，但她們沒理我。

「維納斯才剛幫了艾瑞克的忙，」史蒂薇・蕾說：「而且之前愛芙羅黛蒂在這裡待了兩天，也毫髮無傷啊。」史蒂薇．蕾說。

「沒錯，不過艾瑞克是身強體壯的男性成鬼，不容易咬。」簫妮說。

「即使他這麼美味可口。」依琳說。

「所言甚是啊，孿生的。」兩人對我聳聳肩，表示歉意，然後簫妮接著說：「至於愛芙羅黛蒂，她這麼惹人厭，誰都不想咬吧。」

「而我們是可愛的香草和巧克力，最友善的吸血怪物都會忍不住想咬一口。」依琳說。

「妳媽媽才是吸血怪物啦。」愛芙羅黛蒂露出甜美的笑容說。

「如果妳們大家不停止鬥嘴，我就要咬妳們了！」史蒂薇．蕾大吼，然後又痛得畏縮，微微喘息。

「各位，你們害她更痛了，而且也搞得我開始頭痛。」我趕緊說，非常擔心史蒂薇．蕾似乎一秒比一秒更痛苦。「史蒂薇．蕾說了，紅雛鬼不會有問題。況且我們才剛跟他們一起逃出夜之屋，一路上他們也沒想吃掉我們任何人。所以，妳們要釋出善意，聽史蒂薇．蕾的話，去找維納斯。」

「柔，這沒什麼了不起的。」戴米恩說：「那時大家忙著逃命，誰有時間吃誰啊。」

「史蒂薇．蕾，我再問妳最後一次，那些紅雛鬼安全嗎？」我問。

「我真的希望你們能努力釋出善意，接納他們。他們死去又復活不是他們的錯。」

「瞧，他們很安全的。」我說。事後我才想起來，史蒂薇．蕾壓根兒沒回答我的問題。

「好，要是出事，我們要史蒂薇．蕾負責。」簫妮說。

「對，萬一他們誰想咬我們，等史蒂薇．蕾好一點，我們就找她理論。」依琳說。

「血和酒，現在就去找來。少說，多做。」達瑞司直截了當地說。

大家趕忙走開，留下我、達瑞司、愛芙羅黛蒂，以及我變成人肉串的最要好的朋友。

啊，要命。

3

「說眞的，達瑞司，我們可不可以換個方式來進行？比方說，更像醫院的方式，有醫生啦、親友等候室啦，再……」刺穿史蒂薇．蕾身體的箭看得我心驚膽跳。「處理**那東西**。」

「或許有更好的方式，不過在這種狀況下沒辦法。這裡的醫療器材很有限。況且，女祭司，若妳花個幾分鐘想一想，我想妳不會要我們到地面上任何一家醫院去。」達瑞司說。

我不發一語，咬著嘴唇思索。他說得沒錯，但我仍試圖想出不那麼可怕的方法。

「不，我絕不回地面。不只是因爲卡羅納和他那一班噁心的鳥兒子都出來了，更因爲我不能在太陽升起以後留在地面上。我可以感覺到就快日出了。我想，在受傷成這樣的狀況下，我一定熬不過陽光荼毒的。柔，妳現在非動手不可。」史蒂薇．蕾說。

「要不要妳抓住她，我來動手推箭？」愛芙羅黛蒂問。

「不，在旁邊看比動手幫忙更可怕。」我說。

「我會努力別哀號得太大聲。」史蒂薇．蕾說。

她說得好認真，聽得我的心揪緊。現在回想起來，心仍然很痛。「噢，親愛的，妳盡情叫吧。我會跟著妳一起叫的。」我瞥向達瑞司，對他說：「要動手時就告訴我一聲。」

「我會剪掉她胸前那截有羽毛的箭尾。妳拿著這個，」他遞給我厚厚一片酒精浸濕的紗布，「壓在剪斷的地方。我抓好箭頭時，會叫妳推。我這邊拉，妳那邊用力推，箭應該很容易拔出來。」

「這樣會有點痛吧？」史蒂薇．蕾問，聲音聽起來虛弱無力。

「女祭司，」達瑞司一隻大手搭在她肩上，「恐怕不只有點痛。」

「所以我才會在這裡啊。」愛芙羅黛蒂說：「我會抓住妳，免得妳痛到亂動，搞砸達瑞司的盤算。」她遲疑了一下，接著說：「不過妳得知道，若妳痛到抓狂又咬我，我會踹得妳屁滾尿流。」

「愛芙羅黛蒂，我不會再咬妳的。」史蒂薇．蕾說。

「我們快把事情解決了吧。」我說。

達瑞司在扯下史蒂薇．蕾剩下的衣服之前，先知會她：「女祭司，我得讓妳露出胸部。」

「嗯，你剛剛撕開我背後的衣服時，我就在想這事。你算是醫生，對吧？」

「所有的冥界之子都受過醫療訓練。這樣，我們才能照顧受傷的弟兄。」他嚴肅的表情瞬間放鬆，對史蒂薇．蕾微笑，說：「所以，沒錯，妳可以把我當成醫生。」

「那我就可以讓你看我的胸部。醫生受過訓練，不會想入非非。」

「希望他受的訓練沒**那麼**徹底。」愛芙羅黛蒂咕噥著。

達瑞司對她迅速眨了眨眼。我發出作嘔的聲音，惹得史蒂薇．蕾咯咯笑，但隨即因傷口疼痛而倒抽一口氣。她試圖對我微笑，要我別擔心，但虛弱、顫抖到笑不出來。

這下子，我真的開始擔心了。之前在夜之屋，史蒂薇．蕾遭史塔克一箭射中，彷彿全身的血都流失，四周土地宛如淌血，成就了那混帳預言，釋出囚禁在地底幾千年的墮落天使卡羅納。那時，她看起來還不錯，會說話、走路，神智也算清醒。但接下來，她虛弱、蒼白得像幽魂。

「準備好了嗎，柔依？」達瑞司突然一問，嚇得我跳起來。

我怕得牙齒打顫，勉強結巴地回答說：「好──好了。」

「史蒂薇．蕾？」他輕聲問：「妳準備好了嗎？」

「我想，我早就準備好了。不過，我告訴你們，我希望以後不要再遇到這種事了。」

「愛芙羅黛蒂？」他接著望向她。

愛芙羅黛蒂趕緊跪在床前，用力抓住史蒂薇·蕾的手臂。「盡量別掙扎得太過分啊。」她告訴史蒂薇·蕾。

「我會盡力的。」

「數到三就開始。」達瑞司將大剪刀擱在箭羽前方。「一……二……三！」才一眨眼，他已經剪掉箭尾，動作利落得宛如剪斷小樹枝。剩下還露在前胸的那一小截箭桿，正好位於史蒂薇·蕾兩邊乳房的中間。他對我喝令道：「蓋住！」我趕緊將紗布壓在斷箭上，而他迅速繞到她背後。史蒂薇·蕾緊閉雙眼，痛得呼吸急促，臉上冒出一顆顆汗珠。「我再數到三。這次妳要用力推。」我好想中止一切，大喊道，**不，我們將她包好，冒險帶她去醫院吧**。但達瑞司已經開始數了。「一……二……三！」

我用力推，達瑞司則一手抵住史蒂薇·蕾的肩膀，另一手猛力往外扯箭。

史蒂薇·蕾真的放聲尖叫。我同步尖叫，愛芙羅黛蒂也是。然後，史蒂薇·蕾往前癱倒在我的懷裡。

「紗布繼續壓在傷口上。」達瑞司迅速擦拭史蒂薇·蕾後背剛暴露出來的傷口。

我記得我不停重複地說：「沒事，沒事，拔出來了，結束了……」

事後回想，那時我和愛芙羅黛蒂都哭了。史蒂薇·蕾的頭靠在我的肩膀，所以我看不見她的臉，但可以感覺到我的衣服濕了一片。達瑞司輕輕扶起她，讓她躺回床上，以便包紮箭從前胸射入的傷口。這時，一股強烈的恐懼竄上我的心頭。

我從未見過有誰像史蒂薇．蕾這麼蒼白——我是說，沒有哪個活人能蒼白成這樣。她眼睛緊閉，粉紅色淚珠在臉頰留下一道道可怕的淚痕，跟蒼白到幾乎透明的肌膚成強烈對比。

「史蒂薇．蕾？妳還好嗎？」我看見她的胸膛起伏，但她沒睜眼，也沒發出任何聲音。

「我…沒…死。」她喃喃地說，每個字之間都停頓好久。「但…好像…飄浮…在…你們上面。」

「她不流血了。」愛芙羅黛蒂壓低聲音說。

「沒血可流了。」達瑞司說，在她胸口纏上紗布。

「沒射中心臟。」我說：「那一箭不是要她死，而是要她流血。」

「我們很幸運，那個雛鬼沒射準。」達瑞司說。

他這句話迄今仍在我腦際迴盪，因爲我知道他們其他人所不知道的事：史塔克絕不可能失手。這是妮克絲賜給他的天賦，他永遠都能射中他瞄準的目標。而女神親口告訴過我，她所賜予的天賦，她絕不收回。所以，史塔克即便變成活死人，只要他想，仍能命中史蒂薇．蕾的心臟。那麼，這代表他其實保有更多人性嗎？他確實叫了我的名字，認得我。我想起他死前我們之間的來電感覺，忍不住顫抖起來。

「女祭司？妳聽見我說話嗎？」達瑞司和愛芙羅黛蒂直盯著我。

「噢，對不起，對不起，我剛剛分神了，想到……」我不想告訴他們，我正在想差點殺死我最要好的朋友的人。我還不想說。

「女祭司，我是說，如果史蒂薇．蕾沒有補充血液，這個傷雖然沒命中心臟，也可能要她的命。」達瑞司邊端詳史蒂薇．蕾，邊搖頭。「我不敢說她一定會痊癒。她是新型的吸血鬼，我不清楚她的身體會如何反應。不過，若她是我的戰士弟兄，我一定會非常擔心。」

我深吸一口氣，鼓足了勇氣才開口。「好，這樣吧，別等孿生的送來血液，咬我吧。」我告訴史蒂薇．蕾。

她眼皮眨呀眨地睜開，擠出一抹微笑。「我需要的是人血，柔。」說完後又閉上眼。

「她或許說得沒錯。對我們來說，人血一向比雛鬼或成鬼的血更有效力。」達瑞司說。

「好，那我趕緊去找孿生的。」我說，但根本不知道該去哪裡找她們。

「新鮮的血液比淡而無味的冷藏血液更有用。」達瑞司說。

他沒看愛芙羅黛蒂，但她顯然接收到訊息了。「噢，要死，難不成我就註定讓她咬？」

我眨巴著眼睛，不知該說什麼。幸好達瑞司開口解圍：「妳自問，女神要妳怎麼做。」

「唉，當好人眞的、**真的**很爛。我是說眞的。」她嘆口氣，起身，挽起黑絲絨洋裝的袖子，將手腕湊到史蒂薇．蕾面前，說：「吸吧，給妳咬。不過妳又欠我一個大人情了。我實在搞不懂爲什麼我老要當那個救妳的人。我是說，我連——」她低聲哀叫，話哽住。

現在回想接下來發生的事，我仍渾身不自在。史蒂薇．蕾抓住愛芙羅黛蒂的手，表情驟變，我甜美的好友瞬間變成獸性大發的陌生人，眼睛發出噁心的暗紅色光芒，咬下愛芙羅黛蒂的手腕時還發出可怕的嘶鳴聲。然後，愛芙羅黛蒂的哀叫變成令人侷促不安的愉悅呻吟，還滿足地閉上眼睛，任憑史蒂薇．蕾輕而易舉咬破她的肌膚，讓溫熱的血液汩汩湧出，像個掠食動物般貪婪地吸吮。

沒錯，很噁心，很惱人，卻能撩起人的情欲。我知道那種感覺肯定很舒服。吸血鬼的生理構造就是這樣。即便是被雛鬼咬到，被咬的人類和咬人的雛鬼也都會感受到強烈的性快感。吸血鬼撕裂人類喉嚨，強行吸血的古老神話，根本是一派胡言——嗯，除非有人眞的把吸血鬼惹毛了。不過，話說回來，人類就算喉嚨被撕裂，說不定也會覺得很愉快。

從史蒂薇．蕾和愛芙羅黛蒂的樣子看來，顯然紅色吸血鬼一樣會撩撥人類情欲。愛芙羅黛蒂甚至挑逗地靠在達瑞司身上，而他伸手摟住她，還俯身親吻她。

戰士和愛芙羅黛蒂之間的吻激烈到幾乎看得見火花四射。達瑞司小心地扶住她，生怕史蒂薇‧蕾會扭傷她的手腕。愛芙羅黛蒂空出的那隻手環抱著他，完全向他敞開心扉的模樣顯示她有多信任他。我在一旁看得不好意思，但這畫面確實有一種情欲的美感。

「哇，眞難看。」

「非常難看，一輩子難得一見。」

我將視線從史蒂薇‧蕾和這一對戀人身上移開，瞥向孿生的，發現她們已穿過掛毯，站在門口。依琳手裡拿著幾包東西，顯然是血袋。簫妮則拿著一瓶紅酒和一只玻璃杯，就是一般廚房裡常見，媽媽用來裝冰紅茶的那種杯子。

女公爵擠過她們腳邊，搖著尾巴進來，後面緊跟著傑克。

「喔，我的天哪，女女親熱，男人趁機占便宜。」傑克說。

「有趣……搞不好有些男人眞的會因爲女女親熱的畫面而興奮。」戴米恩跟在傑克後面進來，手裡拿著一個紙袋。他看著史蒂薇‧蕾、愛芙羅黛蒂和達瑞司的神情，眞像在觀賞什麼科學實驗。

達瑞司總算停止親吻，將愛芙羅黛蒂拉入懷中緊擁著。「女祭司，這樣是在污辱她。」他壓低聲音，急切地告訴我。我懶得花時間思索他所說的「她」是指何人，愛芙羅黛蒂或史蒂薇‧蕾？不等他把話說完，我逕自走向孿生的。

「給我。」我從依琳手上拿過一袋血，用牙齒撕開血袋，彷彿咬開的是一包糖果，同時趁勢結結實實地喝它一口，成功地將他們的注意力從床上轉移到我身上。「替我拿著杯子。」我告訴簫妮。她依言而行，但投給我一個**作嘔**的表情。我不理她，將袋中大部分血倒進杯子，還特別舔了舔嘴唇，不放過沾在唇上的任何一滴。最後，我甚至故意將血袋拿倒，大聲吸乾袋子裡剩下的血，這才將扁平的袋子扔到旁邊。接著，我從簫妮手中接過杯子，說：「倒酒。」酒瓶已經開封，所以簫妮只需拔開軟木塞。我拿高玻璃杯。之前血液已經倒了七分滿，所以杯子一下子就被紅酒裝滿了。「謝謝。」我說，轉身大步走回床邊。

我直接抓起愛芙羅黛蒂的手臂，將她從史蒂薇．蕾的掌握拉開。我沒有想到，史蒂薇．蕾竟然只輕輕抓著她。我順勢站在史蒂薇．蕾面前，不讓好友裸露的身體暴露在瞠目結舌的眾人面前。史蒂薇．蕾抬頭怒視我，眼睛發紅光，咧嘴露出染血的尖銳牙齒。我震驚於她妖怪般的表情，但聲音力持鎮定，甚至故意增添一絲不悅的語氣。「夠了，改喝這個。」

史蒂薇．蕾對我齜牙低吼。

眞怪，愛芙羅黛蒂也發出一樣的聲音，呼應史蒂薇．蕾。搞什麼鬼呀？我很想轉頭看愛芙羅黛蒂在幹什麼，但我知道現在最好將注意力放在正對著我咆哮的好友身上。

「我說夠了！」我壓低音量厲聲說道，希望其他人不會聽到。「清醒點，史蒂薇．蕾，妳吸夠了愛芙羅黛蒂的血，現在．喝．這個。」我故意字字分明地說出最後一句話，然後將那杯血酒塞進她手裡。她臉色再度變化，眨著眼，一臉茫然。我拉著她的手，將杯子湊到她的唇邊。一聞到血酒氣味，她立刻迫不及待地牛飲。我趁機瞥了愛芙羅黛蒂一眼。她仍靠在達瑞司懷裡，看起來似乎還好，但迷惘地睜大眼睛，盯著史蒂薇．蕾看。

我一看見愛芙羅黛蒂臉上愣怔的表情，內心的不安立刻騷動起來。那時，我已感覺到事情不對勁，但沒多想，直接將注意力轉向我那幾個目瞪口呆的朋友。「戴米恩，」我拉高嗓門說：「史蒂薇．蕾需要乾淨的衣服。你可以去幫她找一件來嗎？」

「洗衣籃。裡頭有乾淨的襯衫。」史蒂薇．蕾突然趁牛飲的空檔說道，並抬起顫抖的手指向房間另一頭的一堆東西。看來，她逐漸恢復正常了。戴米恩點點頭，趕忙走過去。

「讓我看看妳的手腕。」達瑞司對愛芙羅黛蒂說。

她沒說話，轉身背對仍盯著她看的傑克和孿生的，將手伸向達瑞司，所以我成了唯一看得見他舉動的人。戰士將她的手腕抬到自己嘴邊，雙眼繼續凝視她的眼睛，伸出舌頭舔過仍滴著血的隆起咬痕。愛芙羅黛蒂屏住呼吸，渾身顫抖。但他的舌頭一碰觸傷口，血液立刻凝結。我看得很清楚，達瑞司忽然雙眼圓睜，滿臉驚訝。

「唉，該死。」我聽見愛芙羅黛蒂低聲問他：「真的發生了，對不對？」

「是眞的。」他音量很小，顯然只想說給她一個人聽。

「該死！」愛芙羅黛蒂再次咒罵，一臉沮喪。

達瑞司露出微笑，眼裡閃過一抹覺得有趣的神情，然後溫柔地親吻她的手腕，說：「不要緊，我們之間不受影響。」

「你保證？」她悄聲問。

「我保證。妳做得非常好，我的小美人。妳的血救了她的命。」

有那麼一會兒，我看見愛芙羅黛蒂表情放鬆，輕輕搖頭，笑容裡微露不勝驚奇和自嘲的神色。「我實在搞不懂，爲什麼我得三番兩次救史蒂薇．蕾這個鄉巴佬。我只能說，我以前眞的、**眞的**太壞了，怎麼彌補也彌補不完。」她清清喉嚨，舉起顫抖的手，以手背揩過額頭。

「妳要喝點什麼嗎？」我問。我其實很想知道她和達瑞司在說什麼，但不想當下問，因爲他們顯然不願意一屋子的人都知道。

「要。」史蒂薇．蕾替她回答，嚇了我一跳。她喝血的方式已從牛飲改爲小酌。

「衣服在這裡。」戴米恩說。他走近床邊，見到史蒂薇．蕾幾乎半裸，立即撇開視線。

「謝謝。」我趕緊對他笑笑，接過衣服，遞給史蒂薇．蕾。然後我轉頭看孿生的。剛剛喝下的血已經開始在我體內發揮作用，之前逃離夜之屋時，召喚五元素，用力過度所帶來的疲憊虛脫感，終於緩解不少。現在，我有力氣思考了。「好，兩位，將血和酒拿過來。有另外的杯子給愛芙羅黛蒂用嗎？」

她們還沒回答，愛芙羅黛蒂就搶先說：「呃，我不要血。對這東西我只有一個字形容：噁。不過，酒我喝。」

「我們沒多拿杯子，」依琳說：「她只能像個老粗，直接就著酒瓶喝。」

「不好意思啊。」蕭妮的致歉眞不誠懇。她將酒瓶遞給愛芙羅黛蒂，說：「身爲人類的妳，可以說明一下被吸血鬼吸血的感覺嗎？」

「是啊，我們很好奇，因爲妳好像很享受。我們都不知道妳會這麼陶醉。」依琳說。

「妳們這兩個共用腦袋的蠢蛋，上吸血鬼社會學時沒在聽課啊？」愛芙羅黛蒂說著舉起瓶子，仰頭飲酒。

「我讀過《雛鬼指南》裡談生理的那一章。」戴米恩說：「吸血鬼的唾液含有凝血劑、抗凝血劑和腦內啡。腦內啡會刺激人類和吸血鬼腦中的愉悅區。說眞的，愛芙羅黛蒂說得沒錯，妳們上課眞該專心點。學校不只是社交場所。」他一本正經地說，傑克在一旁猛點頭。

「嘿，孿生的，現在地面上搞了那麼一齣精彩好戲，墮落天使和他的爪牙重獲自由，夜之屋陷入混亂，看來有好一陣子沒學校可上了。」簫妮說。

「說得好呀，孿生的。」依琳說：「這代表我們有好一陣子不需要戴米恩皇后和他的教誨了。」

「那，我們可以，比方說，將他壓在地上，拔他的頭髮嗎？妳覺得如何？」簫妮說。

「似乎很好玩。」依琳說。

「真讚，我剛剛才又被吸血鬼田庄小姐咬，得就著酒瓶喝廉價紅酒，而現在還必須目睹蠢蛋幫吵吵鬧鬧。」愛芙羅黛蒂這會兒聽起來又像原本嘴賤的她了。她誇張地嘆一口氣，繼續說：「嗯，變回人類起碼有個好處，喝酒可能會醉。或許乾脆直接醉上十年吧。」

「我可沒那麼多酒讓妳醉十年。」大家全抬起頭，看見一名紅雛鬼走進屋裡，身後陰影處還聚集著其他紅雛鬼。「另外，這紅酒可不**廉價**。我不喝便宜的酒。」

這名紅雛鬼一開口，大家注意力全轉到她身上。但我一直注視著愛芙羅黛蒂跟孿生的鬥嘴，並準備介入，叫她們三人閉嘴，所以，我清楚看到愛芙羅黛蒂的臉上閃過一抹困窘與不安的表情。她隨即恢復鎮定，酷酷地說：「蠢蛋幫，這是維納斯。記得吧，我的前室友，大概六個月前死掉的。」

「事實上，說我死掉恐怕說得太早了。」這位金髮美女伶牙俐齒地說。接著，怪事發生了。維納斯頓住，嗅了嗅空氣。我是說她眞的抬起下巴，朝著愛芙羅黛蒂的方向，短促地使勁抽了幾下鼻子。她身後的那群紅雛鬼也跟著這樣做。然後，維納斯的藍色眼睛睜得老大，以興味盎然的語氣說：「嗯……嗯……嗯……眞有趣。」

「維納斯，妳別——」史蒂薇．蕾想說話，但被愛芙羅黛蒂打斷。

「沒關係，乾脆就讓大家知道吧。」

金髮美女露出獰笑，繼續說：「我只是要說，眞有趣，史蒂薇．蕾和愛芙羅黛蒂烙印了。」

4

我得咬緊牙關，才沒跟孿生的一起驚愕得張嘴倒抽一口氣。

「喔，我的天哪！烙印！真的嗎？」傑克衝口而出。

愛芙羅黛蒂聳聳肩。「看來如此。」她裝出滿不在乎的樣子，眼睛瞥向別處，完全避開史蒂薇．蕾的方向。但我想，房間裡幾乎所有的人都被她這種「無所謂」的模樣給騙了。

「喔，我的媽呀！」簫妮說。

「我的媽媽咪呀，孿生的。」依琳接腔，然後兩人爆出幾近歇斯底里的笑聲。

「我覺得很有趣。」戴米恩扯開嗓門，聲音壓過咯咯笑不停的孿生的。

「我也這麼認爲，」傑克說：「有趣得好詭異，讓人直呼我的天哪。」

「看來愛芙羅黛蒂得到報應了。」維納斯譏諷地說道，原來的美貌變得很邪氣。

「維納斯，愛芙羅黛蒂剛剛又救了我的命，妳眞不該取笑她。」史蒂薇．蕾說。

愛芙羅黛蒂終於看著史蒂薇．蕾。「別來這一套。」

「別來哪一套？」史蒂薇．蕾問。

「別替我出頭！我們或許不知怎麼地該死烙印了，這已經夠慘，妳．別．跟．我．搞．麻吉．這一套！」她慢慢地把話一字一字說清楚。

「妳再怎麼惹人厭，也改變不了這一點。」史蒂薇．蕾說。

「聽著，我會裝作**這事**不曾發生過。」孿生的又發出一陣咯咯笑聲，惹得愛芙羅黛蒂怒目瞪著她們，說：「孿生蠢蛋，有種繼續笑，等妳們睡著，看我怎麼悶死妳們。」

想當然耳，孿生的爆出更大聲的狂笑。

愛芙羅黛蒂轉身背對她們，面向我。「好，討厭鬼維納斯，有人一再無禮打斷我的話之前，我本來是要接著介紹：這位是柔依，很厲害的雛鬼，我想妳已經聽說過很多她的事。這位是達瑞司，冥界之子戰士。妳一定**不會**想要覬覦他。這位是傑克，他也不會覬覦妳，因爲他顯而易見是個男同志。他的另一半是戴米恩，就是那個盯著我，把我當科學實驗品看的傢伙。至於孿生的，妳應該已經知道，就是那兩個蠢蛋。」

我感覺得到維納斯盯著我，所以我努力將目光從愛芙羅黛蒂（烙印！跟史蒂薇．蕾！）移開，轉而看著她。果不其然，她正猛盯著我，我隨即起了防衛心。我不確定這是因爲她（顯然）很潑辣，或她跟艾瑞克在坑道裡不知幹過什麼事，還是她一開口就讓我不舒服。

「柔依和我見過面，只不過沒有正式介紹。上次我見到她時，她似乎想殺死我們。」

我一隻手叉在腰際，迎視她冷冰冰的藍眼睛。「既然要扯到過去，我最好提醒妳一下，那時**我**可沒想殺任何人，我是想救出一個差點被你們吃掉的人類男孩。和你們不一樣，我寧可在『國際鬆餅屋』嚼巧克力碎片鬆餅，也不願咬足球隊員。」

「不管妳怎麼說，被妳殺死的女孩終究死了。」維納斯說。她身後的紅雛鬼開始騷動。

「柔？妳殺了人？」傑克問。

我張嘴想回答，但維納斯搶先一步。「沒錯，她殺了伊莉莎白．無姓氏。」

「我不得不。」我簡單地回答傑克，不理會維納斯和其他紅雛鬼，即使他們讓我頸背的寒毛直豎。「他們不讓我和西斯活著離開。」然後我將注意力轉回維納斯。她的美很冷，穿設計款緊身牛仔褲，以及剪裁簡單、正面有一顆以水鑽鑲拼的骷髏頭圖案的黑色小背心，看起來時髦又性感，一頭濃密長髮呈金黃色。換言之，她確實美到夠格跟愛芙羅黛蒂廝混。光這一點就可見她眞的很美，因爲愛芙羅黛蒂本身就是個美人胚子。此外，維納斯就跟以前的愛芙羅黛蒂一樣，不折不扣是個可惡的母夜叉，而且在變成活死人之前恐怕就已經是了。我瞇眼盯著她。「聽著，我那時要你們讓開，讓我們走，但你們不聽，逼得我只好設法保護我關心的人——你們最好要知道，現在我仍然會這麼做。」我的目光從維納斯移到她身後那群雛鬼，並努力克制衝動，免得出手召喚風和火，強化我恫嚇他們的力道。

維納斯狠狠地朝我瞪回來。

「好了啦，大家得學著好好相處。難不成你們忘了，外頭那個世界正想殲滅我們，起碼那裡有一大群可怕的怪物？」史蒂薇．蕾聽起來很疲憊，但已恢復正常。她坐起身，小心翼翼地拉平身上那件印有鄉村樂團「狄克西女子」圖案的T恤，然後慢慢地往後靠在達瑞司爲她立起來的枕頭上。「就像《決戰時裝伸展台》節目裡的指導顧問提姆．岡恩所言：問題總能解決的。」

「哇～～我好愛那個節目。」傑克激動地說。

我聽到有幾個紅雛鬼喃喃附和，心想，我們之前聊過那麼多關於電視的垃圾論點，史蒂薇．蕾起碼說對了一點：實境秀可以讓世界變得更美好，爲全人類帶來和平。

「說得好，問題總能解決的。」我的內在警報系統仍在提醒我，紅雛鬼沒這麼好相處，但我還是對史蒂薇．蕾笑笑，她也對我露出小酒渦。很好，看來她相信我們有辦法和睦相處。所以，也許我的警報系統誤響了。而它之所以誤響，純粹是因爲維納斯是母夜叉，而不是因爲她和其他紅雛鬼是邪惡的化身。

「很好。那麼，我可以再來一杯血酒嗎？血液要多一點。」她對孿生的舉起空杯，她們樂於趁機離紅雛鬼遠一點，走近史蒂薇．蕾的床邊。我注意到戴米恩和傑克，還有女公爵，也悄悄移到我身邊。「謝謝。」史蒂薇．蕾將空杯遞給依琳，說：「那邊抽屜裡有一把剪刀，所以妳們不必用牙齒撕開血袋。」說完還賞我一個白眼。趁著依琳和簫妮忙著幫她斟血酒，她打量著那群紅雛鬼，說：「聽著，我們已經討論過，你們必須善待柔依及其他雛鬼。」她瞥了一眼達瑞司，笑著說：「我是說，善待這些雛鬼和成鬼。」

「嗨，不好意思，各位，借過一下。」

看到艾瑞克從門口那群紅雛鬼之間擠進來，我本能地全身繃緊。若有人（維納斯）敢咬艾瑞克，有人（我）就會往她屁股狠狠踹下去。別無二話。

無視於房間裡的緊張氣氛，達瑞司問：「廣播有提到上面的狀況嗎？」

艾瑞克搖搖頭。「什麼都收不到。我甚至往上爬到地下室，結果什麼也沒有，只有靜電干擾的聲音。手機也收不到訊號。不過我聽到轟隆轟隆的雷聲，也看見閃電劈里啪啦閃個不停。雨還在下，但天氣愈來愈冷，所以很可能會下起冰雪。另外，風很強。我不知道這是自然現象，還是卡羅納和那些鳥搞的鬼。不管怎樣，電台和手機發射塔很可能就是受到惡劣天候干擾才斷訊的。我猜你們大概很想了解狀況，所以我就下來了。」他的目光從達瑞司移到箭已拔除的史蒂薇．蕾，堆起笑容告訴她：「妳看起來好多了。」

「愛芙羅黛蒂讓史蒂薇·蕾吸血，救了她的命。」簫妮說，然後咯咯笑個不停。

「是啊，所以現在她們兩人烙印了。」依琳一口氣把話接完，跟著簫妮一起咯咯笑。

「哇，妳們在開玩笑吧？」他說，聽起來很訝異。

「不，她們不是在開玩笑。」維納斯從容不迫地說。

「啊，這樣啊，那很有趣。」我看見艾瑞克望向愛芙羅黛蒂，嘴唇抽搐了一下。她不理他，逕自抓著酒瓶灌酒。他以咳嗽來克制哈哈大笑的衝動，然後眼睛瞥見維納斯。他跟她點頭打招呼，流露他親切和善的特質。「嗨，維納斯，我們又見面了。」

「艾瑞克。」她跟他打招呼，臉上帶著獰笑，讓我眞想把她當作蟲子，一腳踩扁。

「愛芙羅黛蒂爲大家做介紹的做法，是對的。」史蒂薇·蕾說，並搶在愛芙羅黛蒂開口前趕緊補上一句：「喔，不是，我這麼說不是因爲我們兩人烙印了。」

「拜託妳別一直提這件事。」愛芙羅黛蒂嘀咕著。

史蒂薇·蕾裝作沒聽見，繼續說下去：「我想，我們是應該保持禮貌，而介紹大家認識就是一種禮貌。大家已經認識維納斯，所以，我就從艾略特開始。」

一個紅髮男生往前跨出一步。看來，經歷一番死生無助於改善這傢伙的模樣，仍然顯得肥胖、蒼白，胡蘿蔔顏色的鬈髮亂翹。「就是我。」他說。大家對他點頭致意。

「接下來是蒙太亞。」史蒂薇・蕾說。

一個西裔血統的矮個子向眾人點頭，濃密黑髮在頭上晃動。他鬆垮的褲子和身上的多處穿洞，讓他看起來像個凶神惡煞。「嗨。」他說，帶著口音，竟露出可愛溫暖的笑容。

「另外，那位是夏儂・康普頓。」史蒂薇・蕾連名帶姓介紹她，聽起來像夏儂康普頓。

「夏儂康普頓？嘿，妳是不是去年在學校那場表演裡朗誦了《陰道獨白》裡最著名的那一段？」戴米恩問。

她美麗的臉龐瞬間發亮。「對，就是我。」

「我記得，因爲我好愛《陰道獨白》這齣戲。有夠震撼。」戴米恩說：「就在那場表演之後，妳……嗯……」他說不下去，顯得侷促不安。

「然後，我死了？」夏儂康普頓好意幫他補充。

「對，我就是要說這個。」戴米恩說。

「喔，天哪，眞是太慘了。」傑克說。

愛芙羅黛蒂嘆了一口氣。「白癡，她不再是死人了。」

「這位是蘇菲。」史蒂薇・蕾趕緊繼續介紹，同時皺眉瞪了看來已微醉的愛芙羅黛蒂一眼。有個高個兒的褐髮女孩往前跨一小步，怯怯地對我們露出友善笑容，說了聲：「嗨。」

我們對她揮手，紛紛說哈囉。這些紅雛鬼頓時變成有名有姓的人，而不再是想吃掉我們的鬼東西，讓我感覺好多了。呃，起碼這時他們沒想吃我們。

「下一位是達拉斯。」史蒂薇．蕾指著站在維納斯後面的一個男生。一聽到自己被點名，他懶懶地走出來，咕噥著發出像打招呼的聲音。若非看見他對史蒂薇．蕾露出調情似的笑容，以及雙眼閃過一抹聰慧眼神，我一點也不會注意他的長相。**嗯**，我心想，**不知他們之間是否有什麼事**？「達拉斯出生於德州休士頓市，而不是達拉斯市，但居然取名達拉斯，這點我們都覺得很怪，也想不通。」史蒂薇．蕾說。

那男生聳聳肩。「這事說來很噁，我爸說他和我媽是在達拉斯製造我的。其實我根本沒興趣聽細節。」

「想到父母之間的床第之事就噁。」簫妮說。

「噁到不行。」依琳附和。

孿生的話在紅雛鬼當中引起一陣笑聲，使得我們兩邊人馬之間的緊張氣氛眞的緩和下來。

「接下來是安東尼，大家都叫他安蟻。」

安蟻矬矬地跟大家揮手說嗨。難怪大家會這麼叫他，因爲他個子實在很小。你知道的，就是那種明明十四歲，早該發育完成，看起來卻像十歲的孩子。接著，史蒂薇・蕾彷彿故意製造最強烈的對比效果，緊接著介紹另一個男生出場。「那是強尼。」

強尼人高馬大，精壯結實，讓我想起西斯的運動員體格及一派自信的輕鬆神情。「嗨，」他說，露出閃閃發亮的白牙，並大剌剌地打量孿生的。她們也對他挑眉，打量回去。

「接下來是潔若蒂。我從未見過像她這麼棒的藝術家，她已經開始彩繪坑道，等到完成一定會很酷。」史蒂薇・蕾對潔若蒂微笑。又是一位金髮美女，但不算高瘦，也沒有芭比娃娃的味道。她長得不錯，但那頭金髮顯得比較暗沉，而非閃閃發亮，並且是一九七〇年代的沙格髮型。她對大家點點頭，一臉不自在。

「最後這位非常重要，克拉米夏。」一位黑人女孩站出來。我之前居然因爲維納斯、愛芙羅黛蒂和史蒂薇・蕾，而完全沒有注意到她。她穿著合身的亮黃色上衣，胸口低到露出黑色蕾絲胸罩頂端，褲子則是緊身高腰的七分牛仔褲，腰上繫的寬大皮帶正好搭配腳下那雙金色短靴。她的頭髮剪成立體有型的蓬鬆短髮，其中一半還染成鮮橘色。

「我先把話攤開來說，我可不跟人睡同一張床。」克拉米夏說，甩動頭髮，表情不耐。

「克拉米夏，我告訴過妳幾百萬次了，別沒事硬要生事。」史蒂薇・蕾說。

「我只是想先把話說清楚。」克拉米夏說。

「好，妳說得很清楚了。」史蒂薇．蕾頓了一下，以期待的眼神看著我。「好了，這就是我們紅雛鬼。」

「紅雛鬼就你們這些人？」達瑞司搶在我開口介紹我方人馬前問道。

史蒂薇．蕾咬著內頰，沒看達瑞司的眼睛，說：「對，我的紅雛鬼就這些。」

啊，要死，那表情分明代表她沒說出全部真相。我就知道。不過，她凝視我的眼神顯然在懇求我什麼都別說，所以我決定閉緊嘴巴，稍後等大家沒注意時再把事情問清楚。雖然我克制住想質問史蒂薇．蕾的衝動，卻壓抑不了油然而生的那種**感覺**。我內心的警鈴大作，提醒我，她的閃躲顯然有問題。紅雛鬼肯定有什麼狀況，而且我覺得那不會是好事。

我清清喉嚨。「嗯，我是柔依．紅鳥。」即使感覺不對勁，我仍努力讓自己聽起來很正常而且有禮貌。

「我跟你們講過柔依的事。她能感應所有五元素。就是靠她的法力，我才能完成蛻變，而我們也都能找回人性。」史蒂薇．蕾說。我注意到她的眼睛直視著維納斯。

「嗯，不完全靠我，我的這些朋友也幫了很大的忙。」我對仍就著酒瓶喝酒的愛芙羅黛蒂點點頭。「大家應該都認識愛芙羅黛蒂。她現在是人類，不過我們應該說她不是正常的人類。」我壓根兒不提她剛剛跟史蒂薇・蕾烙印一事。愛芙羅黛蒂哼了一聲，半句話不吭。

「這是孿生的，依琳和簫妮。依琳對水有感應力，簫妮則是對火有感應力。」孿生的跟大家點點頭說嗨。

「戴米恩和傑克是一對。」我說：「戴米恩能感應風。傑克則是我們的音響專家。」

「嗨。」戴米恩說。

「大家好。」傑克舉高一直拿在手中的袋子。「我做了一些三明治，有誰餓了嗎？」

「誰來說明一下，那隻狗爲什麼在這裡？」維納斯說，完全無視於傑克的好意。

「她是我的狗。」傑克說：「她跟我在一起。」他伸手撫拍女爵柔軟的耳朵。

「女爵跟傑克在一起。」我語氣堅定，狠狠地看了維納斯一眼，心想，我非常樂意用女爵的皮帶勒死她。「這位是艾瑞克・奈特。」

「我記得在戲劇課見過你。」夏儂康普頓說，兩頰酡紅。「你眞的好有名。」

「嗨，夏儂。」艾瑞克輕鬆地對她笑笑。「很高興再次見到妳。」

「我也記得你，你跟愛芙羅黛蒂是一對。」維納斯說。

「不再是了。」愛芙羅黛蒂趕緊澄清，還往達瑞司瞥了一眼。

「看也知道。你不是雛鬼了。」維納斯以細柔聲音興致勃勃地說：「你何時蛻變的？」

「就在幾天前。」艾瑞克說：「我在前往歐洲戲劇學院的路上，大女祭司長雪姬娜攔下我，要我暫時代替諾蘭老師在夜之屋教戲劇課。」

「哇，我知道所有的女祭司長都長得很像，原來那位眞的是雪姬娜。」夏儂康普頓說：「我看到她迎向那個長翅膀的傢伙，然後——」她頓住，緊張地手指撕起嘴唇的皮。

「然後被奈菲瑞特殺害。」我衝口而出，替她把話說完。

「眞的嗎？妳確定是這樣嗎？」達瑞司問。

「她死了，我親眼見到奈菲瑞特殺死她。我想，奈菲瑞特是用念力殺死了她。」我說。

「特西思基利之后。」戴米恩喃喃地說：「那麼，這是眞的。」

「這整件事，你們得跟我解釋清楚。」達瑞司忽然提出要求。

「這位是我們的冥界之子戰士，達瑞司。」我跟紅雛鬼們介紹他。

「他說得沒錯，」史蒂薇．蕾說：「我們必須搞清楚今晚發生的事。」

「不只是今晚發生的事。」達瑞司說，目光落在那群奇特的雛鬼身上。「若要我保護大家，我就得有充分資訊。我必須知道發生的每件事情。」

「我同意。」我說，眞高興我們這群人裡面有這麼一位有經驗的冥界之子。

「大家邊吃邊聊吧。」傑克說。我看向他，他對我咧出大笑臉。「一起吃飯可以增進感情。一頓飯能讓事情變得更美好。」

「除非**你本身**是那頓飯。」我聽見愛芙羅黛蒂這麼咕噥了一聲。

「傑克說得沒錯。」史蒂薇·蕾說：「大家何不去廚房拿點蛋，抓幾包薯片之類的？我們可以邊吃邊聊。」

「妳所說的『之類的』包括血嗎？」維納斯問。

「對，包括。」史蒂薇·蕾淡淡地說，顯然不想讓喝血一事聽起來像是一件大事。

「好，那我會再拿一點來。」維納斯說。

「喂，妳去拿血時再幫我拿一瓶酒。」愛芙羅黛蒂說。

「妳知道我是不做慈善事業的，所以妳日後得還我。」維納斯說。

「我會記得的。」愛芙羅黛蒂說：「妳也應該記得我這個人有債必還。」

「是啊，妳以前的確如此，不過看來妳現在已經變了。」她說。

「不會吧？妳是說妳現在才注意到我變成人類？」

「我不是在說這個啦。反正妳要記得還酒就是了。」離開房間前她補上這一句。

「嘿，妳們不是室友嗎？」史蒂薇·蕾問愛芙羅黛蒂。

愛芙羅黛蒂不理史蒂薇·蕾。見到愛芙羅黛蒂這副德性，我好想抓著她猛搖大喊：**就算**

妳不跟史蒂薇·蕾說話，或者不看她，也不能解除妳們之間的烙印。

「對，她們以前是室友。」艾瑞克替她打破沉默，害我想起他和愛芙羅黛蒂曾是戀人，難怪他會認識她的室友，或許還很熟呢。

「沒錯，但事情會變。」愛芙羅黛蒂終於開口。

「人都會變。」我說，將視線從艾瑞克身上移開。

愛芙羅黛蒂看著我，揚起嘴角，露出悲傷、譏諷的笑容。「該死，的確如此。」她說。

5

「所以，我們有花生果醬三明治、波隆那臘腸，以及美式加工起司片。」傑克說到「美式加工起司片」時，口氣像是很不願意給我們吃毛蟲和爛泥似的。「而我個人心目中《頂尖主廚大對決》裡的首選是白吐司抹美乃滋、花生醬，夾萵苣。」

「好了，傑克，這聽起來很噁欸。」簫妮說。

「你是不是得了什麼失心瘋啊？」依琳說。

「白人男同志都怪怪的。」克拉米夏說，一口咬下夾著波隆那臘腸和起司片的三明治。

孿生的點點頭，喃喃附和，而克拉米夏走到她們身邊去拿蛋盒裡的蛋。

傑克一副被嚴重冒犯的模樣。「我覺得這樣很好吃，妳們在嫌棄之前應該先嘗過。」

「我來吃吃看。」夏儂康普頓窩心地說。

「謝謝。」傑克露出微笑，用紙巾包著一個三明治遞給她。

大家擠在史蒂薇·蕾的房間，取用三明治，傳遞一袋袋薯片，紙袋聲音窸窸窣窣。看著四周這麼多的食物、薯片和可樂（可樂萬歲！），感覺好怪，加上紅酒和血，更增添了詭異的超現實感覺。我和愛芙羅黛蒂、達瑞司及氣色愈來愈好的史蒂薇．蕾坐在床上，聽著大夥兒聊天進食的聲音，霎時還眞以爲我們身處夜之屋的某棟老舊校舍，全然忘了這是市區的地下坑道，而且我們的命運從此轉變。彷彿在這片刻，我們只不過是一群孩子，有些是朋友，有些不是，在一起廝混。

「那個從地底竄出的東西，以及跟著他一起出現的半鳥半人，到底是怎麼回事，告訴我吧。」達瑞司突如其來的一句話，馬上戳破「我們只是在一起廝混」的假象。

「慘的是我們對他的了解其實不多，而且都是從我阿嬤那裡聽來的。」我壓抑住提起阿嬤時喉頭揪緊的感覺。「可是，現在阿嬤陷入昏迷，無法幫我們。」

「噢，柔！聽妳這麼說我眞難過！發生了什麼事？」史蒂薇．蕾驚呼，拍了拍我的手。

「表面上她是發生車禍，事實上那意外是仿人鴉製造的，因爲她知道太多。」我說。

「仿人鴉？就是跟著那個長翅膀的傢伙從地下冒出來的東西？」達瑞司問。

我點點頭。「他們是他的孩子。一千多年前他強暴我阿嬤族人所生下的後代。當卡羅納破土而出，他們也重新擁有軀體。」

「妳之所以知道這些怪物，是因爲切羅基族傳說裡提到過？」達瑞司問。

「事實上，我們知道這些怪物是因爲幾天前愛芙羅黛蒂出現靈視，我們認爲那靈視就是卡羅納即將返回世間的預言。愛芙羅黛蒂以阿嬤的筆跡寫出這則預言，所以我們打電話給我阿嬤，告訴她這件事。她明白這預言所代表的意涵，來夜之屋幫我們。」我頓一下，穩住聲音。「所以仿人鴉才會攻擊她。」

「眞希望我們手邊有那則預言。」戴米恩說：「如今卡羅納眞的已經重獲自由，我很想再讀一遍那預言。」

「那還不容易。」愛芙羅黛蒂說。她就著酒瓶長飲一口，打了個嗝後，開始朗誦：

古者沉眠，等待甦醒
當大地的力量鮮紅漫溢
正中目標，特西思基利之后策畫經營
他在墓床上得受滌洗

透過死者之手他自由重獲
震懾之美，駭人之象

所有女人將再受統治籠絡
她們屈膝臣服於他的黑暗力量
卡羅納之歌悠揚甜美
我們以冰冷熾熱殺戮喋血

「哇！好呀，妳！」傑克鼓掌讚嘆。

愛芙羅黛蒂微微頷首，儀態高貴。「謝謝⋯⋯謝謝⋯⋯沒什麼，真的。」然後繼續灌酒。

我在心裡暗暗記下，得留心她喝酒的狀況。對啦，她最近是壓力很大，而且還被史蒂薇．蕾咬了，嗯，咬了兩次。居然跟史蒂薇．蕾烙印，當然加深了她的焦慮。不過，我們可不想見到靈視小姐變成醉鬼靈視小姐。

達瑞司若有所思地點點頭。「卡羅納就是『古者』，但這沒有說明他是何種生物。」

「阿嬤說，可以方便把他想像成墮落天使，也就是古代那種在人間遊走的不死生物。在許多文化的神話中，比如古希臘和舊約聖經裡，都經常提到這種生物。」

「對，他們從天堂來人間度假後，發現女人很辣，所以決定跟女人**交配**。」愛芙羅黛蒂口齒不清地說：「交配——這種字眼比較端莊，不像說㑞那麼——」

「多謝了，愛芙羅黛蒂，接下來由我解釋就行了。」我趕緊說。我很高興她不再生悶氣，不肯說話。不過，我不覺得她這種酒醉後的冷言冷語有比較好。戴米恩不發一語，遞一個三明治給我，並往愛芙羅黛蒂的方向點了一下頭。我將三明治傳給愛芙羅黛蒂，告訴她：「吃點東西。」然後把故事接下去：「所以，卡羅納開始騷擾切羅基族女人，變態地沉溺於性。女人拒絕他，他就強暴她們，還奴役切羅基族的男人。一群稱爲格希古娃的女智者，用泥土創造了一個少女來誘捕他。」

「啥？」史蒂薇．蕾問：「妳是說泥娃娃？」

「對，一個很漂亮的泥娃娃。每位女智者都賜予這娃娃某種天賦，然後她們對她吹氣，賦予她生命，並將她取名爲埃雅。卡羅納想得到埃雅，她跑給他追，引他到一處地底深穴。他平常會避開地穴之類的地方，但還是跟著跳下去，於是她們將他囚禁在地底。」

「所以，妳才將大家帶來這裡，躲進坑道？」達瑞司問。我點點頭。他繼續說：「那麼，卡羅納可以說是不死的危險生物，而仿人鴉是他的爪牙。但戴米恩剛才提到，預言裡也出現的那個什麼特西思基利之后，又是什麼？」

「根據阿嬤的說法，特西思基利是可怕的切羅基族女巫。但她們可不是巫術信仰裡的女巫或女祭司。事實上，她們非常邪惡，比較像惡魔，只不過她們會死，而且具有強大的心靈感應能力，尤其能透過念力來殺人。」我說：「奈菲瑞特就是預言裡提到的王后。」

「但奈菲瑞特向夜之屋全體師生宣布，卡羅納是來到人間的冥神俄瑞波斯，是她的伴侶，說得好像她眞是女神妮克絲的化身。」達瑞司緩緩地說，彷彿邊說邊思忖。

「她說謊。事實上，她背叛了妮克絲。」我說：「這事我已經知道一陣子，但我無法公然對抗她，我的意思是，看看今晚發生的事。大家親眼見到了史蒂薇．蕾和紅雛鬼，卻依然相信她。就連她命令史塔克射殺史蒂薇．蕾，大家的眼睛也不眨一下，除了雪姬娜。」

「原來她將史塔克從芝加哥夜之屋調到陶沙市，就是爲了這個目的。」戴米恩說。其他人一臉不解地看著他，他繼續解釋：「史塔克就是詹姆士．史塔克，那個在夏季競賽射箭項目贏得金牌的學生。奈菲瑞特要他來這裡，是爲了利用他來射殺史蒂薇．蕾。」

「有道理。」愛芙羅黛蒂說：「我們已經知道奈菲瑞特與雛鬼死了又復活的事有關，顯然她想利用他。她的計謀果然得逞了，因爲他確實死了又復活，而且受到她的控制。」她對自己的推理能力似乎很滿意，拿起酒瓶又長飲一口。

「看來我很走運，他經歷一番死生之後，射箭就沒那麼準了。」史蒂薇．蕾說。

「並非如此。」我來不及阻止自己就衝口而出：「他是故意沒射中妳的心臟。」

「什麼意思?」史蒂薇・蕾問。

「史塔克死前告訴過我,這天賦來自妮克絲。他永遠都能百發百中,想故意射偏都辦不到。他永遠都能命中他瞄準的目標。」

「如果他真是故意射偏,就代表奈菲瑞特沒能完全操縱他。」戴米恩說。

「那時他叫了妳的名字。」艾瑞克說。他銳利的藍眸似乎看穿我的內心。「我記得很清楚,他朝史蒂薇・蕾射箭之前認出了妳,他甚至說他回來找妳了。」

「他死的時候我陪著他。」我說,迎視艾瑞克探詢的眼神,努力不流露出我被其他男孩子吸引的罪惡感。「就在他死去之前,我告訴他,我們夜之屋的雛鬼會死而復活。他所說的回來是指這個。」

「看來妳和他之間有某種連結。」達瑞司說:「或許這一點救了史蒂薇・蕾的命。」

「不過,史塔克肯定已經不是原來的他了。」我說,視線從艾瑞克身上移開。我親吻史塔克,看著他死在我懷裡,不過是幾天前的事,感覺上卻像過了一輩子。「即使他想抗拒,卻顯然已經受到她控制。」

「對,好像她對他施了什麼魔咒。」傑克說。

「等等,這倒提醒了我。」戴米恩說:「我注意到,卡羅納出現時,幾乎所有人都被他震懾得有點失神。」

維納斯哼了一聲，聽起來眞像愛芙羅黛蒂最刻薄（也最不迷人）的時候。「我們可沒有喔。」她做出的手勢涵蓋所有的紅雛鬼。「我們一見到他，就知道他根本不是好東西。」

「你們怎麼會知道？」我趕緊追問。「所有雛鬼，嗯，除了我們，一見到他立刻跪下，就連冥界之子戰士也無法抗拒他。」老實說連我也被他吸引，只是不想在維納斯面前承認。

維納斯聳聳肩。「一看就知道呀。沒錯，他很正，很迷人。不過，拜託！他是在史蒂薇．蕾血流滿地後破土而出欸。」

我仔細打量她，心想，她認出卡羅納的邪惡本質，應該是因爲她本身就很熟悉邪惡吧。

「別忘了，他有翅膀欸，感覺就不對。」克拉米夏接腔，分散了我的注意力。「我媽媽告訴過我，別相信白人男孩，就連很帥的都不行。那時我就在想，白人男孩長了翅膀，從血淋淋的地底冒出來，伴隨著一群醜不拉嘰的鳥東西，肯定是加倍壞的傢伙。」

「她說得有道理。」傑克說，顯然忘了他自己就是個好看的白人男孩。

「我要跟大家說一件事。」戴米恩說。所有人的注意力從克拉米夏轉移到他。「如果那時我沒在守護圈裡，跟你們在一起，還有愛芙羅黛蒂喝令大家守在一起，離開那裡，或許我也會向他跪下。」

我內心微微感到不安。「那妳們兩個呢？」我問孿生的。

「他很帥。」簫妮說。

「非常帥。」依琳說著看簫妮一眼，等簫妮點了頭，才繼續說下去：「我們也可能被迷惑。好在愛芙羅黛蒂不斷鬼叫，要我們守住守護圈，否則我們現在也留在學校裡了。」

「那可就不妙了。」簫妮說。

「我要說的就是這個意思。」克拉米夏接腔。

「看來我又救了蠢蛋幫。」愛芙羅黛蒂醉得口齒不清。

「吃妳的三明治。」我告訴她，然後轉向艾瑞克。「你呢？他也讓你想要……」我遲疑著，不確定該怎麼說才好。

「留下來膜拜他？」艾瑞克接話，我點點頭。「嗯，我的確感受到他的魔力。不過，妳應該記得，我之前已經知道奈菲瑞特的一些底細。我心想，如果她跟他有牽扯，那我可不願跟他扯上關係。所以，我就一直專心想著其他事。」

我和艾瑞克四目相接，想起奈菲瑞特陷害我和我爲了羅倫·布雷克而背叛他的往事。

「這麼說來，紅雛鬼不會像一般雛鬼那樣受到卡羅納的影響。」達瑞司說：「不過，看來一般雛鬼必要時也可以抗拒卡羅納的蠱惑。另外，根據艾瑞克所言，加上我自己對卡羅納的感覺，我想，成鬼不像雛鬼那麼容易受到卡羅納的影響。」他頓住，看著傑克。「那時你想留在那裡膜拜卡羅納嗎？」

傑克搖搖頭。「不想。不過，其實我沒怎麼注意他。我是說，那時我好擔心史蒂薇·蕾，而且我一心只想著要跟戴米恩在一起。還有，女爵看到S後非常難過。」他一邊撫拍女爵，一邊以我們先前約定的代號稱呼史塔克。「我得照顧她。」

「那你爲什麼不會受他蠱惑？」我問達瑞司。

我看見他的眼睛飄向喝得微醺，正啃著三明治的愛芙羅黛蒂。

「我確實感受到他的魔力，」他停頓一下才繼續說：「但我心裡也想著其他事。另外，我的處境跟其他戰士弟兄有點不同。他們沒人像我跟你們這麼親近。當初我負責陪伴妳和愛芙羅黛蒂時，就已承擔了保護任務，而對冥界之子而言，這是一種強而有力的紐帶關係。」他對我露出溫暖的微笑。「通常一位女祭司長終生都由同一群戰士保護。就是因爲這樣，我們才會以女神的忠實伴侶冥神俄瑞波斯之名，被稱爲冥界之子。」

我也對他微笑，心裡暗自希望愛芙羅黛蒂不會可惡到傷害他高尚的心。

「妳想，現在上面是什麼狀況？」傑克忽然發問。大家不自禁地抬頭看這坑道小房間的弧形洞頂。我知道，大家跟我一樣，很高興見到介於我們與「上面」之間的土層夠厚。

「我不知道。」我坦白回答，不願說些什麼**我相信一切都會沒事的**這種無意義的話。

「但我們知道，有個古代的墮落天使帶著一批恐怖的仿人鴉重返人間了。我們也知道，我們的女祭司長，以及留在夜之屋裡的多數師生恐怕都已投向——嗯，怎麼說好呢？就說——投向『黑暗面』吧。」

我說完後，眾人陷入沉默。片刻後艾瑞克開口說：「《星際大戰》果然有用。拿裡頭的『黑暗面』來比喻很恰當。」

我對他笑笑，強自鎮定地往下說：「不過，我們不知道，卡羅納和仿人鴉給陶沙市帶來多嚴重的破壞。艾瑞克說上面雷電交加，還下起凍雨。但這也可能不是超自然力量造成的。畢竟這裡是奧克拉荷馬州，氣候本來就很怪。」

「奧～克拉荷馬州！龍捲沙和冰風暴的故鄉，有夠屌。」愛芙羅黛蒂又胡言亂語了。

我差點兒嘆一口氣，但忍住了，決定不理會被烙印的醉鬼靈視小姐。「話說回來，我們還知道，我們在這裡相當安全，有食物，有遮風避雨的地方。」**起碼我希望大家在坑道裡會很安全**。我拍了拍床鋪，看著可愛的綠色床單，問史蒂薇．蕾：「嘿，說到這裡，你們是怎麼把這些東西弄下來的？我沒有惡意，不過，我一個月前來的時候，這裡根本是個髒亂破爛的噁心地方。現在，這張床，還有桌子、冰箱等等東西，讓這裡改善很多欸。」

史蒂薇・蕾對我露出她特有的可愛笑容，說：「這都要歸功於愛芙羅黛蒂。」

「愛芙羅黛蒂？」我問，不解地揚起眉毛，和大家一起望向她。

「我能說什麼呢？反正我已變成好人好事的代表了。所幸我長得迷人。」愛芙羅黛蒂說，然後像個男人粗魯地打了個嗝。「啊，scusa。」她咕噥著。

「Scusa？」傑克不解。

「蠢蛋，義大利文啦，『sorry』的意思。」愛芙羅黛蒂說：「同志眼界得打開點。」

「這些東西跟愛芙羅黛蒂有什麼關係？」我趕忙阻斷快要爆發的鬥嘴場面。

「都是她買的。其實，這也是她的主意。」史蒂薇・蕾說。

「Scusa？」我故意學愛芙羅黛蒂講話，而且咧著嘴對她笑。

「我在這裡待過兩天欸。妳以爲豬舍我待得住啊？門兒都沒有。有信用卡，就有辦法布置。刷金卡，喝辣馬丁尼酒，可是我家的上流作風。」她說：「街尾尤帝卡廣場有間『宜家』，『特力屋』也離這裡不遠，可以送貨到府。其實，我自己平常不逛家具店，本來是不知道的，是有個紅色怪胎告訴我的。」

「他們不是怪胎。」史蒂薇・蕾說。

「不爽就咬我啊。」愛芙羅黛蒂說。

「她已經咬了。」維納斯說。

愛芙羅黛蒂醉眼惺忪地往維納斯的方向瞪過去，但來不及醉言醉語地回嘴，就被那個叫達拉斯的男生打岔。「我知道那裡有特力屋。」大家轉身看他。他聳聳肩，說：「我擅長裝修房屋。」

「特力屋和宜家願意送貨到下面這裡？」艾瑞克問。

「嗯，不算願意啦。」史蒂薇・蕾說：「不過，他們願意運送到隔壁的論壇大廈。跟他們，嗯，以友善的方式小小說服一下，他們就把東西運下來了，而且離開時完全忘了有這麼一回事。就這樣，東西到手了。」

「我還是搞不懂，你們怎麼有辦法說服人類下來這裡？」達瑞司說。

我嘆了一口氣。「還是告訴你吧，紅色吸血鬼能夠——」

「紅雛鬼也能夠，只不過他們的法力不像紅色成鬼那麼強。」史蒂薇・蕾打斷我的話。

「好，還有紅雛鬼。」我調整說法。「他們能夠操縱人類的心靈。」

「這樣說聽起來好像很卑鄙，但其實沒那麼可惡啦。」史蒂薇・蕾趕緊解釋：「我只是稍微扭曲一下送貨員的記憶。我不介意操控他們，但我們可不想用法力用過頭，讓自己變成可惡的人。」她眼睛望向那群紅雛鬼，問他們：「對吧？」

大家喃喃回應：「對。」不過我注意到維納斯不吭聲，而克拉米夏則心虛地四處張望。

「所以，他們能夠操控人類的心靈，不能忍受陽光直射，有驚人的復原能力，需要親近土才覺得舒服。」達瑞司說：「除了這些，還有什麼關於紅雛鬼的事我不知道的嗎？」

「有，」愛芙羅黛蒂說：「他們會咬人。」

6

「夠了，別說了。」我告訴愛芙羅黛蒂，但紅雛鬼們已經哄堂大笑。

「愛芙羅黛蒂沒喝醉，沒被烙印時就已經不正常。」克拉米夏說：「我們都習慣了。」

「不過，她說得對，」我在眾人的爆笑聲中回答達瑞司：「這些都是紅雛鬼的特性。」

「也是紅色吸血鬼的特質。」史蒂薇．蕾聽起來疲憊但自傲。「喔，我還可以告訴你，日出的精確時間是——」她頓住，歪著頭的模樣像在傾聽蟋蟀叫——「六十三分鐘前。」

「所有的成鬼都能知道日出時間。」達瑞司說。

「我敢說不是所有的成鬼遇到日出就像我這樣昏昏欲睡。」史蒂薇．蕾打了個大呵欠來強調。

「嗯，通常不會這樣。」達瑞司說。

「不過日出眞的讓我很想睡。」她說：「尤其今天。一定跟那支混蛋的箭有關係。」

一聽史蒂薇．蕾這麼說，我也開始覺得累了。看來我飲下的那點血所帶來的能量已經耗盡。我環視眾紅鬼和藍鬼，發現大家都出現黑眼圈，還努力壓抑呵欠。卡羅納和夜之屋的問題令我心焦，而且我對紅雛鬼不放心的感覺愈來愈強烈，但我實在累得沒力氣處理這些事情了。好想痛快地大哭一場，但我強自鎮定，清了清喉嚨，說：「大家先睡一下，如何？我們在這裡應該很安全。上面無論發生什麼事，我們累到可以倒地就睡，也無能為力。」

「贊成。」達瑞司說：「不過，我認為我們應該派人在坑道口看守——若妳同意的話，女祭司。以防萬一。」

「對，這是明智之舉。」我說：「史蒂薇・蕾，除了從舊火車站進來的出入口，還有其他地方可以通到這些坑道嗎？」

「柔，我以為妳知道這些坑道可以跟市區許多舊建築相通。」史蒂薇・蕾說：「我們這地方只是整個坑道系統的一部分。」

「但是，除了你們，沒有人會下來這裡使用這些坑道，對吧？」

「是沒有人會來這一部分坑道。人們都以為這裡老舊、骯髒，是徹底荒廢的地方。」

「搞不好是因為這裡真的老舊、骯髒，徹底荒廢吧。」愛芙羅黛蒂口齒不清地嘲諷。我剛才叫她閉嘴，她顯然沒放在心上，還開始灌第二瓶酒。

「不對，這裡不骯髒，也沒荒廢。」克拉米夏大聲抗議，對愛芙羅黛蒂皺眉。「我們住在這裡，而且在布置了已經。妳該知道的，因爲我們是用妳的無限卡來買這些東西呀。」

「妳說話都像這樣，不用正確文法啊？」愛芙羅黛蒂醉眼迷濛地瞥了克拉米夏一眼。

「聽著，我知道妳是人類，剛剛還跟史蒂薇．蕾烙印，夠難堪了，更甭提妳已經醉得一塌糊塗，所以我不想利用我高超的紅雛鬼能力來踹妳那瘦不拉嘰的屁股，不過若妳繼續說我怎樣，我就會忘了什麼叫友善。」克拉米夏說。

「我們可不可以專心對付那些企圖吃掉我們的壞人，別互相鬥嘴了？」我有氣無力地說：「史蒂薇．蕾，有其他坑道跟這裡相連嗎？」

「有，但那些坑道都封起來了，至少看起來是這樣。」

「那麼，從這裡通往市區坑道的出入口有幾個？」達瑞司問。

「就我所知只有一個，而且那個出入口也被很厚的鐵門封住。你們呢？你們發現過其他出入口嗎？」史蒂薇．蕾問紅雛鬼們。

「嗯，可能有喔。」安蟻回答。

「可能？」史蒂薇．蕾問。

「我之前在探路時發現有一個，不過那個洞口連我都嫌小，所以我沒進去一探究竟。我本來打算找把鐵鍬回去撬撬看，或請強尼幫忙，不過還沒動手。」安蟻說。強尼咧著嘴笑，彎曲上臂，展現肌肉。我沒理會，但孿生的笑得花枝亂顫，投以欣賞的眼光。

「所以，基本上除了火車站那個出入口，還有另一個出入口通往其他坑道？」我說。

「看來是這樣。」史蒂薇．蕾說。

「那麼，女祭司，我建議設立兩個崗哨。」達瑞司說：「一個在火車站那個出入口，另一個在那個通往其他坑道系統的出入口。」

「好主意。」我說。

「火車站那個由我先值班。」達瑞司說：「艾瑞克，你可以來跟我接班嗎？那裡是我們最容易被攻入的地方，由成鬼站崗會比較好。」

艾瑞克點點頭。「同意。」

「傑克和我就負責守衛那個可以通往市區坑道，但已經封起來的出入口。」戴米恩說：「如果大家同意的話。」

「是啊，我們甚至可以利用站崗的時候擬菜單，記下廚房還需要的東西。」傑克說。

「聽起來不錯。」我說，對傑克和戴米恩微笑。

「我贊成。簫妮和依琳，妳們可以跟他們輪班嗎？」達瑞司說。

孿生的聳聳肩。「沒問題。」依琳說。

「很好。我想，白天不找紅雛鬼來守衛出入口，應該是正確的做法。」達瑞司說。

「喂，我們很厲害的。」強尼大聲說，一副睪丸素過度分泌的蠢樣子。

「這不是重點。」我邊揣測達瑞司的意思，邊說：「我們要你們在白天好好睡，這樣一來你們才能在晚上最強壯的時候站崗。也就是說，我們希望到時候你們會比那些可能來襲的怪物更勇猛。」就算達瑞司沒提起，我大概也會想點什麼藉口，不讓紅雛鬼白天站崗。在史蒂薇．蕾這批孩子能讓我更放心之前，我可不想睡覺時由他們「保護」。

「喔，這樣啊。沒問題，我樂於保護女祭司和她的朋友。」強尼說，還對我眨眼，一副很跩的模樣。我壓抑住想賞他一個白眼的衝動。就算對紅雛鬼沒有疑慮，我可不想再跟一個足球隊員型的傢伙糾纏。我的目光瞥向艾瑞克，強迫自己別心虛地撇開視線。果然，他正盯著我。太好啦。自從進入坑道後，他幾乎對我視而不見，卻選在有其他男孩對我調情的此刻，直盯著我。

傑克像個好學生般地舉手發問：「嗯，我有個問題……」

「說，傑克。」我說。

「**我們**睡哪裡？」

「好問題。」我問史蒂薇．蕾：「我們**要**睡在哪裡？」

強尼搶先發言：「我先表明，我樂意跟別人分享我的床。我的心比克拉米夏寬闊。」

「現在要你分享的不是你的心。」克拉米夏說

「別恨我呀，寶貝！」強尼說，想學克拉米夏說話的調調，但壓根兒不像。

克拉米夏對他翻白眼。「腦筋不正常。」

「嗯，我們有一些睡袋。」史蒂薇．蕾打岔，聽起來像快睡著了。「維納斯，妳可以帶柔依他們去拿睡袋嗎？我想，大家可以各自找想睡的房間睡。」她停頓一下，有氣無力地對克拉米夏笑笑，說：「不過，克拉米夏不想跟人一起睡。」

「大家還是可以到我房間睡，這點我可以接受，」克拉米夏說：「只要別上我的床。」

「你們都有自己的房間啊？」我掩不住訝異。這跟我第一次來時的情況簡直天壤之別。那時他們沒有個人樣，而且坑道漆黑、髒亂、陰森。現在大家擠在一起的這個房間卻很溫馨，有油燈和蠟燭照明，家具舒適新穎，床上甚至擺放了與床單成套的可愛枕頭。一切看起來再正常不過。難道，紅雛鬼身上的詭異氛圍全是我累到幾乎無法思考所幻想出來的？

「只要想要，我們每個人都可以有自己的房間。」維納斯回答我的問題。「反正要弄出房間也沒多困難。這一區的坑道有很多小小的死胡同，我們就把這些胡同改成房間。我當然也有自己的房間。」她對艾瑞克微笑。我努力提醒自己，這時候召喚火來燒掉她那顆花癡腦

袋的金髮可能不太道德。

「這裡可能就是禁酒時期儲放私酒的地方吧。」戴米恩邊說邊推想。「嗯，應該是這樣。上面就是鐵軌，很容易利用晚上走私物品。」

「聽起來眞酷，而且浪漫！」傑克嘆息。「我的意思是，想想一九二〇年代的新潮女性、有點唱機的小酒館，以及盜匪。」

戴米恩以疼愛的眼神看著傑克微笑。「其實陶沙市的禁酒令一直實施到一九五七年。」

「喔，這樣就好像沒那麼浪漫了。不過，我還有一個問題。」傑克說。

在他又像小學生那樣舉起手來之前，我先開口：「說吧，傑克，什麼問題？」

「我們要在哪裡便便？」

「便便？他眞的說便便？」愛芙羅黛蒂咯咯笑，然後不屑地哼了一聲。沒人搭理她。

「很簡單。」史蒂薇．蕾說，還打了一個大呵欠。「維納斯，妳可以帶他們去嗎？」

「你們有洗手間？」眞令人驚訝。難不成坑道裡有自來水和抽水馬桶？

維納斯斜睨著我，給了我一個**妳才知道**的眼神。「確實有洗手間，還有淋浴間。」

「熱水淋浴？」傑克興致勃勃地問。

「當然，我們可不是野蠻人。」維納斯說。

「怎麼會有？」我說。

「就在我們上方的車站裡。」史蒂薇．蕾說：「我們仔細勘查過整棟建築，發現它完全封起來了。其實，要進出車站只能經由地下室那個出入口，所以我們可以掌控誰進誰出。」

「我們可不會隨便讓人進入。」維納斯補充，一臉凶狠。好，老實說，我愈來愈不喜歡她了。而這次我對她的反感與她垂涎艾瑞克無關。

「專用的，就像私人招待所。」愛芙羅黛蒂說完還打了一個嗝。

「總之——」史蒂薇．蕾賞愛芙羅黛蒂一個白眼——「我們在火車站裡找到兩間更衣室，一間男用，一間女用。我們猜想，這以前應該是給車站員工使用的。除此之外，還有健身房。接下來，達拉斯就把事情搞定了。」她疲憊地往後靠在枕頭上，對達拉斯做了個**剩下的由你來說**的手勢。

達拉斯若無其事地聳聳肩，但臉上的得意笑容顯示，他知道自己完成了了不起的工作。

「我不過是找到供水的主接頭，然後把接頭打開。水管的品質都還很好，絕對堪用。」

「你做的不只這些吧。」史蒂薇．蕾說。

他對她微笑，我再次察覺他們兩人之間有**曖昧**。嗯……改天一定要史蒂薇．蕾吐實。

「嗯，我還找出接上電的方法，這樣一來熱水器就能用。然後我們拿愛芙羅黛蒂的信用卡買了延長線，接上坑道以前的照明系統。這邊弄一點，那邊弄一點，於是上面有了熱水，下面有了電力。」

「哇，」傑克說：「實在厲害。」

「眞了不起。」戴米恩附和。

達拉斯只是咧著嘴微笑。

「那，你們到底要不要使用淋浴間？」維納斯說，一副不耐煩，甚至不友善的口氣。

「要！」傑克興高采烈地說：「値班前我當然要先洗個熱水澡。」

「呃，你們這裡有些什麼護髮產品嗎？」簫妮問。

「小姐，我恢復清醒後第一件事就是處理這個。所以，別擔心。」克拉米夏說，起身拍掉她那件屁股緊繃的牛仔褲上的餅乾屑。

「太好啦。」依琳說：「我們走吧。」

大家開始魚貫走出史蒂薇．蕾的房間時，我仍留在原地不動。

「嘿，柔，妳要不要再當我的室友？」史蒂薇．蕾看起來很累，但仍對我露出以前那種笑容。

「當然要。」我說，然後兩人的目光同時瞄向愛芙羅黛蒂。她仍坐在床尾，斜倚在達瑞司身上。

「愛芙羅黛蒂，去拿個睡袋吧，妳也可以窩在這裡。」史蒂薇·蕾說。

「妳聽好，我絕不會跟妳一起睡。」她說，努力別口齒不清。「我們的烙印可不是**那種**烙印。我不是同性戀，就算我是，妳也不是我的菜。」

「愛芙羅黛蒂，我不會碰妳的。我可沒那麼蠢。」史蒂薇·蕾說。

「我只是先把話說清楚。另外，一等我搞懂怎麼解除烙印，我就會立刻把它解除。」

史蒂薇·蕾嘆了一口氣。「別做什麼蠢事來傷到妳或我。這陣子我受的傷夠多了。」

我承認，我對她們兩人的對話很感興趣，因爲我知道透過血的魔力跟人類產生聯繫是怎麼回事，我也知道解除烙印會帶來極大的痛苦。

「柔依，拜託妳別盯著我行嗎？這種要求不會太過分吧！」愛芙羅黛蒂忽然冒出這麼一句，害我心虛地跳了起來。

「我沒盯著妳。」我撒謊。

「隨便啦，反正別直盯著我看。」

「烙印沒什麼好丟臉的，我的小美人。」達瑞司說，溫柔地摟著愛芙羅黛蒂。

「不過感覺總是怪。」史蒂薇·蕾說。

達瑞司友善地對她微笑。「烙印有很多種。」

「嗯，我們這種絕不是**吸了血以後就想跟對方做愛**的那一種。」愛芙羅黛蒂說。

「當然不是。」達瑞司親吻愛芙羅黛蒂的額頭。

「這代表妳可以睡在這裡，沒什麼好怕的。」史蒂薇．蕾說。

「打死都不要。我要跟達瑞司一起走，我可以跟他一起值班。」愛芙羅黛蒂語氣堅定，醉醺醺地舉起手上第二瓶已經半空的紅酒，彷彿在跟誰致敬。

「達瑞司必須看守坑道的入口，不能分神照顧妳。」史蒂薇．蕾告訴她。

「我．就．是．要．跟．達．瑞．司．在．一．起。」愛芙羅黛蒂頑固地一字一字強調。

「她可以跟我在一起。」達瑞司說，難掩喜悅的笑容。「我會拿睡袋給她。我相信她不會惹太多麻煩，況且我希望把她留在身邊。」

「不會惹太多麻煩？」我不信。史蒂薇．蕾和我同時狐疑地對他揚起眉毛。我敢發誓，他輪廓分明的高聳顴骨霎時泛起一抹紅暈。

「他想的一定是另一個我們不認識的愛芙羅黛蒂。」史蒂薇．蕾說。

「走吧，我知道睡袋放在哪裡。」愛芙羅黛蒂說，搖搖晃晃地站起來。「別理他們。」

她想對我們擺出橫眉怒目的表情，卻像個男人般打了一個響嗝。接著她抓起達瑞司的手，踉踉蹌蹌地走出房間，留下我和史蒂薇．蕾哈哈大笑。

達瑞司低頭鑽出門口的掛毯前，回頭對艾瑞克說：「艾瑞克，你先睡一下，我會叫你起來輪第二班。」我差一點忘了艾瑞克還逗留在房裡。差一點啦。

「好，那我就去……」艾瑞克顯得有些遲疑。

「達拉斯的房間在這條坑道的另一頭。他一定不介意你睡他的房間。」史蒂薇．蕾說。

「好，那我就去那裡。」艾瑞克說。

達瑞司點點頭。「女祭司，妳待會兒可以檢查一下史蒂薇．蕾傷口的繃帶嗎？如果需要換的話——」

「如果需要換，我可以處理的。」我打斷他的話。拜託，我都已經動手把箭推過她胸膛，當然可以面不改色地幫她換繃帶。

「嗯，如果需要我，就派個雛鬼——」

愛芙羅黛蒂一把將他拉出房間，打斷他的話。接著她又探頭進來，說：「晚X媽的安，別吵我們啊。」說完人迅速消失。

「還好是他，不是我。」艾瑞克看著掛毯盪回原位，嘴裡咕噥著。我坦然地露出微笑。眞高興艾瑞克不再對愛芙羅黛蒂感興趣。艾瑞克跟我四目相接，慢慢地，也漾起笑容。

7

「你們兩個也快去吧。我要睡了。」史蒂薇．蕾側身蜷縮，小心翼翼地挪動身體。

忽然傳來一聲發牢騷的**喵—呦—嗚**，一個圓滾滾的橘色小毛球晃進房裡，跳到史蒂薇．蕾床上。「娜拉！」史蒂薇．蕾搔著貓咪的腦袋。「我好想妳。」娜拉往她臉上打了個噴嚏，然後在她旁邊的枕頭上打轉三圈後趴下，滿足地打起呼嚕。史蒂薇．蕾和我相視而笑。

沒錯，我們一群人逃離夜之屋時，我們的貓咪和女爵也跟著我們一起逃出來了。見到娜拉舒服地趴著，我和史蒂薇．蕾都覺得，這房間多了一種家的舒適氣氛。

「妳和艾瑞克快走吧，去沖個澡或什麼的。」史蒂薇．蕾依偎著娜拉，睡意深濃地說：「娜拉和我要小睡一下。對了，出去後左轉，然後一直向右轉，就可以找到他們。通往車站的出入口就在我們放冰箱的房間的旁邊。」

「嘿，達瑞司要我檢查妳的繃帶。」我提醒她。

「晚一點再說吧。」她打了一個大呵欠。「現在繃帶好好的。」

「好吧，既然妳這麼說。」我如釋重負，但努力不表現出來。我可一點也不想當護士。

「睡吧，我一會兒就回來。」我發誓，艾瑞克和我還沒從掛毯底下鑽出門，她就睡著了。

我們出了門左轉，不發一語地走了一小段路。坑道不像以前那麼陰森，但也沒變得明亮宜人，或不給人幽閉的感覺。每隔幾碼，在視線水平的高度就有看起來像是鐵路道釘的東西釘入水泥牆，釘子上掛著提燈，但到處仍顯得陰濕。沒走多遠，我的眼角瞥見什麼東西。我放慢腳步，覷著提燈之間的深重暗影。

「看到什麼了？」艾瑞克輕聲問。

我害怕得胃揪緊。「我不知道，我——」忽然有東西從陰暗中朝我撲來，我戛然頓住，張嘴尖叫，心想大概是凶惡的紅雛鬼，甚或是可怕的仿人鴉。艾瑞克一手摟住我，將我往旁邊拉，讓五、六隻蝙蝠從我們身邊撲翅掠過。

「妳被牠們嚇到，但牠們也被妳嚇到了。」蝙蝠一飛走，他立刻放下摟著我的手。

我顫抖著，努力讓心跳恢復正常。「牠們不可能像我那麼害怕。噁，蝙蝠是長了翅膀的老鼠。」

我們繼續往前走時，他笑著說：「我倒覺得鴿子才是長了翅膀的老鼠。」

「蝙蝠、鴿子、渡鴉——我不在乎牠們有什麼差別，反正會撲翅的東西我都不喜歡。」

「我懂。」他說，微笑看著我，但那笑容無助於緩和我的心跳。我們並肩而走，我仍能感覺到半晌前他摟著我肩膀時的溫暖。又走了幾步，眼前這段坑道令人既驚訝又讚嘆。艾瑞克和我停下腳步，楞楞地盯著牆面。

「哇，太棒了。」我說。

「是啊，眞不可思議。」艾瑞克附和。「這一定就是那個叫潔若蒂的女孩的傑作。史蒂薇．蕾不是說她是個藝術家，正在彩繪坑道嗎？」

「對，但我沒想到會這麼漂亮。」我將蝙蝠抛到腦後，伸手撫過牆上繁複美麗的花朵、紅心、鳥兒和各種漩渦圖案。這些圖案交錯纏繞，構成一幅精彩的馬賽克畫，給這一段原本陰沉、幽閉的牆面注入了生命和魔力。

「人們，不管是人類或吸血鬼，一定願意花大筆錢買這樣的作品。」艾瑞克沒說出口，但我們心裡彷彿都想著：**如果這個世界有機會了解紅雛鬼和吸血鬼的話**。

「眞希望是這樣。」我說：「若世界其他人知道有紅雛鬼的存在，那就太好了。」我心裡還想著：況且，若紅雛鬼能公開身分，或許我對他們的法力和性情一直存有的疑惑就比較容易解開。「總之，我認爲人類和吸血鬼的關係應該可以更好。」我說。

「就像妳和妳那個人類男友？」他淡淡地提出這問題，不帶一絲譏諷。

我直直迎視他的目光。「我沒跟西斯在一起了。」

「眞的嗎？」

「眞的。」我說。

「好，那很好。」他只這麼說。我們繼續往前走，靜默無語，沉浸在各自的思緒裡。

不久，坑道緩緩地往右轉彎，我們看見左手邊有一處拱形的出入口，也掛著毯子。黑色的假絨毯上有穿著白色連身褲的貓王人像。「這應該是達拉斯的房間。」我猜想。

艾瑞克略微猶豫一下，撥開掛毯，我們往裡頭探。室內不大，沒有擺床，只有兩張床墊疊在地板上，不過床墊上有鮮紅色的成套被單和枕頭。被單下隆起一大塊東西，我猜應該是正在睡覺的達拉斯。一張桌子上面擺了些物品，但光線不夠，我看不清楚。另外有兩張黑色的懶骨頭。床墊上方的弧形牆面有一張海報，圖案是……我瞇起眼睛，想瞧個分明……

「《萬惡城市》電影裡的性感美女潔西卡．艾芭。這傢伙很有品味。她是很性感的吸血鬼演員。」艾瑞克壓低聲音，不想吵醒達拉斯。我對他蹙起眉頭，放下貓王圖案的掛毯。

「怎麼？海報又不是貼在**我的**房間。」他說。

「我們跟上其他人吧。」我說，開始繼續往前走。

「嘿，」我們之間靜默了幾分鐘後，他開口說：「我欠妳一個大人情。」

「欠我？怎麼說？」我望向他。

他看著我的眼睛。「因爲妳救了我，我才不至於留在學校。」

「我沒救你，你是靠著自己的意志跟我們來這裡的。」

他搖了搖頭。「不，我很確定是妳救了我。若沒有妳，我根本沒有自由意志可言。」

他停步，碰觸我的手臂，輕輕將我轉過身，好跟他面對面。我抬頭望著他那雙明亮的藍眼睛。他的眼眶四周環繞著成鬼的記印，那看似面具的繁複圖案，將他超人克拉克・肯特般的俊俏臉龐襯托成蒙面俠蘇洛的化身，散發出令人難以抗拒的性感魅力。但艾瑞克不只是超級大帥哥，他還才華洋溢，正直善良。我眞恨我們分手了，更恨這是我造成的。不管怎樣，我好想再當他的女友，想讓他再次相信我。我眞的想死他了……

「我好想你！」見他眼睛睜大，嘴角上揚，我才驚覺自己已衝口說出心裡的話。

「我人就在這裡。」

我感覺到一陣潮紅由脖子往上衝到臉龐，自己成了一個紅通通的醜八怪。「呃，我的意思不是說你人不在這裡，所以想你。」我說，一臉尷尬。

他綻開笑容。「妳想不想知道妳是怎麼救我的？」

「當然想。」我眞想給自己的臉搧風，讓紅得跟甜菜根一樣的臉色消褪。

「我說妳救了我，是因爲想著妳，我才沒被卡羅納的魔力給催眠。」

「眞的嗎？」

「妳知道妳設立守護圈時有多迷人嗎？」

我搖搖頭，陶醉在他湛藍的眼眸中，不想呼吸，什麼都不想做，怕破壞這美妙的一刻。

「妳實在不可思議，美麗迷人、法力高強、自信從容。妳就是我魂牽夢縈的人。」

「可是我割傷了你的手。」我的嘴只說得出這句話。

「妳非這麼做不可，這是儀式的一部分。」他舉起手，翻過掌心，讓我看那條從拇指下方隆丘延伸過整個手掌的紅色細痕。

我伸出手指輕輕撫摸那條粉紅細紋。「我不想害你受傷。」

他握起我的手，翻轉過來，露出我布滿掌心的深藍色刺青。然後，就像我剛才那樣，他也伸出手指撫摸我的掌心。我悸動顫抖，但沒縮回手。

「妳割我的手時我一點都不痛，我感受到的只有妳，妳的體溫、氣味，還有妳在我懷裡的感覺。就是這樣，我才沒被那個怪物蠱惑，才沒相信奈菲瑞特的話。妳救了我，柔依。」

「我們之間發生過那些事之後，你還願意這麼說？」我淚水盈眶，得快速眨眼，才不至於淚流滿面。

艾瑞克深吸一口氣，像個潛水伕正準備從高聳險崖躍下。然後，他衝口說出：「柔，我愛妳。我們發生過的那些事改變不了這一點。就算我不想愛妳，也辦不到。」他捧起我的臉。「我沒有被奈菲瑞特愚弄，或被卡羅納蠱惑，因為我已經為妳癡迷，被妳給我的感覺催眠。我還是想跟妳在一起，柔依，如果妳願意。」

「我願意。」我毫不遲疑地喃喃答應。

他傾身吻我。我雙唇微張，接受他那熟悉的吻。他的味道依舊，撫觸相同。我的手臂往上滑，攬住他的寬闊肩膀，緊緊貼著他，不敢相信他原諒了我，仍然要我，依舊愛我。

「柔依，」他的嘴巴在我唇間低喃：「我也想妳。」

然後他又吻我，吻得我發暈。這吻不同於以往——不同於他蛻變為成鬼之前，不同於我被另一個男人奪走貞操之前。現在這吻的感覺，就像他知道某個祕密，而我也知道內情。我感覺到他的呻吟，而不只是聽到。他摟緊了我，將我壓在牆上，我感覺到我的背靠著冰冷堅硬的牆。他一隻手放在我的臀部，用力把我往他身上擠壓。另一隻手從我的腰際往下滑，拂掠過我身上的禮服，一路游移到我大腿後側，直到摸著裙襬。接著，他的手指鑽入我的裙子往上滑，溫熱指尖觸撫著我裸露的冰涼肌膚。

裸露肌膚？緊貼著坑道牆面？在黑暗中愛撫？

一個糟糕的念頭湧上心頭：**難道艾瑞克以為，我有過一次性經驗，所以現在是開放狩獵的季節，可以任他掠奪？啊，該死！**

我可沒打算做那件事。不，不能在這裡，不能像這樣子。要命，我甚至不知道我是否想再**做那件事**。我唯一有過的一次性經驗以悲劇收場，成了我畢生最大的遺憾。我當然沒因此變成淫蕩的騷貨！我伸手推艾瑞克的胸膛，嘴巴也離開他的唇。但他似乎不在意，甚至幾乎沒察覺，反而只顧繼續磨蹭我，雙唇往我頸窩裡鑽。「艾瑞克，別這樣。」我喘著氣說。

「唔，妳感覺起來好棒。」

他的聲音充滿高漲的情欲。霎時，我迷惘了，不知道自己想要什麼。我的意思是，我確實想跟他在一起，他那麼性感，那麼熟悉，那麼……

我正要敞開胸懷接納他，卻從他肩頭瞥見什麼東西，恐懼立刻湧上心頭。搖曳晃動如海浪的深黝黑暗，在空氣中匯聚蠕動，彷彿鬼魅，裡頭有一雙眼睛盯著我，發出紅光。

「艾瑞克！住手，現在！」我的心臟劇烈跳動，用力推他的胸膛，他踉蹌後退半步。我迅速往旁邊移動，以便正視他身後的那個東西。那雙紅眼不見了，但我發誓，漆黑中有一團墨黑。就在我眨眼聚焦時，詭異現象消失，只剩艾瑞克和我佇立在陰暗寂靜的坑道裡。

忽然，另一個方向傳來鞋子踩踏水泥地的喀啦聲響，我深吸一口氣，準備召喚任何我需要的元素，來對抗新來的不知名的威脅，卻見克拉米夏不動聲色地從陰暗中走出來。她若有所思地盯著艾瑞克久久，然後說：「好傢伙，你在坑道裡幹這種事？真行。」

艾瑞克轉身面向她，同時將我摟進懷裡。我不需抬頭，就知道他臉上掛著親切的笑容。艾瑞克是傑出的演員，此刻展現給克拉米夏看的，是經過精心設計，適切地傳達出**被妳逮到了**的迷人表情。「妳好，克拉米夏。」他從容不迫地說。

但我不知所措，幾乎站不住，遑論開口說話。我知道我滿臉通紅如甜菜根，雙唇青紫濕潤。要命，搞不好**我整個人**青紫濕潤。「克拉米夏，妳剛剛看見坑道那一頭出現什麼東西嗎？」我抬起下巴往我們身後的陰暗處撇了一下，氣喘吁吁的聲音聽起來總算只稍微像個色情片女星。

「沒有，小姐，我只看見妳和妳的男孩猛舔臉。」她立刻回答。

我心想，她未免答得太快了吧。

「哇！艾瑞克和柔在親熱？好甜蜜唷！」傑克突然從克拉米夏的背後現身，搖著尾巴的女爵在他腳邊低吠。

「柔，別怕，妳剛剛見到的或許還是蝙蝠。」艾瑞克說，捏了捏我的肩膀，要我安心，然後才跟傑克點頭打招呼。「嗨，傑克，我以爲你去洗澡了。」

「他正要去洗，不過先下來幫我拿毛巾給大家。」克拉米夏說：「還有，對，這裡確實有蝙蝠。不過，如果不去惹牠們，牠們也不會犯我們。」說完後打個大呵欠，誇張地伸個大懶腰，看起來活像一隻修長纖細的黑貓。「既然你們兩個在這裡，那就幫傑克把這些東西拿到淋浴間吧，讓我早點去睡美容覺，如何？」

「沒問題，我們樂意幫忙。」我說，聲音恢復正常。居然被陰暗坑道裡的蝙蝠嚇到差點尿褲子，我真是白癡。唉，看來我真的得好好睡個覺了。「反正艾瑞克和我正要去浴室。」

克拉米夏凝視我們大半晌。那神情顯示，她雖然愛睏，心裡可明白得很。「啊哈，你們那樣子一看就像正要去浴室。」我再次羞紅了臉。

她轉身，霎時我以爲她要直接撞上她身後的牆，結果她竟消失在牆裡。接著我聽見點燃火柴的聲音，一盞提燈火光搖曳地照亮了坑道裡一處凹洞，面積略小於達拉斯的房間。克拉米夏將提燈掛在牆面掛釘上，回頭看我們。「幹麼?你們還在等什麼?」

「喔，對，好。」我說。傑克、女爵、艾瑞克和我走上前去，往裡頭瞧。凹室方正的牆面釘有置物架，一排排井然有序，儼然一個大壁櫥。我盯著整齊疊放的毛巾和鬆軟的浴袍，感覺有些詭異。女爵對著浴袍猛嗅。

「這狗衛生嗎？」克拉米夏問。

「戴米恩說，狗嘴比人嘴乾淨。」傑克說，拍拍這隻黃色拉布拉多犬的頭。

「我們不是人類。」克拉米夏說：「請你別讓她濕答答的大鼻子碰這些東西，好嗎？」

「好，不過麻煩妳記住，她經歷過傷痛，很容易受傷害。」傑克將女爵拉到身邊，嚴肅地告訴她別用鼻子亂碰東西。

我直盯著那堆物品。「哇，誰想得到這裡會有這些東西啊？」

「愛芙羅黛蒂想到的。」克拉米夏說，將一堆毛巾塞到我們手上。「她付錢買的，或者該說是她媽的金卡買的。妳不會相信，若有無限金卡，可以從店裡訂到多少東西。這讓我對自己未來的生涯下定了決心。」

「真的？妳想做什麼？」傑克問，伸手接過毛巾和浴袍。女爵乖乖坐在他身邊。

「我要當作家，很有錢的那種，有無限卡可用。妳知道嗎，一旦信用額度很高，別人看妳的眼光就不一樣？」

「我想也是。我見過店員怎樣巴結孿生的。」傑克說：「她們家也很有錢。」他講後面這句時壓低聲音，彷彿這是個大祕密。其實不是。所有人都知道孿生的家裡很有錢。是沒愛芙羅黛蒂家那麼富有，但她們居然花了四百美元買生日禮物送我，在我看來當然是很有錢。

「嗯，我喜歡被人巴結。所以，我一定要掙錢。好，這些毛巾應該夠了。走吧，我陪你們走一小段，但走到我房間時我就要進去睡了。傑克，你找得到回淋浴間的路吧？」

「找得到。」他說。

我們沿著坑道往右彎，下一道出現在我們眼前的帘子是一片閃亮的紫色絲綢。

「這就是我的房間。」克拉米夏見到我呆望著這片權充門板的美麗布料，笑著說：「這帘子是從高級進口家飾店『一號碼頭』買來的。他們沒有送貨到府，但接受無限金卡。」

「這顏色好美。」我說，感覺自己蠢斃了。在這種布置著高級家飾品的地方，我竟然以爲會有可怕怪物在陰暗處出沒。

「謝謝，我喜歡弄一些顏色。布置房間，顏色很重要。要不要進來看我的房間？」

「好啊。」我說。

「當然要。」傑克說。

克拉米夏的視線從傑克移到女爵。「她受過訓練，不會亂便便吧？」

傑克一聽，怒毛直豎，說：「當然。她是很乖巧的淑女。」

「最好是。」克拉米夏咕噥著，一手將帘子拉開，另一手優雅地比出邀請的手勢。「歡迎光臨寒舍。」

克拉米夏的房間約是史蒂薇．蕾房間的兩倍大，鮮綠色的弧形水泥牆顯然最近才剛粉刷過。兩盞提燈和十幾根芳香蠟燭，給新漆增添幾許柑橘氣味。她的家具，從床、衣櫃、床邊桌到書架，都是深色木頭。房裡不見椅子，但散落著豔紫和粉紅的絲緞大抱枕，跟她的床單搭配成套。床上有五、六本書，有的夾了書籤，有的攤開擱著，彷彿她同時閱讀這麼多本。我注意到床上和書架上的書，書脊都貼有索書號碼。克拉米夏留意到我注意到了。

「市區的中央圖書館，週末開到很晚。」

「我不曉得圖書館可以讓人一次借這麼多本書。」傑克說。

克拉米夏侷促不安。「其實不可以啦，嚴格說來不可以，除非你稍微操弄一下圖書館員的心。等我有機會上書店買書後，就會立刻歸還。」

我嘆了一口氣，心裡暗暗記下，「圖書館偷書」也是我得勸紅雛鬼別再幹的事。但我同時在心裡斥責自己。克拉米夏顯然因偷書而心虛。這種會因順手牽羊而內疚的孩子，哪可能有什麼邪惡傾向？**不，不，絕不可能**。同時，我不自覺地走向床邊，想看清楚那些書名。有一本厚厚的莎士比亞全集、一本附有插圖的精裝本《簡愛》疊放在英國小說家坦妮絲·李的《銀製情人》上面。此外，還有科幻小說家安妮·麥卡芙瑞的《龍飛》，旁邊則是一位名叫諾瓦的人寫的《勇猛小夥子》、《糖果舔舔人》、《高潮G點》。這三本封面不雅的書大剌剌攤開著。我好奇地將手中的整疊毛巾放在粉紅床單上，拿起《勇猛小夥子》，閱讀已敞開的那頁。

我發誓書中的火辣情節燒焦了我的視網膜。

「黃色書刊。我喜歡。」艾瑞克在我的肩後說。

「嗯，是我用來做研究的。」克拉米夏趕緊將書從我手中奪回去，並從容地看著艾瑞克，說：「根據我剛剛見到的畫面，你們應該不需要透過書來了解這種事。」

我感覺整張臉再次紅燙，不由得又嘆了一口氣。

「嘿，很酷的詩。」我聽見傑克說話，眞高興有人轉移話題。我抬頭看見傑克指著貼在綠色牆面的幾張海報紙，上頭都是詩，以相同的草寫筆跡，用不同顏色的螢光奇異筆寫成。

「你喜歡？」克拉米夏問。

「是啊，很棒。我眞的很喜歡詩。」傑克說。

「是我寫的。」克拉米夏說。

「妳沒開玩笑吧？天哪，我以爲這是從書上抄下來的。妳眞厲害。」傑克說。

「謝謝。我說過我想當作家，名利雙收，擁有金卡的那種作家。」

我隱約聽見艾瑞克加入討論。我這麼說，是因爲我的注意力全放在一張血紅色海報上以黑字寫下的短詩。「這首也是妳寫的？」我問，打斷他們，不在乎他們正在討論誰比較喜歡美國詩人佛洛斯特或愛蜜莉・狄金森。

「全是我寫的。」她說：「我本來就愛寫詩，不過被標記後寫得更多。這些詩自然而然地從我的腦海冒出來。我希望我不只是寫詩。我愛詩，但詩人賺不了錢。對，我在中央圖書館裡還研究過生涯規畫。剛才說了嘛，那裡開到很晚。總之，詩人賺不——」

「克拉米夏——」我打斷她的話——「這首是什麼時候寫的？」我的胃感覺很怪，嘴巴變得好乾。

「這些都是這幾天寫的。妳知道的，就是史蒂薇・蕾把我們喚醒以後。之前我滿腦子只想到吃人啦。」她愧疚地笑笑，聳了聳一邊肩膀。

「所以，這首，黑字寫的這首，是妳在過去幾天寫的？」我指著那首詩。

暗影中的暗影
他望穿
夢境
翅膀如黑色非洲般黑暗
身體如峻岩般強壯

等得夠久了
渡鴉叫喚了

傑克第一次讀到這首詩，不禁倒抽一口氣。

「喔，我的天哪！」我聽見艾瑞克讀完詩後低聲驚呼。

「這首很簡單，是我最新寫的一首，就在昨天，我那時……」她驀然明白我們的反應後，話語戛然而止。「該死！這詩與他有關！」

8

「妳怎麼會寫出這首詩？」我問，繼續盯著那些黑字。

克拉米夏跌坐在床上，忽然看起來跟史蒂薇．蕾一樣疲憊。她的頭不斷前後搖晃，橘黑色相間的頭髮在光滑臉頰邊晃蕩。「它自己冒出來的，就像我寫的其他東西一樣。它們自己出現在我腦海，我只是把它們寫下來。」

「妳認為這詩在說什麼？」傑克問，輕輕拍了拍她的手臂，彷彿在撫拍女爵。

「我沒認眞思考過。它冒出來，我寫下來，就這樣。」她頓住，抬頭望向那張海報，隨即撇開視線，彷彿被眼前的東西驚嚇到。

「所有這些詩都是妳在史蒂薇．蕾蛻變之後寫的？」我將注意力轉移到其他詩。其中有幾首還是三行俳句詩。

眼睛永凝望

他們等待影中影

黑羽降臨了

先接納與愛

而後遭背叛、唾面

復仇甜如點

「親愛的妮克絲啊！」我身後傳來艾瑞克驚嚇的聲音，但他刻意小聲，只說給我聽。

「這些詩全與他有關。」

「『甜如點』是什麼意思？」傑克問克拉米夏。

「你們知道的，就是形狀像小圓點的糖果冰。我很愛吃這種東西。」她說。

艾瑞克和我繞著克拉米夏的房間走，逐一讀牆上的詩。我讀得愈多，胃揪得愈緊。

他們做

錯了

就像漏出油墨的筆
　被丟棄，因為有人
用盡
但他回來
　披戴黑夜
如王莊嚴
藉由他的后
　錯誤
導正
　導得非常正

「克拉米夏，妳寫這首詩時心裡想到什麼?」我指著最後這首問她。

她又聳了聳一邊肩膀。「我猜，我想到的是我們當初真不該離開夜之屋。我的意思是，我知道我們最好躲到地底，但總覺得只有奈菲瑞特知道我們紅雛鬼的存在，就是不對。她是壞女祭司長。」

「克拉米夏，可以幫我個忙，將這些詩全抄下來嗎？」

「妳覺得我犯了錯，對不對？」

「沒有，我**不認為**妳犯了錯。」我要她放心，希望直覺引導我做對的事，不再盲目追逐黑暗裡的蝙蝠。「我認爲妳擁有妮克絲賜予的天賦。我只是想確定我們能善用妳的天賦。」

「我覺得她是吸血鬼桂冠詩人的料，而且遠比上一個好。」艾瑞克說。我抬頭，瞪他一眼。他聳聳肩，咧嘴笑著說：「我只是隨便想想。」

好吧，想到羅倫讓我渾身不舒服，尤其提起他的人還是艾瑞克，但我內心深處明白，艾瑞克指出了克拉米夏的眞正天賦，妮克絲確實在她身上動工。**對了，我是我們這群人當中唯一的女祭司長，我可以做宣告呀**。「克拉米夏，我要任命妳爲我們的第一位桂冠詩人。」

「什～～麼？妳在開玩笑，對不對？」

「不是開玩笑。我們是一群全新的吸血鬼，**文明**的新吸血鬼，所以我們需要一位桂冠詩人，而妳就是這個人選。」

「柔，我完全同意，不過，新桂冠詩人不是必須由委員會來投票決定嗎？」傑克問。

「對，而我的委員會成員都在這裡。」我知道傑克說的是掌管所有吸血鬼的妮克絲委員會，也就是以雪姬娜爲首的那個。但我也有一個委員會，就是學校認可的領袖生委員會，由我、艾瑞克、孿生的、戴米恩、愛芙羅黛蒂和史蒂薇．蕾所組成。

「我投克拉米夏一票。」艾瑞克說。

「瞧，這就很正式了啊。」我說。

「萬歲！」傑克歡呼。

「這主意很扯，不過我喜歡。」克拉米夏笑臉盈盈地說。

「好，那妳睡覺前替我把這些詩寫下來，可以嗎？」

「可以，沒問題。」

「走吧，傑克，我們的桂冠詩人需要睡一覺。」艾瑞克說：「恭喜啊，克拉米夏。」

「對，大大恭喜嘍！」傑克說，還給克拉米夏一個擁抱。

「你們現在都走吧，我得幹活了，然後要好好休憩，桂冠詩人也得看起來美麗。」克拉米夏一本正經地說，末了兩句還押了韻。

艾瑞克和我跟著傑克和女爵離開克拉米夏的房間，沿著坑道往前走。

「那些詩眞的跟卡羅納有關嗎？」傑克問。

「我認爲這些詩都跟他有關。」我說：「你覺得呢？」我問艾瑞克。他嚴肅地點點頭。

「喔，我的天哪！這代表什麼意思呀？」傑克說。

「我不知道。不過，妮克絲在看顧著這一切，我感覺得到。先前預言曾以詩的形式出現。現在這些詩呢？當然也是，不可能是巧合。」

「如果這是女神所爲，那麼一定可以找到方法利用這些詩來幫助我們。」艾瑞克說。

「對，我也這麼想。」

「我們只要想出這些辦法就行了。」艾瑞克說。

「這得找個比我有腦袋的人來想。」我說。

短暫沉默後，我們三人異口同聲說：「戴米恩。」

陰森森的黑影、蝙蝠，以及我對紅雛鬼的疑慮，全都暫時拋到腦後，我和艾瑞克及傑克在坑道上疾步前進。

「通往舊火車站的門就在這裡。」傑克帶我們穿越出奇溫馨的廚房後，走入旁邊那間顯然是儲藏室的房間。我打賭，以前這裡儲放的應該是酒，而非眼前這一袋袋薯片和一盒盒穀物脆片。沿牆還有一個個睡袋和枕頭，一捆捆整整齊齊捲好，井然有序地疊放著。

「所以，火車站就是從這裡進去？」我指著儲藏室角落那道下拉式木梯。木梯上方有一道敞開的門。

「對，就是這裡。」傑克說。

傑克先爬上梯，我跟著上去。我的頭探入這棟原已廢棄的建築時，第一眼看見的是黑暗與塵埃，每隔幾分鐘有閃光燈似的亮光從木條封住的門窗透入。當外面傳來轟隆雷鳴，我想起艾瑞克說過外頭雷電交加。這種天氣對陶沙市來說不算罕見，即使時值一月初。但今天不是尋常日子，我無法相信這是平常的雷雨。我從手提包掏出手機，打開察看，沒訊號。

「我的也收不到訊號，自從來到這裡後就無法接通。」艾瑞克說。

「我的在廚房充電，不過我們先前上來這裡時，戴米恩檢查過他的手機，也沒訊號。」

「你們知道的，惡劣天氣可能造成信號發射台失靈。」艾瑞克一定是見到我臉上的擔憂表情，故意安慰我。「記得一個多月前的那場暴風雨嗎？我的手機足足三天不能用。」

「謝謝你想讓我寬心，不過我就是……就是不相信這是單純的自然現象。」

「對，」他低聲說：「我知道。」

我深吸一口氣。不管是不是自然現象，我們都得面對。但這會兒我們孤立地困在這裡，什麼事都沒辦法做。外頭雷電風雨肆虐，而我們還沒準備好去面對。

眼前能做的事先做吧。我挺起肩膀，環顧四周。我們進入的這個小房間有一堵矮牆，上方是一個個銀行櫃台般的小窗，裝有一根根生鏽晦暗的銅條。我立刻明白，這裡一定就是售票室。從那裡，我們跨入一個很大的房間。這裡的大理石地板在昏暗中看起來仍光亮滑溜，不過牆面很怪。從地板到我頭頂大約一呎的牆面粗糙光禿，再上面才開始有彩繪裝飾。雖然歷時久遠，塵埃滿布，還有蜘蛛網四處懸吊（噁，先有蝙蝠，後有蜘蛛），裝飾藝術運動時期的色彩猶存，描繪出美洲原住民的馬賽克圖案、羽毛頭飾、馬匹、皮革及流蘇。

我環視這飽經風霜的建築設計之美，心想**這裡可以改造成一所很棒的學校**。面積夠大，而且一如陶沙市中心的許多建物，由於當年石油產業帶來的財富及一九二〇年代的裝飾藝術風格，典雅美麗。我邊幻想，邊走過空蕩蕩的大廳，四處張望，留意到四處有不少走廊，往外延伸，通向其他房間。我思忖著，也許這些房間足夠當作好幾間教室。我們沿著一條走廊前進，盡頭是一道大玻璃門。傑克說：「那裡頭就是健身房。」我盯著年久髒污的玻璃，在黑暗中只能分辨出一團團的圖形，看起來真像來自死寂世界的沉睡巨獸。「那裡的門通往男生更衣室，」傑克指著健身房右邊一扇關著的門。「女生更衣室在那邊。」

「好，那我去洗澡了。」我虛弱地說：「艾瑞克，克拉米夏寫的那些詩，你和傑克先跟戴米恩提一下，好嗎？告訴他，若需要找我談，我會在史蒂薇．蕾房間。如果不急，大家可以休息過後再碰面討論。」我挪動抱在懷中的毛巾和浴袍，空出手來抹了抹睏倦的臉。

「柔，妳需要休息。就算妳法力高強，也不可能經歷這一整晚之後，不睡覺還能正常思考。」艾瑞克說。

「是啊，如果沒有戴米恩陪我，我眞怕值班時會睡著。」傑克說，打了個呵欠來強調。

「孿生的很快就會去接你們的班。」我對傑克笑笑，說：「撐到那時候就好了。」我綻開笑容，也看著艾瑞克。「一會兒見嘍，兩位。」

我轉身要走時，艾瑞克碰了一下我的手臂，叫住我。「嘿，我們又在一起了，對吧？」

我迎視他的眼睛，看到他裝出來的自信笑容背後的脆弱。如果我說，在答應跟他復合之前，我得先跟他談談，呃，性的問題，他大概不能理解。我會傷到他的自尊和他的心，然後事情回到原點，我再度氣自己蠢到跟他分手。所以，我只說：「對，我們又在一起了。」

他俯身在我唇上種下一個吻，反應出他甜蜜的脆弱。這不是那種強求、霸道，想要翻雲覆雨的吻，而是溫暖、體貼，**我好高興我們又在一起**的吻。這樣的吻，徹底融化了我。

「要睡一下喔。待會兒見。」他喃喃對我說，快速親了一下我的額頭，然後和傑克隱沒在男子更衣室的門後。

我佇立原地，望著關上的門思忖。難道我誤解了艾瑞克的改變和激情？他畢竟不再是雛鬼了。他完成蛻變還不到一個禮拜，仍只有十九歲，但如今他已是成鬼，是個男人了。

或許我們之間的肉體關係變緊張是正常的。不是因爲他認爲我已失去貞操，變成騷貨，而是因爲**艾瑞克是個男人**——我再一次提醒自己。跟羅倫·布雷克那段不堪的過往讓我學到，跟男人在一起不同於跟男孩或雛鬼在一起。**如今，艾瑞克是個成鬼了，就像羅倫**。想到這裡，我全身緊繃。「就像羅倫」，這樣比擬不對。艾瑞克當然跟羅倫不一樣！艾瑞克從未利用我，或欺騙我。他是蛻變了，但仍是我認識的他，我或許也仍深愛著他。我實在不該胡思亂想，給自己太大壓力。性的問題會隨著時間而解決的。我的意思是，此刻，有個古老的不死怪物要追殺我們，奈菲瑞特的邪惡勢力已掌控校園，仿人鴉肆虐陶沙市，阿嬤陷入昏迷，我也還疑心紅雛鬼不對勁，幹麼我還要自尋煩惱，擔心艾瑞克的問題？

「柔！妳來了啊。要不要進來？」依琳從女更衣室探出頭來。她身後飄浮著一大團蒸氣，我看見她只穿著胸罩和內褲（想當然耳，成套的，牌子是「維多莉亞的祕密」）。

我使勁拋開縈繞心頭的艾瑞克。「對不起……對不起，我這就進去。」我衝進更衣室。

9

好吧，我承認，跟對水和火具感應力的女孩一起洗澡，一開始尷尬，後來有趣，最後好玩得不得了。

一開始尷尬，不是因爲洗團體澡是什麼不文明的可怕事情，而是因爲，嗯，我們實在不習慣。這裡約有六個簇新發亮的蓮蓬頭，裝在一間一間緊臨的各別淋浴間。沒有門或浴簾相隔，但每一間的上方都有橫桿軌道，所以我猜以前確實裝了簾子，只不過現在全沒了。一開始跟朋友裸裎相對確實尷尬，不過，既然我們**都是**女生，又是異性戀，所以根本沒興趣看對方的乳房或其他私密處。我知道，這一點男生很難了解。總之，這種尷尬的感覺沒持續太久，而整間更衣室蒸氣瀰漫，也給了人保有隱私的假象。

然後，我抹上沐浴乳和洗髮精時，才發現這裡的蒸氣未免太濃了，濃得很**不尋常**。**所有的**蓮蓬頭，包括沒人使用的，都噴出一道道熱水，激起翻騰的熱氣，濃到宛如濃煙。這……

「喂！」我探頭想看清楚孿生的。「妳們是不是對水做了什麼事？」

「啥？」簫妮說，抹開眼睛上的洗髮精泡泡。「什麼啦？」

「這個。」我揮動手臂，惹得身邊的蒸氣洶湧翻騰，如夢似幻。「若沒有懂得操控水和火的人相助，不可能產生**這樣的**蒸氣。」

「我們？火小姐和水小姐？」依琳說。在白茫茫的蒸氣中，我幾乎看不見她那頭亮澄澄的金髮。「她在說什麼呀，孿生的？」

「我想，我們的柔是影射我們濫用女神賦予的感應力，遂行私人目的，製造芬芳溫暖的濃濃蒸氣，好讓我們在經歷可怕的一天後能好好放鬆。」簫妮裝出美國南方上流階級美女特有的天眞語氣。

「我們會做這種事嗎，孿生的？」依琳問。

「我們當然會做這種事啊，孿生的。」簫妮說。

「可恥啊，孿生的，眞可恥唷。」依琳故意說得很嚴重，然後兩人咯咯咯地狂笑。

我對她們翻白眼，但隨即察覺，簫妮說得沒錯。這迷濛霧氣確實芬芳馥郁，讓我想起夾帶著花草氣味的春雨。而且蒸氣是溫暖的——不，豈只溫暖，還熱烘烘，就像慵懶的夏天海邊。儘管外頭雷雨交加，轟隆雷聲令人不安，閃電偶爾照得室內忽明忽暗，孿生的卻爲更衣室帶來了舒暢的氣氛。

就在這時，事情開始變得好玩。我心想，孿生的利用天賦讓我們覺得溫暖、潔淨和舒適沒什麼不對。畢竟我們才被鳥人惡魔逐出家園，外頭有詭異凶猛的雷電風雨，我們困在坑道和這幢老舊建築裡，完全無法與外界聯繫——除非走出去。可是，不管外頭有沒有暴風雨，這會兒我們可沒人想走出去。既然這樣，為何不能寵愛自己一下呢？

「嘿，要不要送一點蒸氣過去男生更衣室？」我邊洗頭邊問。

「不要。」簫妮說，語氣開心得很。

「連一點點都不要。」依琳笑著說。

我也笑著回應她們。「當女生眞好。」

「是啊，雖然我們得光著屁股，在這個像馬舍的地方一起洗澡。」依琳說。

我忍不住咯咯笑。「馬舍。難怪妳們變成了母馬。」

「母馬！我們？」依琳說。

「喔，不只，她不只說我們是母馬。」簫妮說。

「扁她！」依琳大喊，雙手甩向我，水柱從四面八方向我襲來。當然不會痛，反倒害我笑得更厲害。「我來為她加熱，孿生的！」簫妮說著朝我彈手指，我的皮膚瞬間變得非常、**非常**暖和，而我這邊的蒸氣也變得加倍濃密。

趁著哈哈笑的空檔，我低聲說：「風，降臨我。」一股力量旋即包圍我。我在蒸氣中以手指繞圈，說：「風，送回去給孿生的吧！」我噘嘴輕輕朝她們的方向吹氣。嘩的一聲，蒸氣、熱氣和水在我四周旋轉一圈、兩圈，然後直直奔向孿生的。她們尖叫，大笑，試圖反擊。想也知道，她們打不贏我。我的意思是，拜託，我可以召喚五元素欸！這就像熱鬧有趣的枕頭仗或水仗，我們三個玩得全身濕淋淋，笑到喘不過氣。

我們終於停火。其實，是我逼得孿生的連續大喊：「我們投降！我們投降！」我才優雅地接受她們降伏。裹上毛巾布料的浴袍，整個人好舒服，有一種清爽慵懶的感覺。我們將髒衣服披在淋浴間裡，召喚水和蒸氣來洗滌，接著我召喚火和風將它們烘乾。然後三人晃回下面坑道，不理會外頭風雨雷電的「聲光秀」。想到有土石環繞庇護，有誓死不讓任何人潛入的男性吸血鬼保衛，我們覺得非常放心。

我回到史蒂薇．蕾的房間，見她沉睡的模樣，心想，她可真是睡得像死了一樣。但我立刻被這念頭嚇到。她死過，還再次差一點死掉，我無法承受了。我躡手躡腳走到她身邊，盯著她，直到確定她在呼吸，才爬上床，鑽入被窩，放鬆自己。娜拉抬頭對我打了個噴嚏，顯然不高興被打擾，但仍睡眼惺忪地起身走向我，蜷縮在我的枕頭上，一隻白色貓掌擱在我的臉頰上。我對她微笑，感覺全身乾淨、暖和，而且非常、**非常**疲憊，隨即進入夢鄉。

* * *

然後我就做了那個可怕的噩夢。我原本以爲，在腦海裡重播過去幾個小時發生的事，可以發揮數羊的效果，幫助我漂回但願無夢的酣眠中。但顯然沒用。我太怕卡羅納，也太擔心接下來我該做的事了。手機就在床邊桌上，我拿起來看時間：下午兩點零五分。很好，我才睡三小時。難怪眼睛乾澀。可樂，我太需要可樂了。

離開房間前，我再次查看史蒂薇・蕾，小心不吵醒她。她蜷縮側躺，輕聲打鼾，看起來只有十二歲。眞難想像她居然有一雙可怖的紅眼睛，會發出駭人的咆哮聲，甚至凶狠地咬愛芙羅黛蒂，導致兩人烙印。我嘆一口氣，感覺整個世界往我身上壓下來。我該怎麼處理這一切，特別是現在好男孩有時看似壞，而壞男孩又那麼……那麼……史塔克和卡羅納的身影掠過我心頭，讓我迷惘疑惑，壓力沉重。

不，我在心裡堅定地告訴自己，**妳不過是在史塔克死去的時候和他吻了一下。而那時他是另一個男孩，但現在他已被奈菲瑞特扭曲了。妳必須牢記這點。至於卡羅納，妳不過是在噩夢裡遇見他。就是這樣，沒別的。**

在夢裡卡羅納堅稱我是埃雅，這太扯了，絕不是眞的。沒錯，我是被他吸引，但幾乎每個人都這樣。再說，我是我，而埃雅則是，嗯，**泥娃娃**，直到格希古娃女智者賜給她生命和天賦，才變成活的。**我一定長得像她，雖然這聽起來很怪。要不，就是他故意叫我埃雅，來擾亂我的心**。對，很可能是這樣，尤其奈菲瑞特應該已經跟他講了我的事。

娜拉已經躺回史蒂薇・蕾的枕邊，閉上眼睛舒服地打呼嚕。房間裡顯然沒有噩夢般的魔鬼潛入，否則娜拉一定會驚慌。我起碼應該爲這一點感到高興。我輕輕撫拍她和史蒂薇・蕾的頭——兩個都沒睜眼——這才從掛毯底下鑽出，走進甬道裡。

坑道裡一片寂靜，很高興油燈仍亮著。現在我實在受不了黑暗。我也承認，雖然我始終擔心提燈之間的陰暗處藏有蝙蝠或什麼鬼東西，能安穩地躲在地底還是令人寬心。起碼這附近沒有月光照耀的空曠草地或魅影盤踞的樹林。想到這裡，我打了個寒戰。**不，別想了**。

走往廚房途中，我在克拉米夏的門口停步，悄悄往裡頭探。我只分辨得出，床中央那個從紫色被褥和粉紅色枕頭底下露出來的東西，應該是她的頭。地板上，孿生的裹在睡袋裡睡得不省人事，她們的貓咪小惡魔則蜷縮在她們兩人之間。我靜靜地放下帘子，不想在輪到孿生的值班之前吵醒她們。事實上，我應該抓罐可樂，去跟戴米恩和傑克交班，讓她們繼續睡。反正一時間我肯定無法再入睡。

廚房裡沒人，唯一的聲音是幾台冰箱發出的輕微嗡嗡聲，讓人恍惚以爲置身家中。我打開第一個冰箱，嚇得倒退一小步。裡頭裝滿了一袋袋血。當然，我的嘴巴開始流口水。

我用力關上冰箱門。

但思索片刻後，我再次打開門，毅然決然地拿起一袋血。我幾乎沒睡，又處於巨大壓力下，還有個不死的混帳墮落天使到夢中追我，當我是死去的泥娃娃。面對現實吧，想撐過這一天，我需要的不只是可樂。我在廚房中島的上層抽屜找到剪刀，趁還沒覺得愧疚或噁心，剪開血袋，仰頭喝了。嗯，味道甜美，令人振奮，彷彿蜂蜜加紅酒（若你喜歡紅酒的話）加提神飲料紅牛（但味道更佳）的極品飲料。我可以感覺到它流遍我全身，帶給我能量，驅走噩夢遺留在我心頭的恐懼。

我將空血袋揉成一團，扔進角落的大垃圾桶，**然後**抓起一罐可樂和一包起司玉米餅口味的多力多滋。反正喝了血，我口氣不佳，拿多力多滋當早餐吃自然無妨。接著，我想到：第一，我不知道戴米恩和傑克站崗的位置在哪裡；第二，我必須打個電話給瑪麗・安潔拉修女，詢問阿嬤的狀況。昨晚手機斷訊前，我打了電話請這位本篤會修道院院長帶阿嬤和其他修女潛入地底。然後，我就沒再跟她聯絡過，不知道她們是否安然無恙。

所以，以重要性來說，我應該先打電話給安潔拉修女——倘若手機已恢復正常——然後問明白戴米恩和傑克的位置，去跟他們交班。於是，我決定往回走，前往地下室入口找達瑞司。他知道怎麼找到戴米恩他們，而且，除非地上世界經歷了末日浩劫，手機訊號永遠不通，或許我能在上一層的地下室接通電話。多虧剛才喝下的血，我稍微變得樂觀了。一次辦一件事，一樣一樣來。首先我要知道阿嬷好不好，然後去跟戴米恩和傑克交班，接著再來弄清楚那個可怕的噩夢到底是怎麼一回事。那個黑暗天使的聲音在我腦中響起，我想到他碰觸我，說我是他愛人時，那種痛苦與愉悅合而爲一的感覺。我趕緊甩頭，甩掉這些思緒。痛苦不可能令人愉悅。我在夢裡感覺到的也只能是**夢**。而既然是夢（或噩夢），就不是眞的。所以，我當然不是卡羅納的愛人。

就在這時，我察覺自己神經緊繃，恐懼竄過全身，而這與卡羅納無關。剛才我全神貫注地想著他，竟忽略了自己已不自覺地全身緊繃。我的心跳再次加速，胃開始翻騰，我有一種清晰而恐怖的感覺：什麼東西正盯視著我。我迅速轉身，以爲會見到——起碼是——噁心的蝙蝠撲翅飛過。但什麼都沒有，只有一條以提燈照明的死寂坑道往前延伸。

「妳眞是嚇傻了。」我大聲告訴自己。最靠近我的提燈熄滅，彷彿我的話語吹熄了它。恐懼籠罩下來，我開始倒退著往坑道另一頭前進，並睜大雙眼，提防著我幻想之外的任何東西。終於，我的背部撞上那道焊在牆上，通往火車站地下室的鐵梯。放鬆的感覺讓我有點暈眩，我設法穩住重心，一手拿可樂，另一手抓得那一包多力多滋發出窸窣聲響。我正要開始往上爬，忽然有一隻強壯的男人手臂由天而降，嚇得我魂飛魄散。

「來，把可樂和薯片給我。妳拿著它們爬梯子會摔得屁股開花。」

我的視線往上瞥，看見艾瑞克低頭對我微笑。我立刻嚥了嚥口水，擠出輕快的聲音對他說「謝謝」，將可樂和多力多滋遞給他，輕鬆地爬了上去。

地下室的溫度比坑道低了幾度，讓我嚇到漲紅的臉龐覺得舒服了些。

「眞高興我還能讓妳臉紅。」艾瑞克說，撫摸我紅燙的臉頰。

我差點兒衝口告訴他，我是被坑道裡的黑影和看不見的鬼東西給嚇著的。但我可以想見，他會哈哈大笑，說我又被蝙蝠嚇到。萬一我眞的是被那個噩夢搞得神經過敏呢？我這時難道想跟艾瑞克或任何人談起夢裡的卡羅納嗎？

不想。所以，我只說：「上面這裡眞冷，你明知我討厭自己臉紅的。」

「是啊，這幾個小時氣溫驟降，外頭大概要冰天雪地了。妳知道嗎，我覺得妳臉頰發紅時好可愛。」

「你和我阿嬤是世上唯二喜歡見我臉紅的人。」我勉強對他擠出微笑。

「很榮幸跟妳阿嬤所見相同。」艾瑞克呵呵笑，伸手拿了一片薯片。我環視地下室，發覺這裡也靜悄悄的，但不像坑道那樣寂靜得恐怖。艾瑞克搬了張椅子擺在通往底下坑道的入口處，旁邊有兩盞亮晃晃的提燈，以及一瓶喝了一半的「山露水」汽水（噁）。哇，竟然還有一本史托克寫的《吸血鬼德古拉》，一張書籤夾在一半左右的地方。我對他挑了挑眉。

「幹麼？我跟克拉米夏借的。」他心虛地笑笑，看起來眞像個可愛的小男生。「好啦，我承認，自從妳前陣子告訴我這是妳最愛的書之後，我就很好奇。我才看到一半，所以別跟我洩漏後面的劇情。」

我對他笑笑，感覺受寵若驚，沒想到他讀《吸血鬼德古拉》全是因爲我。「喔，拜託，」我揶揄他：「你明明知道結局的。所有人都知道這本書的結局啊。」我喜歡艾瑞克的一點就是，他雖然是高大帥氣的猛男，卻遍覽群書，看《星際大戰》系列的老電影。我綻開笑容，問他：「那～麼，你喜歡這本書嘍？」

「對，我喜歡。我還眞沒想到我會喜歡。」他露出跟我一樣的大笑容。「我的意思是，拜託，這書有點老掉牙，居然把吸血鬼當作怪物。」

一聽他這麼說，我立刻想到奈菲瑞特——我認爲她就是戴著美麗面具的怪物——以及我對紅雛鬼的疑惑。但我立刻將思緒拉回到德古拉身上，不想破壞我和艾瑞克相處的這一刻。我說：「嗯，對，德古拉照理說是怪物，不過我一直爲他感到難過。」

「妳替他難過？」艾瑞克一臉訝異。「柔，他很邪惡欸。」

「我知道，可是他深愛米娜。完全邪惡的人怎麼可能懂得愛？」

「喂，我還沒看到那裡！別透露劇情。」

我賞他白眼。「艾瑞克，你一定知道德古拉在追米娜，他咬了她，她開始變化。後來就是因爲米娜，伯爵才洩漏蹤跡，最後——」

「別說了！」艾瑞克說，笑著抓住我，摀我的嘴。「我不是開玩笑的，我眞的不要妳告訴我結局。」我的嘴巴被他的手摀住，但我知道我的眼睛正對他笑。「如果我把手拿開，妳答應不說？」我點點頭。

他慢慢將手拿開，但沒意思往後退。跟他這麼親近的感覺好棒。他低頭凝視我，嘴角仍掛著一抹淺笑。我心裡想著，他眞的好帥，我好高興又能和他在一起。我說：「想知道我**希望**這本書有怎樣的結局嗎？」

他揚起眉毛。「妳**希望**的結局？換句話說，妳不會跟我講書裡的結局？」

「我發誓。」我不自覺地將手放在胸口。我們兩人靠得這麼近，所以我舉起手時手背拂過他的胸膛。

「好，告訴我。」他的聲音變得低沉又親暱。

「我希望德古拉沒讓任何人介入他和米娜之間。我希望他咬她，讓她喜歡他，然後帶著她遠走天涯，兩人一輩子相守，從此以後幸福快樂。」

「因為這樣一來他們就成了同一種生物，他們屬於彼此。」他說。我凝視艾瑞克湛藍的明眸，發現嬉鬧的眼神消失了。

「對，即使他們之前發生過不好的事，他們也該彼此原諒。我認為他們會這麼做。」

「我知道他們會這麼做。我認為，只要兩人真心相愛，任何事情都可以原諒。」

艾瑞克和我說的顯然不是一本老書裡的虛構人物，而是我們自己。我們在試探對方，想知道兩人是否走得下去。艾瑞克在發現我和羅倫的事情之後，對我確實表現得很過分，但我必須原諒他，我帶給他的痛苦遠甚於他對我的傷害。同時，他始終相信，我終究會明白，西斯屬於我過去的世界，無法像他那樣參與我的未來。這一點，艾瑞克說得沒錯。我和西斯之間的烙印已經解除了。我昨晚打電話向西斯示警，要他跟家人躲到地底下。但那是因為我關心他，不希望他受傷害，我們之間的關係畢竟已經成為過去了。

我繼續凝視艾瑞克的眼睛。「所以，你喜歡我這個版本的《吸血鬼德古拉》？」

「我喜歡妳的結局——男女主角都是吸血鬼，從此幸福快樂地在一起，尤其他們彼此關愛，盡釋前嫌。」

艾瑞克臉上仍帶著微笑，俯身吻我。他的唇柔軟溫暖，有多力多滋和山露水的味道，嘗起來沒人們想像的噁心。他雙手環住我，抱緊我，吻得更火熱。在他懷裡感覺真好。他手往下滑，捧住我的臂部時，我竟然關掉心裡響個不停的小警鐘。可是，當他使勁將我往他身上擠壓，親暱地磨蹭我，我心裡溫暖的濛霧忽然消散了。我喜歡他碰觸我，但不喜歡他的愛撫突然變得太躁進、太霸道、太有一種**她屬於我，我要她，我現在就要她**的感覺。

他一定察覺到我的身體變僵硬了，因爲他往後退了一點，對我露出輕鬆的笑容，說：「那，妳上來這裡做什麼？」

我眨了眨眼，因他的瞬間改變而茫然。我往後退一小步，拿起放在椅子上的可樂，灌下一大口，恢復鎭定。最後，我終於講得出話來了。「我，呃，上來找達瑞司，同時看手機能不能通。」我從口袋掏出手機，傻傻地舉高它。我瞥了一眼，有三格訊號。「耶！看來通了！」

「嗯，不久前凍雨停了，我也有一陣子沒聽到雷聲了。看來如果沒再出現另一波鬼天氣，手機應該能保持暢通。希望這是個好徵兆。」

「是啊，希望如此。待會兒我就打電話給安潔拉修女，問阿嬤的狀況。」我一邊講話，一邊端詳他。他看起來親切、正常，一如原本那個好人的模樣。我對他的吻是不是反應過度了？難道我和羅倫之間的事讓我變得太神經質？我們之間的氣氛頓時變得相當沉悶，艾瑞克也開始對我露出疑惑的表情，我趕緊說：「對了，達瑞司人呢？」

「我提早跟他交班。我醒來後睡不著，而且我心想，應該讓他多睡一點，畢竟我們的整支軍隊幾乎就是他一人。」

「愛芙羅黛蒂還是爛醉如泥嗎？」

「她昏睡過去了，達瑞司將她扛著走。她醒來時肯定宿醉得很難過。」他說起她可能的痛苦模樣，語氣盡是幸災樂禍。「他去達拉斯的房間睡覺，才剛走沒多久，所以或許妳現在過去，他還醒著。」

「噢，我只是想問他戴米恩和傑克在哪裡。我也睡不著，心想可以跟他們兩人交班，讓孿生的繼續睡。」

「這簡單，我知道。他們就在我們之前上火車站的那個入口附近。」

「太好了，我不想打擾達瑞司，萬一他已經休息了。你說得沒錯，我們這支軍隊需要好好睡覺。」我頓住，然後假裝若無其事地問他：「嘿，你上來這裡的途中，是否注意到坑道裡有什麼怪事？」

「怪事？比方說什麼？」

我可不想說黑漆漆的感覺很怪，畢竟坑道黑漆漆一點都不怪。再說，我早想過了，艾瑞克會提醒我，之前我已經被蝙蝠嚇過。所以，我衝口而出：「比方說提燈忽然熄滅。」

他聳聳肩，搖搖頭，說：「沒有，但這也沒什麼奇怪的。我想，紅雛鬼必須經常給提燈添油，不過最近發生這麼多事，他們大概忘了添油吧。」

「對，有道理。」他是講得有道理。我儘管內心深處明白事情沒那麼簡單，卻仍容許自己稍微鬆口氣，對艾瑞克露出笑容。他也看著我微笑。我提醒自己，艾瑞克真的是個很棒的男朋友，我也很高興我們復合了，不是嗎？既然這樣，我難道不能繼續高興下去，不要因爲我害怕他要的遠超過我所能給的，而把我們之間的美好感覺搞砸？

在內心更深的地方，我使勁搖頭，想忘卻親吻史塔克的記憶，忘卻卡羅納進入我夢中，帶給我一種別的男人從未給過我的感覺。

我猛地起身，差點撞倒椅子。「我得打電話給安潔拉修女了！」

艾瑞克疑惑地看我一眼，但只說：「好，妳可以過去一點，但別太靠近門。萬一外頭有人，我可不希望妳被他們聽見。」

我點點頭，對他露出一個我希望看起來不心虛的笑容，然後往旁邊走一點。我按下安潔拉修女的手機號碼，心裡不斷說：接通……快接通……眞的響了，一聲、兩聲、三聲……她終於接起電話時，我已經緊張到胃痛。連線狀況很糟，不過起碼可以聽到她說的話。

「喔，柔依！眞高興妳打來了。」安潔拉修女說。

「修女，妳還好嗎？我阿嬤還好嗎？」

「她沒事……都很好。我們……」她的聲音完全聽不清楚了。

「修女，我聽不清楚。妳在哪裡？阿嬤清醒了嗎？」

「阿……醒了。我們在修道院底下，不過……」一陣靜電干擾的聲音，然後我忽然又聽得清楚了。「柔依，這天氣是妳造成的嗎？」

「我？不是！阿嬤怎樣？妳們在修道院地下室安全嗎？」

「……很好。別擔心，我們……」

然後，徹底斷線。

「該死！線路有夠爛！」我試著繼續撥打，沮喪地來回踱步。完全不通。我的手機有訊號，但螢幕顯示無法接通。我又試了幾次，隨後發現不僅無法接通，而且手機本身就快沒訊號了。「該死！」我再度咒罵。

「她怎麼說？」艾瑞克走到我身後。

「沒說太多。斷線之後就打不通了。不過我勉強聽到她說，她和阿嬤都很好。我好像也聽到，阿嬤清醒了。」

「太好了！別擔心，一切都會沒事的。修女安全地把阿嬤帶到地下室了，不是嗎？」

我點點頭，眼淚幾乎奪眶而出，主要是因爲我覺得好無力，而非擔心阿嬤。我完全信任安潔拉修女，她說阿嬤沒事，我當然相信。「這種不知道怎麼一回事的感覺好痛苦。不只阿嬤狀況未明，我們連外面的一切也都不清楚。」我豎起拇指比向外頭的世界。

艾瑞克走到我身邊，溫暖的手掌握住我的手，然後將我轉面向他，拇指輕撫著我掌心的新刺青。「嘿，我們會熬過去的。妮克絲在看顧我們，記得嗎？看看妳的手就可證明她與妳同在。沒錯，我們人很少，但我們很厲害，而且我們知道我們站在正義的一方。」

就在這時，我的手機發出簡訊進來的聲響。「喔，好極了，搞不好是安潔拉修女。」我打開手機，呆望著簡訊，不明白是怎麼一回事。

所有雛鬼和吸血鬼
立刻返回夜之屋

「什麼東西呀？」我說，雙眼仍盯著手機螢幕。

「我瞧瞧。」艾瑞克說。我將手機轉個面，讓他看。他緩緩點頭，彷彿這封簡訊證實了他已經想到的事。「是奈菲瑞特傳的。乍看像是傳給全校師生，但我打賭她是針對我們。」

「你確定是她？」

「對，我認得她的手機號碼。」

「她給你她的手機號碼？」我努力不讓聲音顯露我的不悅，但看來不怎麼成功。

艾瑞克聳聳肩。「對，我去歐洲之前她給的，說若有什麼需要，可以打電話給她。」

我哼了一聲。

艾瑞克笑著說：「妳在吃醋啊？」

「沒有！」我說謊。「她眞是個心機很深的混帳，我想到就有氣。」

「嗯，她確實跟卡羅納勾結了，不知在搞什麼陰謀。」

「沒錯。所以，我們不能回夜之屋，至少現在不回去。」

「我想妳說得沒錯。在採取下一步行動之前，我們必須搞清楚外面到底發生了什麼事。而且，若妳的直覺告訴妳，我們應該離夜之屋遠遠的，那我們就該這麼做。」

我抬頭望著他。他低頭看我，露出微笑，要我安心，然後拂開散在我臉上的一綹頭髮。他的眼神溫暖又和善，沒有絲毫情欲渴求或占有欲。唉，我眞該管好自己的情緒。艾瑞克給了我安全感，對自己的話充滿信心，也完全相信我。「謝謝你仍然相信我。」我說。

「我永遠相信妳，柔依，」他說：「永遠。」艾瑞克又將我摟進懷中，吻我。

通往外面的門倏地敞開，暴風雨午後的晦暗光線傾瀉而入，夾帶著一陣刺骨寒風。艾瑞克立刻轉身，將我推到他身後。我嚇得心臟如擂鼓般咚咚響。「到下面！找達瑞司！」艾瑞克吼道，同時往前移動，迎向襯著上面灰色世界的那個身影。

我開始回頭跑向通往下面坑道的鐵梯，卻聽見西斯的聲音。

「是妳嗎，小柔？」

10

「西斯！」我鬆了一口氣，簡直是邊叫邊往他的方向跑。眞高興來者是他，而不是可怕的仿人鴉，或更駭人，那個眼睛深黝如夜空，聲音諱莫如深的古代不死生物。

「西斯？」艾瑞克的語氣一點也不高興。他抓住我的手臂，不讓我從他身邊跑向西斯，而且皺起眉頭，防衛似地擋在我前面。「妳是說，妳那個人類男友？」

「是**前**男友。」西斯和我異口同聲說。

「嘿，你不是那個艾瑞克嗎？小柔的雛鬼前男友？」西斯說。他不顧往下進入地下室還有三個梯級，一躍而下，全身上下流露出四分衛明星球員的風采。好，我大方承認，我這位高中男友很符合人們一般的刻板印象，不過至少他算可愛。

「現任男友，」艾瑞克語氣強硬地說：「不是前男友。另外，我是成鬼，不是雛鬼。」

「喔。如果我說，恭喜你和小柔復合，而且沒被自己的血嗆死，那我是在說屁話，因爲我根本不是眞心的。知道我說什麼吧，老兄？」他邊說邊繞著艾瑞克走，然後攫住我的手腕。但在將我拉進他的懷裡之前，他低頭一瞥，看見我掌心的新刺青。「哇！這個夠酷！看來，妳的女神仍然很眷顧妳？」

「對，她很眷顧我。」我說。

「很高興聽妳這麼說。」說完，他果然將我拉進懷裡。「該死，我很擔心妳！」然後，他把我拉開一些，仔細打量我。「妳沒事吧？」

「我很好。」我說，有點喘不過氣。上次見到西斯時，他要跟我分手，而現在被他摟住，我聞到他氣味迷人、甜美、令人振奮，混合了家的感覺和我的童年回憶，從我倆肌膚接觸的每一處呼喚著我。我知道是什麼在呼喚我——他的血。爲此迷亂的，不只我的腦袋。

「太好啦。」西斯放開我，我趕緊往後退半步，靠向艾瑞克。西斯眼裡閃過一抹痛苦，不過下一秒他就露出滿不在乎的笑容，還聳聳肩，彷彿剛剛那個擁抱沒什麼大不了的，因爲他和我現在只是普通朋友。「對，我就覺得妳應該沒事。雖然我們之間的烙印解除了，但我想，如果妳發生什麼事，我仍然感覺得到。」他特別強調「烙印」，惹得我身旁的艾瑞克焦躁不安。「不過我還是得親眼見到。再說，我很想問清楚昨晚那通怪電話到底在搞什麼鬼？」

「電話？」艾瑞克問。他看著我時，露出警戒的眼神。

「對，電話。」我抬高下巴。艾瑞克再次成為我男友了，但我絕不忍受他強烈的占有欲和病態的吃醋。忽然一個念頭閃過我腦際：或許經歷過之前那些事之後，艾瑞克將永遠無法眞正信任我，所以我必須容忍他時不時就會吃醋。這是我活該自作自受。不過，我還是冷靜地說：「我打電話給西斯，警告他仿人鴉的事，要他把家人帶到安全的地方。他和我沒在一起，不表示我能眼睜睜看著他遭遇不幸。」

「仿人鴉？」西斯問。

「外頭狀況如何？」艾瑞克問，語氣中不帶情緒。

「狀況？什麼意思？你是指半夜以後風雨大作，後來冷到變成凍雨，還是指有一批幫派分子亂搞？對了，仿人鴉是什麼？」

「幫派分子亂搞？你在說什麼？」艾瑞克急切地追問。

「我不說。我什麼都不說，除非你先回答我的問題。」

「仿人鴉是切羅基族傳說中的邪惡生物。」我回答：「直到昨晚半夜以前，他們還只是一種邪靈。然而，當他們的父親，名叫卡羅納的不死怪物，脫離囚禁，從地底竄出，侵占陶沙市的夜之屋後，一切就不一樣了。」

「妳覺得告訴他這些事情好嗎？」艾瑞克說。

「喂，讓柔依自己決定她想告訴我什麼，不想告訴我什麼，行吧？」西斯氣呼呼的，一副很想一拳揮向艾瑞克的樣子。

艾瑞克不甘示弱地喝道：「你是**人類**，」他說得彷彿人類是性病。「你沒辦法像我們一樣照應某些事。記住，兩個月前我才幫忙從一群吸血鬼鬼魂手中救了你。」

「是柔依救了我，不是你！我**照應**柔依已經幾百萬年，遠比你認識她的時間還久。」

「是嗎？她被標記以後，你這個蠢人類有多少次害她面臨危險？」

西斯一聽，洩了氣。「聽著，我來這裡不是要害她遭遇危險，我只是想確定她平安沒事。我打了幾次電話，但都打不通。」

「西斯，我不擔心你來這裡會害我遭遇危險，我怕的是你會有危險。」我說，狠狠地擲給艾瑞克一個**你現在給我閉嘴**的眼色。

「我知道這裡有噁心的雛鬼。上次我們來這裡時，他們還想吃掉我。我記不清發生的每件事，但已經夠叫我記得帶這個來。」他的手伸進身上那件休閒野戰服的口袋，掏出一把看起來駭人的黑色短管槍。「這是我爸的。」他昂然說道：「我還多帶了幾個彈匣。我在想，若他們又想吃掉我，我就可以射殺妳對付不了的任一個傢伙。」

「西斯，可別告訴我你在口袋裡放了一把子彈上膛的槍到處跑。」我說。

「小柔，我已經上保險了，而且彈匣裡的第一發是空的。我沒那麼白癡。」

艾瑞克譏諷地哼了一聲，西斯瞇眼怒視他。

空氣中瀰漫著雄性睪丸素的味道。在這兩個傢伙開始搥胸，威嚇對方之前，我趕緊說：「西斯，這些雛鬼不再吃人了，你毋需射殺任何人。我怕你會遇到的危險，是指仿人鴉。」

「好，她回答你的問題了。現在換你說說所謂的幫派分子是怎麼一回事。」艾瑞克說。

西斯聳了聳肩。「電力一直中斷，電視整天不能看，連手機通訊也很爛，不過我還是看到新聞說，昨晚半夜開始，一批幫派分子跟瘋了一樣，好像為了在新年考驗新入幫的成員，大開殺戒。福斯新聞網的希美子主播說那是大屠殺。因為暴風雨，警察很晚才出動。有人在中城區被殺死，嚇壞了所有人，因為平常中城不是幫派聚集的地方。有些有錢人簡直急得快抓狂了。上次我看新聞，他們大喊著要求召來國民兵，不過警察說一切都在掌控中。」他頓住，我幾乎可以看見他的腦袋在思考。「嘿，中城！夜之屋就在那裡嘛。」西斯看看我又看看艾瑞克，再回來看我。「所以，不是什麼幫派分子，而是那些什麼鴉在作怪。」

「還真聰明唷。」艾瑞克低聲說。

「對，是仿人鴉。我們逃出夜之屋時，他們就展開攻擊。」我搶在艾瑞克和他再度相互嗆聲之前開口。「新聞完全沒提到什麼詭異怪物攻擊人嗎？」

「沒。他們只說幫派攻擊市民，把有些人的喉嚨割開。這是仿人鴉殺人的方式嗎？」

我想起在夜之屋時有一隻仿人鴉攻擊我，想割開我的喉嚨，差點讓愛芙羅黛蒂預見我死亡的其中一個靈視成眞。我打了個寒顫，說：「對，他們似乎會這樣殺人。不過我所知不多。阿嬤比較清楚，但他們害她發生車禍。」

「啊，小柔，阿嬤發生車禍？該死！我好難過。她還好嗎？」西斯是眞心難過。阿嬤很喜歡他，他陪我去阿嬤的薰衣草田不知多少次了。

「她不會有事的。她一定不能有事。」我語氣堅定。「本篤會的修女將她帶到她們修道院的地下室照顧。就在路易斯街和第二十一街交叉口。」

「地下室？修女？怎麼會？她不是應該待在醫院嗎？」

「在卡羅納出現，仿人鴉重獲半人半鳥的形體之前，她是待在醫院。」

他皺起臉孔。「半人半鳥？聽起來還眞讓人起雞皮疙瘩。」

「比你想像的還可怕，而且他們身材龐大，很殘暴。好，西斯，聽仔細了，卡羅納是個不死的墮落天使。」

「妳說『墮落』，代表他不再是個好天使，長了翅膀，彈著豎琴，到處飛翔？」

「他有翅膀，黑色大翅膀。」艾瑞克說：「但他絕對不是好人。就我們對他的了解，他一直都很壞。」

「不，不是一直那麼壞。」好吧，我說出口了，但我原本不想說的。

他們兩人瞠目結舌地望著我。我緊張地笑笑。

「呃，根據我阿嬤的說法，卡羅納曾是天使，所以，我猜想他以前是好人，我是說，很久很久以前啦。」

「我認為我們應該認定他很邪惡，非常邪惡。」艾瑞克說。

「昨晚好多人被攻擊，我不知道到底死了多少人，總之情況很慘。如果眞是這個卡羅納在背後搞的鬼，那他眞的很邪惡。」西斯說。

「好，對，你們或許說得對，」我說。我到底是怎麼搞的？我比任何都了解卡羅納有多邪惡啊！

「等等，我差點忘了。」艾瑞克匆忙走回椅子邊，我和西斯跟在後面。他從椅子旁邊的陰暗處拿出那台巨大的三合一手提錄放音機。「看看收不收得到訊號。」他轉動巨大的銀色旋鈕，沒多久就傳出第八頻道受到靜電嚴重干擾的聲音。播報員口吻嚴肅，說話急促：

「為您重播昨晚陶沙市中城區幫派暴力事件的特別報導。陶沙市警方重申，現在全市安全無虞，狀況已獲得控制。以下引自警察局長的說法：『這是一個自稱「模仿人」的新幫派

所進行的入幫儀式，該幫派領導人已被逮捕，陶沙市中城街頭已恢復平靜，市民安全沒有問題。』另外，明天傍晚以前，陶沙市和周圍地區仍需高度提防冰風暴侵襲，所以我們提醒市民，非不得已請勿出門。雨和冰雪預計至少還會再下六吋。受氣候影響，電力公司無法及時對昨晚停電的許多地方恢復供電。請聽眾持續鎖定本台，半小時後的五點鐘整點新聞，我們將再為您提供最新消息和完整的天氣報導。

「以下為您播報社區訊息：由於氣候即將轉壞，請夜之屋所有教職員和學生立刻返校。再次播報，夜之屋所有教職員和學生請立刻返校。請聽眾繼續鎖定本台，我們即將為您播放各項節目。」

「昨晚中城根本沒出現幫派分子。」我說：「這是我聽過最荒謬的事。」

「是她搞的鬼。她操控媒體，可能也操控了社會大眾。」艾瑞克說，一臉嚴肅。

「這個『她』是指那個破壞我記憶的女祭司長嗎？」西斯問我。

「不是。」艾瑞克說。

「對。」我同時回答。我對艾瑞克皺眉，說：「西斯得知道眞相，才能保護自己。」

「他知道得愈少，對他愈好。」艾瑞克堅持。

「不對。聽著，以前我就是這麼想，搞得所有人對我不爽。也因爲如此，我才會鑄下一些大錯。」我看看艾瑞克，再看看西斯。「如果我不隱瞞那麼多祕密，信任我的朋友，我就會跟大家多說一些，我也會少犯一些錯。」

艾瑞克嘆一口氣。「好，我明白妳的意思了。」他轉頭看西斯，說：「她叫奈菲瑞特，是夜之屋的女祭司長，法力高強，非常厲害，而且具有心靈感應的能力。」

「嗯，我早知道她可以用念力做一些事情。她就是這樣攪亂我的心思的，害我忘記很多事。不過，現在我已經開始慢慢記起一些事情來了。」

「你有因此頭痛嗎？」我問他，想起我打破奈菲瑞特封鎖我記憶的魔咒時頭痛欲裂。

「有，很痛，不過慢慢好多了。」他露出他寬容的熟悉笑容，看得我的心都揪緊了。

「還有，奈菲瑞特也算是卡羅納的王后。」艾瑞克繼續解釋。

「所以，她徹頭徹尾是個壞蛋。」西斯說。

「很壞，而且很危險。這點絕不要忘記。」我說：「另外，卡羅納無法忍受待在地底下。還沒被切羅基族的女智者囚禁在地底時，他就無法忍受，而現在他逃脫出來了，我猜，他會更小心避開泥土。所以，記住，待在地底下比較安全。」

「那，仿人鴉呢？」

我搖搖頭。「我們還不知道。目前還沒有半隻來到坑道，但這不代表什麼。」我想起坑道裡的漆黑以及它帶給我的恐怖感覺，但不知道那究竟是什麼：紅雛鬼？仿人鴉？卡羅納派來對付我們的**其他**不知名的東西？或者，那純粹是我的幻想？

「今天是週六，但不用上學，因爲寒假要到下週三才結束。萬一冰風暴像他們說的那麼嚴重，很可能整個星期都不用上課。」西斯說：「這樣一來，就算仿人鴉再次發動攻擊，而且目標從陶沙市中城區擴及斷箭市，也應該還算安全。」

我的心往下沉。「他們是可能攻擊斷箭市。奈菲瑞特知道我來自斷箭，她知道那裡有我關心的人。」

「所以，她可能會派仿人鴉去攻擊斷箭市，只爲了讓妳擔憂？」西斯說。

我點點頭。「尤其是倘若我和我們這群人不理會她的命令，堅決不回夜之屋的話。」

「等等，小柔，妳和其他雛鬼不是必須待在學校，有成鬼陪伴，否則就會生病嗎？」

「這裡有我，」艾瑞克提高嗓門說：「及另一個成鬼，更甭提我們還有史蒂薇・蕾。」

「她不是變成那種很噁的活死鬼了嗎？」西斯說。

「不再是了。」我說：「她蛻變成另一種吸血鬼，有紅色刺青的那種。之前想吃掉你的那些噁心的雛鬼也都變成了紅雛鬼，不那麼恐怖了。」

「哇，」西斯說：「眞高興妳的好友沒事了。」

「我也很高興。」我笑著說。

「所以，有這三個成鬼，就足以保護你們不會生病？」西斯問。

「我們一定會保護他們的。西斯，你得走了。」艾瑞克忽然下逐客令。

西斯和我同時望向他。我意識到我一直對著西斯笑，而且很高興我們兩人又能交談。

「冰風暴。」艾瑞克繼續說：「他會困在這裡。太陽下山後他還待在這裡的話，就會被困住。」艾瑞克停頓一下，然後說：「再半小時天就黑了。你從斷箭來這裡花多少時間？」

西斯皺起眉頭。「將近兩個小時。路況很差。」

原本從他家到這裡大概只要三十分鐘。艾瑞克說得沒錯，西斯必須回家，不只因爲我們不知道卡羅納會給我們帶來多大危險，也因爲我不敢百分之百保證西斯處在紅雛鬼當中會很安全。姑且不論我對他們的疑慮，西斯畢竟是百分之百的人類，身上流著可口、新鮮、溫熱、性感、豐沛的血，而我可不曉得這些紅雛鬼的意志力有多強。

「艾瑞克說得沒錯，西斯，你今晚不能在外面逗留，尤其這裡那麼靠近中城。除了冰風暴，我們也不知道仿人鴉的動向。」

西斯看我的眼神彷彿當下只有我倆。「妳在爲我擔心。」

我的喉嚨變得乾澀。我可不想在艾瑞克面前跟西斯這樣談話。「我當然擔心你啊，畢竟我們是那麼多年的老朋友。」我可以感覺到艾瑞克正盯著我看。

西斯緩緩露出親暱的笑容。「老朋友。對。」

「你該走了。」艾瑞克聽起來很不悅。

西斯看都沒看艾瑞克一眼。「小柔叫我走的時候，我自然會走。」

「你該走了，西斯。」我趕緊說。

西斯的雙眼仍盯緊我的眼睛，時間長達好幾個心跳。「好，可以。」他說，然後轉向艾瑞克。「所以，你現在是眞正的吸血鬼了，對吧？」

「對。」

西斯上下打量他。他們身高接近，艾瑞克稍高一些，但西斯比較壯碩。兩人看起來都很能打架。我感覺自己全身緊繃。西斯會不會往艾瑞克揮拳？

「據說男吸血鬼會極力保護他們的女祭司，對吧？」

「沒錯。」艾瑞克說。

「很好。那麼，我料想你會確保柔依的安全。」

「只要我活著，絕不會讓她發生任何事。」艾瑞克說。

「最好不會。」西斯的語氣失去了他平常說話時的悅耳和親切，變得凶狠、危險。「若你讓她發生什麼不測，我一定會找到你，不管你是吸血鬼或不是，我一定狠狠痛扁你。」

11

我趕緊擋在他們中間。「夠了！」我大吼。「我夠煩了，還得勸你們的架啊。拜託，別那麼幼稚。」兩人繼續在我頭頂上方互瞪。「我說，夠了！」同時我握拳往他們胸膛捶去。兩人被我這麼一捶，眨眼回神，注意力轉向我。現在換我瞪人了。「你們這樣噴氣冒煙，一副睪丸素激升的模樣，實在可笑。別忘了，我可以召喚元素將你們**兩人**踹得屁滾尿流。」

西斯兩腳在地上磨蹭，一臉困窘，然後咧嘴對我笑，像個剛被媽媽大聲斥責的可愛小男孩。「對不起啦，小柔。我忘了妳有法力。」

「是啊，對不起。」艾瑞克說：「我知道我不該擔心妳和他會怎樣。」說完後還對西斯扮出那種**你活該**的笑臉。

西斯看著我，那眼神彷彿期待我說**艾瑞克，其實你是該擔心，因為我依然喜歡西斯**。但我沒這麼說。我不能這麼說。不管艾瑞克和我的關係如何，西斯屬於我以前的世界，比較適合我的過去而非我的現在或未來。西斯是百分之百的人類，這代表若有什麼攻擊我們，他百分之百更容易受到傷害。

「好，我這就離開。」西斯打破尷尬的沉默，轉頭往外走。幾乎快到門口時，他停步，轉身看我。「不過，小柔，我必須先跟妳談一談，單獨談。」

「我就站在這裡，哪裡都不去。」艾瑞克說。

「沒人要你去哪裡。」西斯說：「小柔，妳可以跟我到外面一下嗎？」

「不行。」艾瑞克說，彷彿他占有我。「她不會跟你去任何地方。」

我皺眉瞪著艾瑞克，想告訴他，他不能指使我，他的舉止惹毛了我。但我什麼都還沒說，他竟然伸手扣住我的手腕，將我拉向他。出於自然反應，我用力甩開他。他瞇起藍眼睛看我，霎時看起來瘋狂、凶狠，似乎是個陌生人，而非我的男友。

「妳哪裡都不能跟他去。」他告訴我。

我的怒氣往上冒。我不能忍受被欺壓。我和垃圾繼父處不來，就是因為這個緣故。本質上，我繼父根本是一個大惡霸。這會兒我忽然發現艾瑞克露出同樣的態度。我知道我日後會為此傷心，但這時我怒火中燒，冷卻不下來。我沒咆哮，沒吼叫，也沒捶他。我只是搖搖頭，以最冷淡的語氣說：「艾瑞克，夠了。我們復合不代表你可以命令我。」

「那妳保證妳不會再跟這位前男友背著我亂來？」艾瑞克厲聲說。

我倒抽一口氣，退後一步，彷彿被他摑了一掌。「你以為你可以對我說這種話？」我的胃揪緊，似乎快嘔吐，但我不予理會，只狠狠地盯著艾瑞克憤怒的眼睛。「身為你的女友，你惹毛了我。身為你的女祭司長，你侮辱了我。身為有頭腦的女人，我懷疑你是否瘋了。你以為在這種冰風暴的天氣，我和西斯在外面停車場待一分鐘，會做出什麼事？躺在水泥地上，讓他對我怎樣嗎？難道你真的認為我是那種女孩？」艾瑞克沒說話，只繼續怒視著我。

在緊繃的沉默中，西斯的呵呵笑聲顯得超級嘲諷。「嘿，艾瑞克，關於小柔，我來給你一點建議吧。她真的、真的很不喜歡被人指使。自從，呃，我不知道啦，大概小學三年級起吧，她就是這個樣子。我的意思是，她還沒擁有女神賜予的吸血鬼法力之前，就討厭被使喚。」西斯對我伸出手。「那麼，妳願意跟我到外頭，在沒聽眾的情況下談一談嗎？」

「好。我想，我也需要呼吸點新鮮空氣。」我說，不理會艾瑞克的憤怒眼神，以及西斯伸出來的手，逕自大踏步走向那道表面上很牢固的鐵柵門，氣沖沖地將它推開，跨進天氣惡劣的冬日午後。濕冷寒風吹上我紅燙的臉頰，我深吸一口氣，努力平撫情緒，忍著不對青灰色的天空大吼，發洩艾瑞克帶給我的沮喪。

一開始我以為在下雨，隨即發現天空灑下的比較像點點冰珠，速度不快，但持續不停。停車場、鐵軌，以及老車站的牆面都已鍍上冰，顯得詭異虛幻。

「我的車在那邊。」西斯指著他的小卡車停放的地方，就在空蕩蕩的停車場邊的一棵樹下。這棵樹當初顯然是爲了美化環境，而種在環繞火車站的人行道旁，但長年沒人照料、修剪，已經枝葉繁蕪，無法局限於水泥地當中的圓形空地，樹根穿破鄰近的人行道，結冰的滑溜枝椏迫近老舊的花崗岩建築，有些大樹枝甚至倚在屋頂上。光是仰頭看這棵樹就讓我發怵。如果凍雨繼續下，這棵可憐的老樹可能被壓倒。

「來，」西斯掀起半邊大衣蓋住我的頭，「到車裡談，別待在又是雨又是冰的地方。」

我轉頭張望，灰撲撲的景致裡，只見濕冷和荒涼，似乎沒有什麼駭人、可怕的東西。

「好。」我說。或許我不該讓他用大衣遮蓋我，將我攏在他脅下，而我還抓著他，免得在結冰滑溜的地面摔跤。但跟他在一起，感覺是那麼熟悉自在，我絲毫沒有遲疑。說真的，打從讀小學起，西斯就出現在我生命裡。這世上，除了阿嬤，他是我相處起來最自在的人。不管我們之間有沒有什麼，對我來說，西斯就像家人，比我大部分的家人更像家人。把他當成陌生人，客客氣氣地對待，是難以想像的。畢竟，在他變成我男友之前，我們就已是朋友。我內心低聲說，**但他不可能只是朋友了，我們之間永遠都不會只是朋友**，但我裝作沒聽見。

我們走到他車子，西斯替我打開車門，混合著西斯與汽車保養劑的熟悉味道撲鼻而來。我遲疑起來，沒上車。坐進車裡，靠他那麼近，太親暱，太容易回想起我是他女友的那段時光。所以，我稍微拉開和他的距離，半坐半斜倚在座椅旁，僅夠躲開凍雨。西斯對我苦笑，彷彿了解我努力避免跟他在一起的用意，然後他靠在敞開的車門內側。

「好，你想跟我說什麼？」

「我不喜歡妳留在這裡。我不是所有的事情都記得，但我知道坑道不太對勁。我知道妳說那些活死小鬼已經改變，但我就是不喜歡妳跟他們在一起。我總覺得不安全。」他說，一臉嚴肅和憂慮。

「嗯，我不怪你這麼想，但下面那裡眞的改變了。那些孩子也變了，已經找回人性。況且，對我們來說，現在那裡是最安全的地方。」

西斯端詳我的臉久久，然後重重嘆一口氣。「妳是女祭司，妳知道自己在做什麼，但我就是感覺不對。妳確定不回夜之屋嗎？或許那個墮落天使不像妳以爲的那麼壞。」

「不，西斯，他很壞。這點你一定要相信我。還有，仿人鴉非常危險。現在回學校很不安全。你沒看見他從地底竄出的景象，他好像有辦法對雛鬼和成鬼施咒。實在令人毛骨悚然。你已經見識過奈菲瑞特有多厲害。我想，卡羅納比她厲害好幾百倍。」

西斯點點頭，沒再說什麼，只是望著我。我回望著他，不知怎地竟沉醉在他迷人的褐色目光裡。我就這樣凝視著他的眼睛，沉默了好一會兒，才開始強烈意識到他的存在。我聞到西斯熟悉、美好的氣味，那個跟我一起長大的西斯。他站得好近，我能感覺到他身上發出的熱氣。西斯一語不發，緩緩地抓起我的手翻轉，看著我掌心的繁複刺青，然後伸出手指撫摸上面的圖案。

「眞是太神奇了，這種事竟發生在妳身上。」他輕聲說，繼續注視我的手。「有時我早晨醒來，忘記妳已經被標記，去了夜之屋。我的第一個念頭常常是想知道妳週五晚上會不會來看我比賽。有時，我等不及在上學前跟妳去日光甜甜圈屋吃香腸捲，喝可樂。」他的視線從我的手掌移到我的眼睛。「等我完全清醒，我才想起妳不在了。我們相互烙印時，感覺還不錯，因爲那時我覺得我仍有機會，我仍擁有妳的一部分，但現在連這些都沒有了。」

西斯說得我內心翻騰。「對不起，西斯，我——我不知道該說什麼。這些都不是我能改變的。」

「能，妳能。」西斯抓起我的手，將我的掌心壓在野戰服外套下面，他那件黑色「斷箭虎」球衣的心臟位置。「妳可以感覺到它在跳動嗎？」他低聲問我。我點點頭。我可以感覺到他的心跳，穩定又有力，只是速度有點快。我想起在他血管裡澎湃流動的血液有多甜美，輕輕咬他的滋味有多美妙……現在，我的心跳比他快上兩倍。「上次見到妳時，我說愛妳很痛苦，但我錯了。事實上，**不**愛妳更痛苦。」他說。

「西斯，不，我們不可以。」我粗啞著聲音說，努力克制對他的欲望。

「我們當然可以，寶貝。我們在一起很好，我們曾在一起那麼久。」西斯貼近我，從他胸前抓起我的食指，以拇指輕撫我修剪過的指甲。「妳的指甲真的堅硬到足以劃開肌膚嗎？」我點點頭。我知道我應該離開，返回坑道，返回在那兒等著我的人生，但我做不到。西斯也是等著我的一個人生，而不管對或錯，我幾乎不可能就這樣走開。

西斯拉著我的手指，輕輕將我的指甲放在他脖子與肩膀之間的柔軟凹弧處。

「劃開我，小柔，再喝我的血。」他的聲音因渴望而低沉粗嘎。「我們已經彼此相連，也會一直相連下去。所以，把屬於我們的烙印找回來吧。」

他用力壓我的指甲。我們兩人開始喘息。我的指甲劃開了他的肌膚，在他脖子上留下一道小刮傷，我失神地看著他蒼白肌膚上出現一道細緻的小紅線。氣味撲鼻而來，西斯血液的熟悉香味，我曾與之烙印的血。世上沒有什麼比得上人類新鮮血液的氣味，任何雛鬼和成鬼的血液都不可能這麼令人心醉神馳。我感覺到自己靠向他。

「對，寶貝，吸我的血。還記得那滋味有多美嗎？」西斯呢喃著，抱住我腰際的手用力將我摟緊。我不能小嘗一下嗎？萬一又跟他烙印，那該怎麼辦？要命，當然會烙印。那沒什麼不好。我喜歡跟他烙印，他也喜歡，直到——

直到我打破與他之間的烙印。那時，我也打碎他的心，甚至可能對他的靈魂造成了無法彌補的傷害。我一把推開他，踉蹌走離車子，繞著西斯疾步行走。凍雨打在我臉上，感覺很好，冷卻了我的嗜血欲望。「我得回去了，西斯。」我說，努力緩和呼吸和心跳。「你也必須回去你所屬的地方，而那地方絕不是這裡。」

「柔依，怎麼了？」他往我靠近一步，我往後退一步。「我做錯了什麼嗎？」

「沒有，只是——不是你的錯，西斯。」我撥開臉上濡濕的頭髮。「你很好，你一直都很好，我愛你，所以我們之間不能再發生這種事。跟我烙印對你不好，尤其現在。」

「爲什麼妳不讓我自己擔心什麼對我好，什麼對我不好？」

「因爲一牽涉到你我的關係，你的腦袋就不清楚！」我大聲說：「還記得我們的烙印解除時，你有多痛苦嗎？還記得你說你很想死嗎？」

「那就別再解除我們的烙印。」

「沒那麼簡單。我的人生不再那麼單純了。」

「或許是妳把它變複雜了。有妳，有我，我們相愛，從孩提時起就相愛，所以我們應該在一起。就是這樣。」他說。

「生命不是書，西斯！沒人能保證結局一定幸福快樂。」我說。

「若能擁有妳，我不需要保證。」

「這就對了，西斯，你無法擁有我。你不能擁有我。以後不可能了。」我搖搖頭，舉手阻止他往下說。「不，我現在不能這麼做。我要你立刻上車回斷箭市。我要回坑道，回去找我的族類和我的吸血鬼男友。」

「噢，拜託！跟那個吸血鬼渾球？妳絕不可能忍受他的，小柔。」

「西斯，重點不只在我和艾瑞克，而是你和我就是不可能。你必須忘了我，好好過你的人生，過你的**人類**生活。」我轉身背對他，邁步走開。我聽見他跟上來，但我沒回頭，只是喊道：「別這樣！西斯，你走開。我不要你回來找我，永遠都不要。」我屏住呼吸，聽見他停下腳步。我依舊沒回頭，怕一回頭會忍不住奔向他，投入他的懷中。

就在快走到那扇老舊鐵柵門時，我聽見第一聲嘎嘎啼叫聲。我彷彿撞上一堵磚牆似地戛然止步。我迅速轉身，看見西斯站在樹下凍雨中，離他的車不過幾步。我只匆匆瞥他一眼，目光便投向被冰雪壓彎的枝椏陰暗處。光禿枝幹的陰暗處有黑影蠕動。我想起什麼，眨了眨眼，直盯著它，希望記起之前在哪裡見過。然後，影像移動……變化……它清楚現身時，我嚇得倒抽一口氣。奈菲瑞特！她攀附在一根覆蓋著冰雪，斜倚在火車站屋頂的大樹枝上，雙眼露出熊熊紅光，頭髮狂野飄動，彷彿她置身於驟起的狂風中。

奈菲瑞特對我微笑。她的表情是如此邪惡，我楞在原地，不能動彈。

然後，她的形象再次變換、晃移，變成一隻巨大的仿人鴉。這隻盤踞在屋頂一側的東西，非人非獸，而是可怕畸形的人獸綜合體，正以人眼形狀的紅眼盯著我。赤裸的人類手腳從巨大的渡鴉身軀長出來，看起來扭曲又邪惡。我可以看見他分叉的舌頭，以及他從咽喉深處淌出的閃閃發亮的唾涎。

「柔依，怎麼了？」西斯說。我來不及叫他別抬頭，他已經循著我的視線，仰頭望向火車站屋頂上結冰的枝椏。「什麼鬼東西呀？」我看見他臉上閃過恍然大悟的神情，仿人鴉灼熱紅眼的視線已從西斯身上移向我。

「柔～依？」他用氣聲喚我的名字，聲音詭異、平板，不像人聲。「我們一直～在找～妳。」

我的身體不能動彈，心裡卻驚慌地吶喊，**他們一直在找我**！但我的嘴巴說不出話——無法警告西斯，也無法發出聚積在喉嚨裡的尖叫。

「等我將妳獻～給我父親，他一定會非常高～興。」仿人鴉嘶嘶地說，張開翅膀，彷彿準備凌空飛下，一把攫住我。

「你盤算什麼鬼啊？想都別想！」西斯喝道。

12

我硬生生將驚恐的目光從仿人鴉移到西斯身上。他站在我前面，離我不過幾步，槍握在手上，瞄準樹上的怪物。

「脆弱的人類！」那東西以刺耳的聲音說：「你以爲你能阻～止～古老生物嗎？」

接著，一切宛如電光石火般發生。那怪物從樹上飛撲而下的瞬間，我的身體解凍，往前騰躍。我看見西斯扣下扳機，隨即聽見震耳欲聾的槍響，但仿人鴉以非人的速度移動，西斯瞄準的地方早已空無一物，子彈劃破空氣，嵌入覆冰的樹幹。那東西撲向西斯，嶙峋的腳爪彎成利鉤，我想起之前有隻仿人鴉還只是靈體時，曾差點割開我的喉嚨。而現在，這隻仿人鴉已具備形體，我知道我若不快速行動，他馬上會殺死西斯。

我發出恐懼和憤怒的尖叫，撲向西斯，搶在仿人鴉抵達之前將他撞開，所以怪物擊中的人是我。但我不覺得痛，只覺得身上承受一股奇怪的壓力，從我的左邊肩頭橫過我的胸口，沿著乳房上緣，一路延伸到右肩。仿人鴉撞得我轉了半圈，所以當他從我們身邊掠過，以可怖的人腳落地站定，我依然面對著他。他血紅的眼睛睜大，盯著我，說：「不！」這不是任何正常人類的聲音。「他不～要～妳死！」

「柔依！喔，天哪，柔依！快躲到我背後！」西斯對我大喊，掙扎站起來，但在結冰的地面滑了一跤，重重摔倒。地面上，不知怎地，已經濕紅一片。

我轉頭看他，覺得好奇怪。他明明就在我身邊，聲音聽起來卻像從一條長長坑道的另一端傳來。不知何故，我的雙膝癱軟，撲倒在地上。仿人鴉拍動巨大翅膀的窸窣聲，吸引我將目光移回他身上。果不其然，他已張開翅膀，顯然準備撲向我。我舉起手，覺得手變得沉重但溫暖。凝目一看，我驚訝地發現手上全是血。**血？難道地上的那片濕紅就是血？太詭異了**。我在心裡聳聳肩，不理會這攤血，放聲大喊：「風，降臨我！」起碼我以為我喊了，其實我的嘴巴只發出喃喃低語。幸好風元素的耳朵尖利，聽到我的召喚，隨即在我周遭盤旋。

「將那東西壓制在地上。」我說。風立刻聽命。一股可愛的迷你龍捲風籠罩住那詭異的鳥人，逼得他舉不起翅膀。他淒厲尖叫，將無用的翅膀收攏在背後，開始蹣跚邁步，低下畸形的頭，冒著強風向我走來。

「柔依！可惡。柔依！」西斯忽然出現在我身邊。他有力的手臂摟著我。這感覺眞棒，因爲我覺得自己就要昏倒了。

我對他微笑，納悶他怎麼哭了。「等等，得先收拾這傢伙。」我虛弱地將注意力轉回鳥人。「火，我需要你。」熱氣立刻圍繞我。我沾滿血的手仍舉在半空中，我伸出食指，指向逐漸逼近我和西斯的鳥人。「燒了他。」我下令。圍繞著我的溫柔熱氣旋即改變節奏，變成一柱猛烈的火舌，循著我的意念和食指的方向，撲向仿人鴉，將他吞沒在熊熊的橘黃烈焰中。空氣中瀰漫著肉和羽毛燒烤的噁心氣味，我覺得我要吐了。

「啊，火，感謝你。風，你離開前，請把那噁心的氣味一併吹走，好嗎？」真怪，我以爲我大聲說話，竟只發出微弱低語。幸好元素都遵從我的命令。我開始頭暈目眩，再也撐不住，癱倒在西斯身上。

我想搞清楚自己怎麼了，但思緒模糊，僅知道不管發生什麼事，都不重要了。

遠方傳來腳步急奔的聲音，我抬眼望見西斯的臉淚水縱橫。他大喊：「救命！我們在這裡！柔依需要幫忙！」接著，艾瑞克的臉出現在西斯旁邊。我只想到，**啊，太好啦，他們又要怒目相視了**。不過，他們沒這麼做。事實上，艾瑞克低頭看我的表情讓我有點擔心，只不過我這種擔心的感覺有點恍惚、模糊，彷彿事不關己。

「可惡！」艾瑞克臉色變得好蒼白，立刻扯下自己身上的黑色長袖Polo衫，衣釦蹦散。

我驚訝地眨眨眼，心想他只穿著無袖小背心，看起來實在帥。真的，他身材很辣。他在我的另一側蹲下。「對不起，我可能會弄痛妳。」艾瑞克將衣服捲成一團，壓在我的胸口上。

果然，一陣痛楚襲來，我倒抽一口氣。

「啊，女神哪！對不起，柔，對不起！」艾瑞克不停跟我道歉。

我低頭看，想知道到底爲何這麼痛，才驚覺我全身都是血。「怎─麼─」我想問問題，但痛楚和愈來愈麻痹的感覺讓我幾乎發不出聲音。

「我們得帶她去找達瑞司。他知道該怎麼做。」艾瑞克說。

「我抱她，你帶路，我們去找這個達瑞司。」西斯說。

艾瑞克點點頭。「走吧！」

西斯低頭看我。「柔，我必須搬動妳。撐著點，好嗎？」

我試圖點頭，但西斯一抱起我，我又痛得倒抽一口氣。他像抱個巨大的嬰孩那樣將我抱在懷中，連溜帶滑地跟在艾瑞克身後。回坑道這段路是一場噩夢，我永遠忘不了。西斯跟在艾瑞克後面衝進地下室。抵達通往底下坑道的那道鐵梯時，兩人只駐足片刻。「你先下去，我從上面遞給你。」西斯說。艾瑞克點點頭，立刻鑽進洞裡。西斯抱著我走到洞邊，說：「寶貝，對不起，我知道這一定很痛。」他輕吻我的額頭，蹲下，不知怎麼辦到的，把我遞給了站在下方的艾瑞克。我是眞的不知道，因爲我只顧痛得尖叫，沒注意他們是怎麼辦到的。

接下來，我知道西斯輕輕跳下坑道，艾瑞克將我交回給他。「我先跑去找達瑞司，你沿著主坑道走，別走進任何岔路，只管撿最亮的路走，我和達瑞司會來找你們。」

「誰是達瑞司？」西斯問，不過他這話只說給空氣聽，因爲艾瑞克已一溜煙不見人影。

「他的速度比我想的還要快。」我試圖這麼說，但嘴裡只冒出微弱混亂的聲音。另外，我注意到，先前我爬上地下室之前忽然熄滅的那盞提燈已再次亮起。「眞怪。」我想這麼說，但我耳裡聽到的是自己的咚咚心跳和一聲含糊的嘟囔。

「噓。」西斯往前急奔，同時努力不過度晃動我，免得我尖叫。「陪著我，小柔，別閉眼，繼續看著我，別拋下我。」西斯一直說個不停，眞的好煩，因爲我的胸口痛到我只想閉上眼睛，沉沉睡去。

「要休息。」我喃喃地說。

「不行！不能休息！嘿，我們假裝是《鐵達尼號》裡的男女主角吧。這電影妳看了好幾遍，妳知道啊，就是李奧納多．皮卡丘演的那部。」

「是狄卡皮歐啦。」我低聲糾正他。眞氣人，過了這麼多年他還在吃醋。我以前暗戀李奧納多，總喜歡想像他是「我男友李奧」。

「隨便啦。」他說：「還記得妳說若妳是女主角蘿絲，絕不會讓他走？好，現在我們來演一下。我是那個看起來像同性戀的狄卡皮歐，而妳是蘿絲。妳必須睜開眼睛看著我的臉，否則我會離開妳，被凍成一根大冰棒。」

「白癡。」我總算發出聲音。

西斯咧著嘴笑。「蘿絲，永遠別拋下我，好嗎？」

好吧，演這種戲很蠢，不過我得承認，他打動我了。我初次看完這部電影就深深著迷（還哭得淚眼迷濛——我說的是那種肩膀抽搐，一把鼻涕一把眼淚的醜陋哭相）。蠢蘿絲說她絕不會讓他走，但她放他走了。她幹麼不挪一下位置，讓李奧／傑克也爬上浮板呀？明明還有空位的嘛。西斯緊抱著我狂奔時，我模糊的思緒不停回想這揪心的一幕。

來到一處和緩的轉彎處時，艾瑞克趕上我們。達瑞司在他旁邊。西斯停下腳步，我才發現他喘得上氣不接下氣。哎呀。我模模糊糊地想到，不知該不該為自己太重而感到難為情。

達瑞司看我一眼，立刻大聲對艾瑞克下達一連串命令。「我帶她到史蒂薇．蕾的房間。我會比你們先到，但我在那裡會需要這個人類，所以你告訴他怎麼走。然後你去找孿生的和戴米恩，也把愛芙羅黛蒂叫醒，或許也會需要她。」然後他轉向西斯：「我來抱柔依。」

西斯猶豫起來。我知道他不想讓我離開他。見他這模樣，達瑞司冷峻的神情軟化。「別怕，我是冥界之子，我會誓死保護她。」西斯不情願地將我交到達瑞司強壯的手臂上。戰士嚴肅地俯視我，說：「我會移動得非常快，記得要完全信任我。」

我虛弱地點點頭。雖然我知道會發生什麼事，達瑞司一起步，我還是驚詫不置。坑道牆壁一閃而過，模糊一片，我頭暈目眩。以前我見識過一次達瑞司這種移形換位的驚人能力，而現在第二次體驗，我仍覺得驚心動魄。

似乎才幾秒鐘，達瑞司就在史蒂薇．蕾房間的掛毯入口處倏地停步。他推開掛毯進入，史蒂薇．蕾坐起來，揉揉眼睛，睡眼惺忪地看著我們，然後驚嚇得張大嘴巴，跳下床。

「柔依！發生了什麼事？」

「仿人鴉。」達瑞司說：「清掉桌上那些東西。」

史蒂薇．蕾一把掃掉床尾那張桌上的東西。我眞想責備她不該弄得亂七八糟。我很確定她打破了一兩個玻璃杯，還掃得一疊DVD橫飛過整個房間。但我的聲音不聽使喚，而且達瑞司把我放在桌上時，上半身的劇痛害我差點昏死過去。

「我們該怎麼辦？我們該怎麼辦？」史蒂薇．蕾反覆詢問，活像個茫然的小女孩。我發現她也哭了。

「握著她的手，跟她說話，讓她保持清醒。」達瑞司說，然後轉過身，開始一個個扔出急救箱裡的東西。

「柔依，妳聽得見我說話嗎？」我感覺得到史蒂薇．蕾握住我的手，但那感覺很模糊。

我使盡超人般的力氣才勉強低聲說：「聽見。」

史蒂薇．蕾把我的手握得更緊。「妳不能有事，好嗎？若妳有個三長兩短，我不知道該怎麼辦——」她頓住，啜泣，然後說：「妳不可以死。妳始終相信我最好的那一面，我才努力變成妳相信的那個我。沒有妳，我怕我好的那一面會消失，我會臣服於黑暗。而且，我還有好多事情要告訴妳，很重要的事情。」

我很想告訴她別傻了，別胡言亂語，我哪兒都不會去，但由於痛楚和麻痺，我開始有一種奇怪的感覺。我說不出那是什麼感覺，只能說，我感覺不對勁。不管發生了什麼事，那正是不對勁的原因。不是由於我身上的血，或朋友臉上的恐懼，而是由於這種新感覺，我才意識到，我發生了很糟糕的事，很可能眞的會到哪兒去。就在這時，疼痛開始消退。我心想，如果這就是死亡的感覺，那絕對比活著卻痛得要命好。

西斯衝入房間，直接奔向我，抓起我另一隻手，幾乎連看都沒看史蒂薇．蕾一眼，兀自將我臉上的頭髮拂開。「寶貝，妳覺得怎樣？還撐得住吧？」

我想對他微笑，但他似乎離我好遠，遠到我無法把臉上表情的變化傳達給他。

孿生的衝進來，克拉米夏緊跟在後。「喔，不！」依琳在幾步之外停住，手搗住嘴。

「柔依？」簫妮似乎一臉迷惑。她眨了幾次眼後，目光在我身上游移，隨即迸出淚水。

「看起來不妙，」克拉米夏說：「非常不妙。」然後她頓住，視線從我移到西斯。但他全副心思都在我身上。我敢說，就算有隻白色大象穿著短裙跳著舞進來房間，他也渾然不知。「這不是之前來過這裡的那個人類小子嗎？」

我感覺不到自己的身體。它似乎已不是我的。但不知爲何，除此之外，我可以清楚感覺到四周發生的每件事。孿生的相互握著手，哭得涕泗縱橫。達瑞司仍在急救箱裡東翻西找。史蒂薇．蕾不停拍我的手，努力不哭，但還是哭了。西斯則一直對我悄聲念出《鐵達尼號》裡的一些愚蠢的台詞。總之，所有人的注意力都在我身上，除了克拉米夏。她正飢渴地盯著西斯。我心裡的小警鈴開始噹噹作響，我掙扎著想找回身體的感覺。我必須警告西斯，要他小心。我必須告訴他，他得離開這裡，否則會遭遇不測。

「西斯。」我總算低聲喊出他的名字。

「我在這裡，寶貝，我哪兒都不去。」

我在心裡對他翻白眼。西斯的身體和英雄氣概都很可愛，但我怕這兩樣東西只會害他被史蒂薇．蕾那幫紅雛鬼吃掉。

「嘿，你不就是那個來過這裡的人類男孩嗎？柔依趕來搭救的那個？」克拉米夏逼近西斯，眼睛露出紅光，而這就是嚴重警訊。難道只有我注意到她對他虎視眈眈嗎？

「達瑞司！」我終於喘著氣叫出聲音來。

還好，埋首在急救箱裡翻找的戰士抬起頭來。我將目光瞥向正對著西斯流口水的克拉米夏，達瑞司臉上閃過恍然大悟的表情。

「克拉米夏，妳出去，現在就走。」達瑞司厲聲說。她遲疑著，將紅色目光從西斯轉向我。**走**！我以嘴型對她說。她的眼睛依舊發紅，但她點了一下頭，迅速走出房間。

這時，愛芙羅黛蒂用力拉開掛毯，大搖大擺走進來，一臉大便，環視房間。

「該死，這烙印真討厭！史蒂薇．蕾，妳可不可以控制一下自己，管好情緒，稍微尊重一下宿醉的人？這種宿醉會要人命欸——」她終於讓迷濛的視線聚焦，看見我的存在，原本蒼白的臉和空洞的眼神唰地瞬間變得更慘白，活像死魚翻白肚的那種病態臉色。「喔，天哪，柔依！」她奔向我，頭不停地前後搖擺。「不，柔依，不，我沒預視到這一幕。」她焦急地對我說：「我從沒有過這樣的靈視。妳克服了第一個死亡靈視，下一個應該是溺死而不是再度被割死啊。不！不是這樣的！」

我想說些什麼，但她已面向西斯。「你！你在這裡做什麼？」

「我—我來看她有沒有事。」西斯結結巴巴，顯然被她的怒氣嚇壞了。

愛芙羅黛蒂再次搖頭。「不，你不該出現在這裡，這樣不對。」她停住，瞇眼怒視西斯。「是你害的，對不對？」

我看見西斯眼眶盈淚。「對，我想是我害的。」他說。

13

戴米恩、傑克和艾瑞克衝進房間，後面緊跟著女爵。傑克看我一眼，像個小姑娘那樣尖叫，還昏了過去。幸好戴米恩及時接住他，他才沒仆倒，頭撞地。戴米恩將傑克扶到史蒂薇·蕾的床上躺下，他那隻可憐的拉布拉多犬滿頭霧水，瞪著一雙憂慮的褐色大眼睛，看看傑克，看看戴米恩和我，然後又回頭看傑克。戴米恩加入其他人，包括艾瑞克，圍攏在我四周。達瑞司涉水一般穿過他們走來，彷彿他是吸血鬼摩西，而他們是雛鬼紅海。

「他們得設立守護圈，將元素的療癒力量集中在柔依身上。」達瑞司告訴愛芙羅黛蒂。她點點頭，輕輕摸了摸我的額頭，然後對我的朋友厲聲下令。「蠢蛋幫！各就各位，設立守護圈。」

簫妮和依琳茫然地望著她。戴米恩則聲音哽咽地說：「我—我不知道哪裡是東邊。」

史蒂薇·蕾捏了捏我的手，然後放開。「我知道。我永遠知道哪裡是北邊，所以我可以告訴你東邊在哪裡。」她對戴米恩說。

「圍著桌子設立守護圈。」達瑞司說：「把床上的被單給我。」

戴米恩從史蒂薇・蕾的床上抓起被單，同時悄聲對已經清醒正在哭泣的傑克說，一切都會沒事的，然後將被單遞給達瑞司。

「保持清醒，女祭司。」他告訴我，然後望向西斯和艾瑞克，說：「你們兩個，跟她說話，不要停。」

艾瑞克抓起史蒂薇・蕾放開的那隻手，和我十指交纏。「我在這裡，柔。妳要撐過去，我們需要妳。」他停頓一下，美麗的藍眸凝視我。「我需要妳。對不起，過去那些事。」

西斯將我另一隻手拉到他唇邊，溫柔地吻它。「嘿，小柔，我告訴過妳沒，我已經兩個多月一滴酒也沒沾了？」

我這兩個男孩同時在我身邊，感覺好怪。我很高興他們不再互相捶胸怒視，但我明白這未必是好事，因為這表示我的傷勢比我自覺的還要嚴重。

「這樣很棒，對吧？我已經完全戒酒了。」西斯繼續說。

我想對他微笑。確實很棒。我被標記之前想跟他分手，就是因為他酗酒。那時他喝到失控，而且——

達瑞司將艾瑞克那團衣服從我胸口拿開，迅速撕開我的上衣。我立刻感覺到坑道裡的冷空氣碰到我血淋淋的肌膚。

「女神啊，不！」艾瑞克衝口而出。

「啊，可惡！」西斯直搖頭。「很糟，眞的很糟。沒有人這樣還能活——」

「沒有**人類**這樣還能活，但她不是人類，而且我絕不會讓她死。」達瑞司打斷西斯，同時用被單蓋住我裸露的胸部（感恩）。

我眞不該往下瞄的。或許這會兒沒力氣尖叫也好。一道長長的傷口從我左邊肩頭橫過乳房上方兩吋，直抵右肩。傷口很深，呈鋸齒狀，皮開肉綻，露出裡頭的肌肉、脂肪和一層層眞皮。我沒預期會見到這種畫面。血液從可怕的傷口滲出，但量沒有我想像的多。難道我的血快耗盡了？要命！很可能我快要耗盡了！我開始歇斯底里地喘氣。

「柔依，看著我。」艾瑞克說。我仍看著傷口，達瑞司以厚厚的紗布壓住它。艾瑞克輕輕捏著我的下巴，將我的臉往上仰，強迫我看他。「妳會沒事的，妳必須沒事。」

「對，小柔，別看。」西斯說：「妳知道的，就像每次我踢足球受傷，妳會說『別看就不會那麼痛』。」

艾瑞克放開我的下巴，我費力點點頭。若我能說話，我會告訴他們兩個，**打死都不，我永遠都不會再看**！光看一眼就嚇死了，哪需要再看一次啊？

「設立守護圈。」達瑞司說。

「我們準備好了。」戴米恩說。

我張望（當然避開我胸部），看見戴米恩、史蒂薇·蕾和孿生的已經在四周圍成圓圈。

「那就快設立！」達瑞司厲聲說道。

大家楞著沒動。依琳終於開口：「可是，都是柔依在設立，我們從沒做過。」

「我來。」愛芙羅黛蒂跨入圈子，走向戴米恩。戴米恩以懷疑的眼神看她。「不必是雛鬼或吸血鬼才能設立守護圈。只要信靠妮克絲就辦得到，而我信靠妮克絲。」她語氣堅定。「但我需要你們相挺，你們願意嗎？」

戴米恩躊躇半晌，望著我。我使出最後一點力氣，對他點頭。他對我微笑，點頭回應。

「我挺妳。」戴米恩告訴愛芙羅黛蒂。

愛芙羅黛蒂的視線從他移向孿生的。「我們也挺妳。」依琳代表回答。

最後，她看著史蒂薇·蕾。她抹掉眼淚，給我一個信心滿滿的笑容，然後對愛芙羅黛蒂說：「妳救了我兩次，我相信妳也能救柔依。」

我看見愛芙羅黛蒂臉頰泛紅，抬起下巴，挺直肩膀。我知道，這麼久以來，這是她第一次覺得被一群人接納。

「好，我們開始吧。」愛芙羅黛蒂說：「這是第一個元素。從呱呱落地時的第一次呼吸到最後一口氣，我們仰賴它。我召喚風來到這個守護圈！」果然，一陣風忽然揚起愛芙羅黛蒂和戴米恩的頭髮。她顯然鬆了一大口氣，依順時針方向走向簫妮。

然後，我不再注意他們——我不能，因爲我的視角開始變窄，邊緣灰撲撲。

「柔依，妳還醒著嗎？」達瑞司邊問，邊將更多的紗布壓在我胸口。

我無法回答。我的頭好輕，但身體無比沉重，彷彿有個白癡將一輛卡車開到我身上。

「柔？」艾瑞克喚我。「柔，看著我！」

「柔依？寶貝？」西斯好像又要哭了。

我很想說些什麼，讓他們安心，但我辦不到。我再也無法叫我的身體運作。我好像成了一個站在遠處的旁觀者，看著比賽在我周遭進行。我可以觀看，但無法參與。

「所有元素都召喚了，現在只剩下靈。」愛芙羅黛蒂說。她站在達瑞司身邊。「這是柔依個人代表的元素，我覺得替她召喚很怪。」

「快召喚。」達瑞司說。他的目光從我移開，環顧我這一圈朋友。「把你們元素的能量集中到柔依身上，以念力灌注她力量、溫暖和生命。」

我隱約聽見愛芙羅黛蒂召喚靈，但感覺不到靈降臨。有那麼一剎那，我感覺到一股遙遠的暖意。我想了一下，覺得自己也聞到了雨水和新刈草地的氣味。但隨著我視界周圍的灰色愈來愈厚，這些感覺迅速消失。

「你是曾經和柔依烙印的那個人類嗎？」我聽見達瑞司問西斯。我聽得見，但無力在乎他們說些什麼。

「對。」西斯回答。

「很好。對柔依來說，你的血甚至比愛芙羅黛蒂的好。」

「這眞是幾百年來我聽見的第一個好消息。」愛芙羅黛蒂咕噥著，以手背揩了揩眼睛。

「你願意讓柔依吸你的血嗎？」

「當然！」西斯說：「告訴我怎麼做吧。」

「坐上來，將她的頭放在你大腿上，然後把你的手臂給我。」達瑞司告訴西斯。

西斯坐在桌子尾端，艾瑞克和達瑞司幫我把頭枕在西斯溫暖的大腿上，彷彿他是一個有生命的枕頭。西斯伸出手臂，達瑞司緊緊抓住。我頭腦昏沉，不知道他們在幹麼，直到達瑞司的手伸向背後，從急救箱裡拿出一把萬用刀，彈開刀片，將刀刃壓在西斯前臂內側的柔嫩肌膚。血的芬芳籠罩我，像甜美的霧。「將她的嘴抵住傷口，」達瑞司說：「讓她吸吮。」

「來，寶貝，吸一點，這會讓妳舒服一些的。」

好，我的理智知道艾瑞克和我的好朋友們就站在旁邊看。在正常狀況下，不管西斯的血有多甜美，多美妙，多誘人，我絕不會做出接下來要做的事。但這會兒我經歷的絕非正常狀況。所以，當西斯將流血的手臂抵住我的唇，我張開嘴巴，嵌進牙齒，開始吸吮。

西斯呻吟，另一隻手摟著我，臉埋進我的頭髮裡。當他的血在我體內爆開，世界瞬間縮小，只剩他和我。吸入第一口時，胸口的感覺猛然喚回。劇痛之下，我差點將嘴巴拔開。但他緊抓著我，在我耳邊低語：「不！妳不能停。如果我受得了，小柔，妳也能。」

就說嘛。我知道，我讓他感受到極致的愉悅，而且，我們瞬間又相互烙印了。西斯的整個意識隨著他的血液充滿我。人類與吸血鬼之間的互相需求和吸引，形成古老、神奇的紐帶，將我們結合在一起。但我不只是在吸他的血。一方面，我出於求生本能而瘋狂進食；另一方面，透過我們之間的聯繫，西斯感受到我的痛苦、恐懼和需求——這一切，我陷入致命休克狀態時麻木不覺，但他的血恢復了我的生氣，把我從瀕死的休克拉回來，直接拋向撕裂的劇痛，並讓我察覺我差一點死去。我開始啜泣，但仍繼續吸吮。我好難過，因爲我知道我帶給他什麼感受。當然，他也知道我的感覺，知道我爲自己傷了他而非常難過。

「沒事，寶貝，沒事。沒那麼糟，眞的。」他在我耳邊低語，咬著牙對抗那混雜著痛苦和情欲的強烈感覺。

不知道過了多久，雖然胸口的傷仍痛得要命，我的身體開始暖和起來。我可以感覺到微風吹來春雨和乾草遍布的草原氣息。我的靈也變得生氣勃勃。我知道這是因為西斯的血給了我足夠的能量，讓我可以接受元素的療癒力量，讓它們撫慰我的身體和靈魂。

這時，我也才察覺西斯不再跟我說話。我睜眼往上看，發現他幾乎癱在我身上，但達瑞司仍緊抓著他的肩膀，扶著他。他眼睛緊閉，臉色蒼白。我立刻將嘴巴從他手臂移開。「西斯！」我害死他了嗎？我驚恐萬分，試圖坐起來，但貫穿全身的劇痛阻止了我。

「這人類沒事，女祭司。」達瑞司安撫我。「給他的傷口止血吧，免得他繼續流血。」

我不假思索地伸出舌頭，舔西斯手臂上的狹長刀傷，以及我咬下時變大的傷口，心裡同時想著**癒合……別再流血**。我移開嘴巴後，發現刀傷及齒痕都已不再流血。

「妳可以解除守護圈了。」達瑞司告訴愛芙羅黛蒂。她毫不掩飾，好奇地盯著我。

我眞想告訴她，**瞧，烙印有很多種。我跟西斯這種絕對不同於妳和史蒂薇．蕾那種**。但我使不出力氣說話。事實上，我可不期待聽到她勢將對我提出的幾百萬個問題。在她轉向史蒂薇．蕾，逐一感謝並送走各元素之前，我看見她對達瑞司露出一個充滿期待的性感微笑。我想起我和羅倫發生性關係時，打破了我跟西斯的第一個烙印。看來，達瑞司將是那個被她追問的人。他回給她一個親暱的笑容。我想，他應該遠比我更喜歡這樣的問題吧。

好吧，是很噁。

愛芙羅黛蒂微笑著解除守護圈時，達瑞司將注意力放回我和西斯身上。

「艾瑞克，幫我把他扶到床上。」達瑞司說。

面無表情的艾瑞克將我的頭抬離西斯的大腿，他和達瑞司將西斯扶到旁邊的床上，讓他一動也不動的身體躺在傑克剛剛空出來的位置。這時，傑克在房間另一頭瞠目結舌地看著，並焦慮地不停撫拍女爵。

「快去找點吃的和喝的吧。喔，也拿些維納斯的酒來。」達瑞司告訴傑克：「記得叫紅雛鬼離這裡遠一點。」傑克點點頭，一溜煙地跑開，女爵緊跟在他後面。

「他們不會攻擊西斯的。」史蒂薇．蕾說。她走到我身邊，握住我的手。「尤其現在他又和柔依烙印了。他的血聞起來不對。」

「我現在沒時間試探他們會或者不會。」達瑞司說，走到床邊，再次檢查我的傷口。

「很好，完全止血了。」

「我想，我就相信你吧，因爲我眞的不想再看它。」我好高興我的聲音回來了，雖然聽起來很虛弱，不停顫抖。「謝謝你們替我設立守護圈。」我告訴我這幾個朋友。他們對我咧嘴露出笑容，開始衝向我所在的桌子。

「不行！」達瑞司舉起手，喝止他們的歡欣鼓舞。「我需要空間做事。愛芙羅黛蒂，在急救箱裡找些蝴蝶繃帶給我。」

「嘿，我大難不死，對吧？」我問戰士。

達瑞司抬起眼睛，視線從我的傷口移向我的臉。他那種鬆了一口氣的神情告訴我，我差點沒撐過來。「妳是大難不死。」他停住，顯然還有話想說。

「但是？」我敦促他說下去。

「沒有什麼但是。」史蒂薇·蕾立刻插話。「反正妳不會死，就這樣。」

我繼續盯著達瑞司。他終於回答我：「但是妳必須得到更多幫助，才能完全復原。」

「什麼意思？更多幫助？」愛芙羅黛蒂問，走到他身邊，手裡抓著形狀奇怪的繃帶。

達瑞司嘆一口氣。「柔依的傷勢很嚴重。人類的血液補充了她失去的血，使她有足夠的力氣接受元素的能量，讓她免於一死。但就算柔依很厲害，她也無法獨自從這麼嚴重的傷勢中復原，畢竟她仍是個雛鬼。即便她是成鬼，這樣的傷恐怕也很難康復。」

「但她現在看起來好多了啊，而且還能跟我們說話。」戴米恩說。

「是啊，我不再覺得魂不附體了。」我說。

達瑞司點點頭。「這樣很好。但事實上妳的傷口得縫上好幾針才會癒合。」

「那這些呢？」愛芙羅黛蒂舉高手裡的蝴蝶繃帶。「我以為你要用它們來幫助傷口癒合。」

「這些繃帶只是暫時代用的。她需要真正的縫合。」

「那就縫吧。」我努力讓自己聽起來很勇敢，但想到達瑞司要縫我的肉，我就想去吐，或去哭，或者兩者都來。

「急救箱裡沒有縫線。」達瑞司說。

「不能弄一些來嗎？」艾瑞克問。我注意到他說話時眼睛到處看，就是不看我。「我可以開西斯的車去聖約翰醫院的藥局，史蒂薇．蕾可以對那裡的醫生施展一下控制心靈的把戲。我們把你需要的任何東西帶回來，然後你就可以替她縫合。」

「是啊，就這麼辦吧。如果你要，我甚至可以抓個醫生來這裡，等送他回去時再把他這段記憶抹除。」史蒂薇．蕾說。

「史蒂薇．蕾，多謝妳的建議。」我說，覺得很不安，因為她提議的做法形同綁架和洗腦。「不過，我真的不認為這是個好主意。」

「反正，這問題不是那麼容易解決。」達瑞司說。

「那就麻煩你說明清楚，把它變簡單啊。」西斯說。他用手肘把自己撐起來，對我露出甜蜜的笑容，但他的氣色看起來實在很糟。

「柔依需要的不只是醫生的照顧。她需要身邊圍繞著成鬼，這樣她身體所遭受的傷害才不至於致命。」

「等等，我以爲你說我大難不死。」我說。

「妳這次受傷是大難不死，但身邊若沒有吸血鬼聚集——我指的不是我們一兩個成鬼，甚至我們全部三個，而是更多成鬼——妳身體受到的傷害將會耗盡妳的力氣，然後妳的身體就會開始排斥蛻變。」達瑞司停頓一下，讓這些話在我們心裡沉澱。「妳會因此死去。妳可能會復活，回到我們當中，像史蒂薇．蕾和其他紅雛鬼那樣，但也可能永遠回不來。」

「或者，回來時變得像那個混帳史塔克小子，成爲瘋子王八蛋，攻擊我們。」愛芙羅黛蒂說。

「所以，妳眞的別無選擇。」達瑞司說：「我們必須送妳回夜之屋。」

「啊，要死。」我說。

14

「她不能回去！卡羅納在那裡。」依琳說。

「更何況還有仿人鴉。」簫妮接腔。

「她就是被他們其中一隻傷害的。」艾瑞克說：「對不對，西斯？」

「對，那東西好噁心。」西斯說。他正在牛飲傑克遞給他的可樂，同時往嘴裡塞多力多滋。眞高興見到他好多了，幾乎恢復原來的模樣。可見多力多滋和可樂眞的是健康食物。

「到時候他們又會攻擊她。所以，帶她回那裡救不了她，反而讓他們有機會殺了她。」艾瑞克說。

「嗯，或許不會。」我不情願地承認。「那隻仿人鴉不是要攻擊我，起碼不是故意的。他本來要攻擊西斯，我擋住了他的路。」我對西斯露出歉疚的笑容。「事實上，他傷到我時自己也嚇到。」

「因爲他說，他爸爸在找妳。」西斯補充。「我想起來了。他傷了妳以後，確實自己也嚇壞了。柔依，寶貝，我眞抱歉，害妳差點死掉。」

「他媽的，我就說嘛！」愛芙羅黛蒂簡直是對西斯咆哮。「這都是你的錯！你根本不該來這裡！」

「咳，愛芙羅黛蒂，等等。」我說，準備舉起手，做出要她冷靜的手勢，但達瑞司對我使了個**別動**的眼色。確實，我動作大一些，傷口就會痛。所以，我只好勉爲其難，動口不動手，感覺起來眞不自在。「妳剛才就一直在責怪西斯。怎麼一回事？」

她看著我。我發誓，她變得侷促不安，眞的一副坐立難安的樣子。

我對她蹙起眉頭。「到底是怎麼回事，愛芙羅黛蒂？」

她不發一語。史蒂薇・蕾嘆了一口氣，說：「因爲她是無所不知的靈視小姐，但她對這次事件毫無頭緒。」

「不准妳這樣窺探我的心思！」愛芙羅黛蒂對史蒂薇・蕾咆哮。

「那就回答柔的問題啊。她夠累的了，可沒力氣猜測妳的心思。」史蒂薇・蕾說。

愛芙羅黛蒂轉身背對史蒂薇・蕾。「我本來以爲，若妳會死，我應該事先感覺得到。」

「啥？」我說，代表在場所有盯著她，臉上帶著問號的人發問。

她翻了翻白眼。「喂！我出現過兩個妳死去的靈視呀。所以，若妳要死，照說我應該多少知道一些呀。但妮克絲這次沒給我絲毫線索。所以，我認爲，都是那個足球小子搞砸了一切，因爲女神沒料到他會在他不該出現的地方閒晃。」她對西斯皺眉，厭惡地搖搖頭。「我是說，拜託！難道你是特教兒童之類的嗎？也不想想你之前在這裡差點被殺死？」

「對，當時柔依救了我，所以我想，萬一怎樣，她會再變成女超人，我們不會有事。」西斯說，原本傻傻的可愛表情驟變，沮喪萬分。「我沒想到我會害柔依差點被殺死。」

「大家都說足球隊員沒大腦，顯然不是空穴來風。」愛芙羅黛蒂譏諷地說。

「夠了。」我說：「西斯，不是你差點害死我，是那隻混帳仿人鴉差點害死我。你以爲我喜歡這樣？門都沒有！」西斯插嘴：「可是我——」我立刻打斷他。「西斯，即使你沒來，我早晚也會溜到上面去。那隻噁心的鳥人說了，他們在找我。換句話說，他們遲早會找到我，我還是得跟他們打架。就這樣，這件事別再談了。愛芙羅黛蒂，妳有靈視不代表妳無所不知。有時，即使妳沒有預見，事情還是會發生。接受現實吧，別再那麼刻薄。還有，攻擊我的或許不只是仿人鴉。他在展開攻擊之前，看起來像奈菲瑞特。」我一口氣把話說完。

「什麼？」戴米恩說：「他怎麼可能看起來像奈菲瑞特？」

「我不知道，但我發誓，我一抬頭，就看見她在那裡。她對我露出陰森、可怕的微笑，我不過眨個眼，她就消失了，而她原本所在的地方出現一隻仿人鴉。我知道的就這些。」我知道還有別的事情我必須設法想起來，但我痛得暈頭轉向，全身無力。

「我們必須送她回夜之屋。」達瑞司說。

「把她帶回去給奈菲瑞特？這聽起來不是聰明的做法。」西斯說。

「儘管如此，她還是得回去。」

我抬頭看達瑞司。「沒有其他辦法嗎？」

「若妳想活命，沒有。」他說。

「那麼，柔依就得回學校。」戴米恩說。

「太讚了！這樣，仿人鴉和奈菲瑞特就可以甕中捉鱉了。」愛芙羅黛蒂扯開嗓門說。

我望向愛芙羅黛蒂，在她自我防衛的可惡外表背後，看見她眞心為我擔心。她很害怕。這怪不得她。我也害怕——替自己害怕，替朋友害怕。要命，我還替整個世界害怕。

「妳還記得吧，夜之屋裡的療癒師就是奈菲瑞特？」戴米恩說。

「我當然記得。」我不安地說：「我只希望，卡羅納要我活著的想法能阻止她害我。」

「萬一她把妳治好以後再來害妳呢？」愛芙羅黛蒂說。

「那你們就得把我救出來啊。」我說。

「喔，柔依，」戴米恩說：「聽起來妳是想一個人單獨回去。不行。」

「對，絕對不行。」依琳說。

「我們不會讓妳離開我們的視線。」簫妮說。

「妳去哪裡，我們就去哪裡。」傑克說。

「對，我們一起去。」史蒂薇．蕾說：「記得吧，愛芙羅黛蒂那兩個關於妳死去的靈視有個共通點，就是它們都發生在妳單獨一個人的時候。所以，我們絕不會讓妳落單。」

艾瑞克的聲音劃破眾人的共識。「但我們不能都跟她一起回去。」

「聽著，艾瑞克，」愛芙羅黛蒂嗤笑他說：「我們知道你是醋罈子先生。看見女友吸吮另一個男生，心裡肯定不是滋味。不過，你得學著面對這種事。」

艾瑞克完全不理她，反而凝視著我的眼睛。我發現他又從他的戲法百寶袋中掏出一副面具，瞬間變臉，成了陌生人。我打量他，完全看不到那個對我渴望到令人害怕的人。我甚至找不到那個占有欲強烈，想把西斯踹得屁滾尿流，想對我頤指氣使的大男人。他太會隱藏自己的這些面貌和情緒了，厲害到我開始懷疑眞正的艾瑞克到底是哪一個。

「史蒂薇．蕾不能跟妳回去。若她走了，誰在這裡管紅雛鬼？愛芙羅黛蒂也不能去。她是人類，即便我巴不得她被吃掉，我想妳和妮克絲大概還想把她留在身邊吧。」

「在這傢伙繼續說屁話之前，柔依，妳要知道，不管怎樣，我一定要跟妳一起去。」西斯說。

艾瑞克幾乎眼睛眨也不眨地繼續說：「好，你這個混帳人類就去挨扁，或被宰吧。搞不好你會比愛芙羅黛蒂先一命嗚呼。除了保不了你自己，你這次可能會眞的害死柔依。柔依必須回去，因爲她不回去就必死無疑。達瑞司是唯一該跟她一起回去的人。其他人回去都太冒險，一定會被困在夜之屋，甚至可能被殺。」

果然，整個房間嘩然，大家扯開嗓門，反對艾瑞克這篇冷冰冰的聲明。

「各位……各位……」我試圖壓過他們的聲音，但實在不夠力氣。

「安靜！」達瑞司喝道，眾人終於閉嘴。

「謝謝。」我跟達瑞司道謝，然後看著朋友們。「我認爲艾瑞克說得沒錯，不管誰跟我回去都有危險，我不想失去你們任何一個。」

「可是，你們五個人在一起時不是更有力量嗎？」西斯問。

「沒錯。」戴米恩回答。

西斯點點頭。「那麼，你們這些對元素有什麼特殊東西的人不是應該跟柔依回去嗎？」

「那東西叫對元素的感應力。」戴米恩解釋。「西斯說得對，守護圈應該保持完整。」

「不行。」達瑞司說：「史蒂薇．蕾必須留在這裡，跟紅雛鬼在一起。如果她被困在學校，甚或被殺死，我沒把握光艾瑞克一個成鬼留在這裡，足以維持紅雛鬼的健康和秩序。萬一只有柔依和我注意到，容我告訴各位吧：克拉米夏見到西斯時好像無法控制自己。史蒂薇・蕾不在所產生的連鎖效應很可能釀成大災難。因此，守護圈不可能維持完整。」

「等等，或許守護圈可以維持完整。」愛芙羅黛蒂說。

「怎麼說？」我問她。

「嗯，我不再能代表土元素了。史蒂薇・蕾蛻變後，這個感應力已經回到她身上。有一次我試圖召喚土，結果這元素發怒，還攻擊我。」她說。我點點頭，想起愛芙羅黛蒂那時有多難過，以為妮克絲遺棄了她。「不過，」她繼續說：「柔依可以召喚土，就像她可以召喚五元素裡的任何一個，對吧？」

我再次點點頭。「對。」

「但我剛才可以毫無困難地召喚靈。所以，若我們交換位置呢？柔依代表土，由我召喚靈。剛才行得通，我想，只要柔依在旁邊幫忙把靈推向我，沒有理由下一次行不通。」

「她說得有理。這樣一來，即便我不在，守護圈還是可以維持完整。」史蒂薇・蕾說：「我很想陪著妳，但達瑞司說得沒錯，我不能冒這個險，免得無法回到我這群雛鬼身邊。」

「大家全忘了你們不能跟柔依回去的另一個原因。」達瑞司說：「奈菲瑞特讀得出你們的心思，或許卡羅納也能。也就是說，關於紅雛鬼和這個避難所，你們所知道的一切，都會被他們窺知。」

「啊，各位，我有個主意。」西斯獻策。「好吧，我不是很懂這東西啦，所以我有可能想錯了，不過，你們不能請元素來幫忙嗎？我不知道啦，比方說請它設立路障什麼的，不讓別人進入你們的心靈之類的？」

我驚訝地看著西斯，然後笑著說：「你或許說對了。你覺得如何，戴米恩？」

戴米恩一臉興奮。「我想，我們實在太蠢了，竟然沒想到這點。」他對西斯微笑，說：「想得好呀，你這傢伙！」

西斯聳聳肩，看起來好可愛。「沒什麼啦，有時候旁觀者清嘛。」

「你眞的相信這樣行得通？」達瑞司問。

「應該是。」戴米恩說：「孿生的和我曾召喚元素來保護我們，屏障我們。所以，應該不難要求它們屏障我們的心思。」他遲疑了一下，望向愛芙羅黛蒂。「不過，妳可以嗎？妳不算眞的對靈有感應力吧？我不是針對妳啦，但妳可以在一個守護圈裡代替柔依召喚靈，不代表妳能夠單獨召喚它。」

「我不需要召喚靈來保守我的心思。」愛芙羅黛蒂說：「打從我被標記那天起，奈菲瑞特就無法滲透我的心靈，就像她也無法讀柔依的心思一樣。另外，我要告訴你們，我已經受夠你們這些傢伙只因爲我變回人類，就對我另眼看待！」

「好啦，這件事上妳說得對，對不起。」戴米恩說：「不過，我認爲，我們在莽莽撞撞跑回夜之屋之前，應該先確定愛芙羅黛蒂眞的能召喚靈。」

「對，愛芙羅黛蒂，」傑克說：「我們不是說妳變回人類就怎樣啦，只是，我們得知道妳是否眞的能施展靈的法力。」

我靈機一動。「愛芙羅黛蒂在守護圈外能不能召喚靈並不重要，只要我可以就夠了。」我輕聲說：「靈，降臨我。」就像呼吸那麼簡單，我輕輕鬆鬆就召喚了靈，感受到它美妙的存在。「現在去找愛芙羅黛蒂，保護她，供她差使。」我虛弱地往她的方向彈手指，立刻感覺到靈從我身上飛奔出去。才一剎那，愛芙羅黛蒂睜大湛藍眼睛，泛起笑容。

「嘿！它降臨我了。」她說。

「妳可以讓它維持多久？」艾瑞克問我。

我眞受夠了他那種毫無情緒的冷漠口氣，厲聲回答他：「需要多久就能維持多久。」

「那麼，守護圈保住了。」戴米恩說。

「好耶，我們可以跟柔一起回學校去了。」依琳說。

「一起，五個人一起回去。」簫妮說。

「我怎麼覺得自己是呆瓜米老鼠家族的一員？」愛芙羅黛蒂嘲諷，但面露笑容。

「好，那大家都同意了。」達瑞司說：「你們五個和我回學校，史蒂薇．蕾、艾瑞克、傑克和西斯留在這裡。」

「不行，西斯不能留在這裡。」艾瑞克說，終於流露點情緒。

「老兄，這種屁話不用說，反正我不會留下來，我要跟柔依一起走。」西斯說。

「不行，西斯，那樣太危險了。」我說。

「愛芙羅黛蒂是人類，她可以去，那我也可以。」他固執地說。

「足球蠢小子，首先，我雖然是人類，但很特別，所以我可以去。其次，你不能去，因為他們會利用你來對付柔依。你和她又烙印了，他們傷害你就等於傷害柔依。所以，有點常識，滾回你住的郊區。」

「喔，這點我倒沒想到。」西斯說。

「你必須回家，西斯。等事情過了，我們會有機會再聊的。」我說。

「我不能留在這裡嗎？感覺在這裡跟妳比較近。妳萬一需要我，可以很快找到我。」

我很想說「好」，即使艾瑞克繃著臉在一旁看我，即使我知道為了西斯好，我最好別再跟他見面。我們這次的烙印非常強烈，遠甚於第一次。我感覺得到他，那麼親近、甜蜜、熟悉。我知道這樣做不對，也不應該，但我眞的好想把他留在身邊。只是，接著，我想到克拉米夏看他的眼神。我知道我們兩人烙印後，其他雛鬼或吸血鬼都會覺得他的血味道很怪，但我不確定他們不會想品嘗一下。光想到有人要吸吮他的血，我就火大。

「不，西斯。」我堅持。「你必須回家。你留在這裡不安全。」

「我不在乎我是否安全，我只在乎能不能跟妳在一起。」西斯說。

「我知道，但我在乎你安不安全。回家去吧。只要可以，我會打電話給你。」

「好吧。只要妳一叫我，我就會趕來這裡。」他說。

「要不要我陪他出去？」史蒂薇·蕾問。「坑道有點複雜，不熟悉會搞不清楚方向。」

而且，萬一有哪個雛鬼想咬他一口，我可以阻止他。史蒂薇·蕾沒說出這句話，但它清清楚楚地懸浮在我們之間的空氣裡。

「好，謝謝妳，史蒂薇·蕾。」我說。

「艾瑞克，扶柔依起來。愛芙羅黛蒂，幫她纏好彈性繃帶。我最好也陪西斯出去。」達瑞司說。

「仿人鴉那時是在他車子上方的樹梢，盤踞在火車站的屋頂上。」我告訴達瑞司。

「我會提高警覺的，女祭司。」達瑞司說：「來吧，男孩，你得回家了。」

「我們一會兒就回來。」史蒂薇．蕾說。

西斯沒跟著達瑞司和史蒂薇．蕾走出房間，反而朝我走來。他捧著我的臉，對我微笑。

「要安全喔，好嗎，小柔？」

「我會小心的。你也是。」我說：「還有，西斯，謝謝你救了我。」

「不客氣，柔依。我是說眞的，我願意。」然後，西斯俯身親吻我，彷彿當下只有我們兩人，沒有一整個房間的朋友（以及男友）正張大眼睛看我們。他嘗起來有多力多滋、可樂，以及西斯專屬的味道。此外，我還聞到他獨特的血的氣味。對我來說，這是全世界最迷人、最甜美的氣味。「我愛妳，寶貝。」他低聲說，再次吻我。

他起身離開時，揮手跟我的朋友道別。「各位，改天見。」我有點驚訝，傑克和戴米恩竟然大聲跟他說再見，而孿生的還對他發出飛吻的聲音。我的意思是，對啦，西斯是非常可愛。就在準備穿過門口的掛毯時，他轉頭望向站在我旁邊的艾瑞克。「喂，老兄，若她受到任何傷害，我唯你是問。」然後，他歪著嘴對艾瑞克露出一個迷人的笑容。「喔，還有，我不在的時候，你儘管對她頤指氣使，好讓我更容易贏得她的芳心，如何？」說完後自己呵呵笑，走出房間。

愛芙羅黛蒂噗嗤笑出來，但她試圖用咳嗽來掩飾。

「前男友還眞有他的一套。」簫妮說。

「是啊，孿生的。」依琳說：「更甭提他那可愛的俏屁屁。」

「嗯，應該有人覺得尷尬吧？」傑克說。

15

孿生的含糊地低聲說對不起，歉疚地望了艾瑞克一眼。艾瑞克面無表情，一張臉像是石頭刻的，只冷冷地告訴愛芙羅黛蒂：「來，我把她扶起來一點，妳替她纏繃帶。」

艾瑞克避開我的目光，輕輕地將手扶在我的腋下，小心地將我的上半身抬離桌面。我咬牙忍著痛，讓愛芙羅黛蒂將繃帶纏繞在我的胸膛，心裡邊想著，現在到底該拿艾瑞克和西斯怎麼辦。艾瑞克和我照說已經復合了，但經過剛才在地下室的那個場面後，我無法百分之百確定我們應該在一起。此外，我們之間的感情強烈到足以讓他包容我再一次和西斯烙印嗎？這一次，艾瑞克不是抽象地知道，而是親眼見到。這樣，他和我還可能在一起嗎？

我抬眼看小心翼翼攙扶著我的艾瑞克。他感覺到我在看他，湛藍眼眸望向我。他看起來不再像石頭一樣冷冰冰，而是顯得很傷心。眞的、眞的很傷心。我仍想當艾瑞克的女朋友嗎？我愈凝視他的眼睛，就愈覺得我很想。那，這樣一來我和西斯怎麼辦？難道又要回到羅倫介入之前的三角習題嗎？那時，這種三角關係已經夠難受，現在只會更糟。我到底該怎麼辦?他們兩個我都在乎啊。

天哪，當柔依好累呀。

愛芙羅黛蒂幫我纏完繃帶，艾瑞克要傑克從床上拿枕頭過來，然後他輕手輕腳地扶我躺下，讓我的頭和肩膀靠在柔軟的枕頭上。

「你們該準備出發了。」艾瑞克對孿生的、戴米恩和愛芙羅黛蒂說：「我敢說達瑞司希望能立刻送柔依回夜之屋。」

「那我們得回克拉米夏房間拿包包。」簫妮說。

「孿生的，難不成我會忘了我那個Ed Hardy的冬季新款包啊?」依琳說。

「當然不會忘，孿生的，我只是說……」她們邊快步走出房間邊說，聲音逐漸遠去。

「我想跟你一起去。」傑克說，看起來快哭了。

「我也想要你去，」戴米恩說：「但太危險了。你必須和艾瑞克、史蒂薇·蕾留在這裡，直到我們搞懂要應付的東西究竟是什麼。」

「理智上我了解，但我的心很難接受。」傑克說，頭倚在戴米恩肩上。「我只是……只是……」傑克深吸一口氣，結果是抽噎了一下。「我只是好難過!」

「我們去坑道前頭那裡一下。」戴米恩一手摟著傑克，回頭跟我們講：「達瑞司準備出發時，請他喊一聲。」然後他領著傷心欲絕的傑克離開房間，女爵也難過地尾隨在後。

「我去找我的貓，」愛芙羅黛蒂說：「也看看能不能找到妳那隻小橘貓。」

「妳不覺得我們應該把貓留在這裡嗎？」我問。

愛芙羅黛蒂對我揚起一道金色眉毛。「什麼時候貓咪會聽我們指使啊？」

我嘆一口氣。「說得也是。他們一定會跟回去，而且幾年後還在抱怨差點被我們留在這裡。」

「告訴達瑞司，我立刻回來。」說完，愛芙羅黛蒂低頭穿過掛毯。

房間裡只剩艾瑞克和我。

艾瑞克看都沒看我一眼，開始走向門口，說：「我要去——」

「艾瑞克，別走。我們可以談一下嗎？」

他停步，仍舊背對著我。他低下頭，肩膀垮下來，看起來好沮喪。

「艾瑞克，拜託……」

他轉過身來，我看見他眼眶噙淚。「我好氣自己不知道該怎麼辦！更糟的是，」他停頓一下，指著纏繞在我胸膛的大片彈性繃帶，「這都是我的錯。」

「你的錯？」

「如果在地下室時我沒那麼混蛋，占有欲那麼強，妳就不會跟西斯去外面。妳已經要打發他走了，我卻一直逼，把妳惹毛，妳才會跟他出去。」他抬手捋過自己的濃密黑髮。「只是，西斯讓我好嫉妒！你們是青梅竹馬。我只是——」他遲疑了一下，咬了咬牙。「我只是不想再次失去妳，所以我表現得像個混蛋，結果不僅差點害妳死掉，而且又失去了妳！」

我驚訝地眨著眼睛看他。原來，他表現得像個石頭人，不是因為他不在乎，或他生我的氣。他是在隱藏他的情緒，因為他認為這全是他的錯。天哪，我一點都沒想到。

我向他伸出手。「艾瑞克，來。」他慢慢走過來，握住我的手。

「我像個混蛋。」他說。

「對，你確實像混蛋，不過我自己也應該要有點理智，不跟西斯到外面去。」

艾瑞克凝視我久久，才說：「看到妳跟他在一起，看到妳吸他的血，我好難受。」

「我也希望有別的辦法。」我說。我的確這麼希望，而這不只是因為我不想讓艾瑞克看了難過。沒錯，我愛西斯，但我已決定不再跟他來往，更遑論再一次跟他烙印。對我們兩人來說，尤其是對西斯來說，最好的安排是我們退出彼此的人生。事實上我就是這麼計畫的。可悲的是，我的人生很少照我的計畫走。我嘆一口氣，努力將我的感覺化為語言。「我無法不愛西斯。很久以來，他一直是我生命的一部分，而現在，儘管我真的無意讓這種事情發生，我們卻又再次烙印了，他身上實際上已經帶著一部分的我。」

「我不知道我可以忍受妳的人類男友到什麼程度。」艾瑞克說。

我繼續迎視他的目光，差點衝口說出：**我也不確定我可以忍受你的占有欲到什麼程度**。但我好累，我決定將這話留到日後，等我有更多時間和力氣把事情想清楚再說。所以，我只說：「他不是我的男友，他是跟我烙印的人類。兩者差別很大。」

「伴侶。」艾瑞克的聲音充滿苦澀。「這種身分稱爲女祭司長的人類『伴侶』。許多女祭司長都有伴侶，而且經常不只一個。」

我驚訝地眨了眨眼。我肯定沒在吸血鬼社會學的課堂上念到這一部分。我的意思是，《雛鬼手冊》應該不會提到這一點吧？看來我讀書得更仔細些。不過，我記得，在我和西斯正式分手那天，達瑞司提過，人類跟女祭司長交往很不容易。那時，他就是用「伴侶」這個字眼來稱呼人類。「喔，嗯，這代表女祭司長沒有吸血鬼伴侶嗎？」

「配偶。」他小聲地說：「跟女祭司長烙印的男人，如果是人類，就稱爲伴侶；如果是吸血鬼，便稱作女祭司長的配偶。但這不代表她不能同時有伴侶和配偶。」

對我來說，這似乎是個好消息，雖然對艾瑞克而言顯然不怎麼好。起碼我開始相信，以前的女祭司長也經歷過這種壓力。或許等世界末日的問題解決了，我可以找書來讀，或有技巧地問達瑞司。眼下我決定先用ＯＫ繃把這個問題蓋住，以後再來清理後果。如果有以後的話。「艾瑞克，我不知道該拿西斯怎麼辦。現在事情那麼多，我實在無暇處理這問題。要死，我也不知道該拿你怎麼辦。」

「我們在一起了。」他輕聲說：「而且我希望我們繼續在一起。」

我張嘴想告訴他，我眞的不知道怎樣做最好，但艾瑞克傾身輕吻我的唇，讓我無法言語。忽然，有人清喉嚨，我們望向門口，看見西斯站在那裡，一臉蒼白，看起來很不高興。

「西斯！你在這裡幹麼？」我眞恨我的聲音聽起來尖銳又內疚，但另一方面我也焦急地想知道他偷聽到多少。

「達瑞司要我來告訴你們，路況太糟，我今晚沒辦法回斷箭市。他和史蒂薇．蕾去找四輪傳動車，好送妳和其他雛鬼回夜之屋。」他說到這裡停下來。我認得他這種語氣，代表他眞的很生氣，但也很受傷。他很少這樣，我只聽過幾次。上次他講話流露出這種口氣，是他告訴我，我打破和他的第一個烙印時，也害死了他的一部分靈魂。「繼續啊，假裝我不在這兒，就像你們以前那樣。我無意打擾你們。」

「西斯——」我才叫了他名字，愛芙羅黛蒂就走進房間，身後跟著一群貓咪，包括我的娜拉和她惹人厭的白色波斯貓梅蕾菲森。

「真尷尬啊，又是這種場面。」愛芙羅黛蒂說，心知肚明地將視線從西斯移到艾瑞克和我身上。我嘆一口氣，發現我的頭開始痛，幾乎跟我胸膛的傷口一樣痛。接著，孿生的和克拉米夏也走進房間。

「啊，喔。」簫妮說。

「前男友在這裡做什麼？」依琳問。

「路況很糟，西斯不能回家。」我說。

「所以他要留在這裡嘍？」克拉米夏問，眼睛盯著西斯不放。

「非得留下來不可。他在這裡比在夜之屋安全。」我說，盯著克拉米夏，心裡卻想：我不確定他在這裡會比較安全。「他和我又烙印了。」我額外補上這麼一句。

克拉米夏一邊嘴角往上咧，表示噁心。「我知道，我聞到他的血有妳的氣味。現在他沒什麼用了，只能當妳的玩具。」

「他不是——」我想糾正她，西斯卻打斷我，提高聲音說：「她說得沒錯。在妳眼中，我不過如此。」

「西斯，我不是這樣看你的。」我說。

「隨便，我不想再談這件事。我是妳的捐血人。就這樣。」他轉身背對我，抓起不知誰放在床邊的一瓶紅酒，灌下一大口。戴米恩和哭腫了眼的傑克，以及女爵，也擁入房間，惹得所有貓咪發了瘋似地嘶鳴——除了娜拉以外。

「嘿，西斯，」傑克說：「我以爲你已經在回家的路上了。」

「我回不了家。看來我被困在這裡了，跟你一樣，都是被丟下的人。」

傑克皺起眉頭，幾乎又要迸出淚水。「戴米恩沒有丟下我，不是眞的丟下。只是——只是我目前不能跟他一起去。」

「沒錯。等可以的時候，我們就又會在一起了。」戴米恩說，伸手摟住傑克。

「我實在不想打斷談情說愛的場景，不過我醒來時又寫了一些詩，想說妳最好看看。」克拉米夏說。

這話將我從不知該拿西斯和艾瑞克怎麼辦的迷惘中拉回來。「沒錯，我應該看看。」我說：「戴米恩，傑克跟你講了克拉米夏寫詩的事嗎？」

「講了。克拉米夏上床睡覺前，我已經跟她拿了一份，趁著和傑克値班守衛時看過了。」戴米恩說。

「你們這些傢伙到底在說什麼啊？」愛芙羅黛蒂說。

「妳醉得不省人事時，柔發現克拉米夏的房間牆上寫滿詩。」依琳說。

「都是克拉米夏寫的，但似乎都與卡羅納有關，眞是詭異。」簫妮說。

「看來她是要傳達與他有關的抽象概念。」戴米恩說：「我認爲她房間裡的這些詩是爲了引起我們的注意，也就是說，我們必須好好研究克拉米夏寫的所有東西。」

「太讚啦，又是什麼陰森恐怖的厄運之類的，正是我們需要的。」愛芙羅黛蒂說。

「喏，這裡有兩首新寫的。」克拉米夏試圖將兩張紙遞給我。我抬起手想去接時，痛得倒抽一口氣。

「我來。」艾瑞克順手接過紙張，拿到我面前，並舉得高高的，讓戴米恩、孿生的、愛芙羅黛蒂、傑克和我可以同時閱讀。第一首就讓人摸不著頭緒：

先前束縛他之物
將令他逃逸
能量之地——五者同聚

夜
靈

血
人性
土

結合不是為了征服
而是要得勝
夜帶往靈
血連結人性
土給予圓滿

「它讓我頭痛。你們不知道我有多討厭詩。」愛芙羅黛蒂說。

「你看得出它在講什麼嗎？」我問戴米恩。

「我認爲，這是在告訴我們，怎樣才能讓卡羅納逃逸，也就是把他趕走。」他說。

「我們懂『逃逸』的意思，咬文嚼字先生。」依琳說。

「眞令人有些喪氣，這裡寫的是趕走他，而不是殺死他。」傑克說。

「卡羅納不可能被殺死。」我不假思索地說：「他永遠不會死。我們可以囚禁他，驅逐他，但我們不可能殺死他。只是，到底怎樣才能趕走他呢，我可不懂。」

「這五樣東西聚在一起，在能量之地，就可以把他趕走。」傑克說。

「那地方在哪裡？那五者是什麼？」我問。

「五者是指代表這五樣東西的人。起碼，要我猜的話，我馬上會這麼猜。總之，在詩裡，五者要不是指特定的五個人，就是指特定的五樣東西。」戴米恩說。

「它們是指人。」克拉米夏說。

「妳還知道些什麼？妳知道他們是誰嗎？」戴米恩問。

克拉米夏搖搖頭，一臉沮喪。「不知道。只是你一說他們是人，我就直覺你說對了。」

「我們再看另一首詩吧。」戴米恩說：「或許可以幫助我們搞懂這一首的意思。」

我將注意力轉向另一張紙。這首詩不長，但看得我起雞皮疙瘩。

她回來

經由血，透過血

她返回

帶著重傷
如我一般
人性救了她
她會救我嗎？

「妳寫這首詩時心裡在想什麼？」我問克拉米夏。

「什麼都沒想。那時我還沒完全清醒。這兩首詩自己冒出來，我只是動筆寫下來。」

「我不喜歡這首詩。」依琳說。

「嗯，看來無法幫我們解讀第一首。事實上，柔依，我認爲這首詩在說妳。」戴米恩說：「我認爲它在預言妳會受傷，返回夜之屋。」

「那麼，在詩中說話的人是誰？問我是否會救他或她的那個『我』是誰？」我覺得自己愈來愈虛弱，胸口的狹長傷口隨著心跳一陣陣抽痛。

「可能是卡羅納。」愛芙羅黛蒂說：「第一首詩講的就是他。」

「有可能，但我們不確定卡羅納以前曾有人性，後來失去了。」戴米恩說。

我謹愼地閉緊嘴巴，雖然我想告訴他們，我認爲卡羅納不是一直都像現在這個樣子。

「另一方面，」戴米恩繼續說：「我們知道奈菲瑞特已經背離妮克絲，這也意味著她迷失了自己或她的人性。所以，這個『我』也可能是指奈菲瑞特。」

「呃。」依琳說。

「她肯定失去了她的心智，瘋了。」簫妮說。

「其實，如果是指那個最近死裡復活的雛鬼，不是最講得通嗎？」艾瑞克緩緩地說。

「你說得有道理。」戴米恩說，我幾乎可以清楚看見他的思惟在運轉。「『帶著重傷／如我一般』可能是象徵性地說他死去。柔依的傷確實有致命危險，而她和說話的人也確實因為血的緣故回夜之屋。」

「而且，他的人性不見了，就像其他紅雛鬼一樣。」愛芙羅黛蒂說。

「喂，我不知道你們在說誰，我的人性可多得很。」克拉米夏說，顯然覺得受到冒犯。

「但妳死後剛復活時並沒有人性，對吧？」戴米恩說。

他的口氣是如此冷靜，就事論事，所以克拉米夏的情緒立刻平靜下來。「對，這一點你說得對。我剛活過來時確實很沒理性。我們全都是這樣。」

「看來我們好像已經解讀了第二首詩。」戴米恩說：「幸好我們有克拉米夏，她對文字的天賦讓我們稍微預見了未來。第一首詩……我不曉得，我會再想一想。我們得花點時間來腦力激盪，偏偏我們現在缺的就是時間。不過，不打緊，我們還是得感謝克拉米夏。」

「嘿，不客氣啦。」克拉米夏說：「這是身爲桂冠詩人該盡的職責嘛。」

「身爲什麼？」愛芙羅黛蒂說。

克拉米夏銳利的眼神直盯著愛芙羅黛蒂。「柔依封我爲新的吸血鬼桂冠詩人。」

愛芙羅黛蒂張嘴欲言，但我搶先一步。「現在，我想請領袖生委員會很快地做一次表決，看是否同意讓克拉米夏成爲我們的新桂冠詩人。」我望向戴米恩。「你同意嗎？」

「同意，當然同意。」戴米恩說。

「我也同意。」簫妮說。

「同樣。我們確實該有女性桂冠詩人了。」依琳說。

「我已經投過贊成票了。」艾瑞克說。

大家望向愛芙羅黛蒂。

「好，好，隨便啦。」她說。

「我敢保證史蒂薇．蕾也會贊成。」我說：「所以，正式通過。」

大家微笑看著喜不自勝的克拉米夏。

「好，那麼，我來總結一下。」戴米恩說：「基本上，我們相信第一首詩談的是怎樣迫使卡羅納逃走，雖然我們還不清楚詩裡提到的細節。而第二首詩是說，柔依返回夜之屋這件事可能會拯救史塔克。」

「看來是如此。」我將寫有這兩首詩的紙遞給愛芙羅黛蒂。「可以麻煩妳將它們放進我的手提包裡嗎？」她點點頭，把紙摺好，放進我可愛的小包包裡。「眞希望這兩首詩能提供更多指示。」我說。

「我認爲妳應該特別留意史塔克。」戴米恩說。

「或者至少柔依遇到他時應該提高警覺。」艾瑞克說：「這詩提到了重傷，結果證明這不只是詩裡的比喻。」

我聽見戴米恩部分同意艾瑞克的話，同時看見艾瑞克向我投來銳利的眼神，像是要穿透我。但我把目光移向西斯悲傷的褐色眼睛。

「我來猜猜，史塔克是**另一個**男孩，對吧？」西斯說。見我沒回答，他拿起酒瓶長飲一口。

「呃，對啦，西斯。」傑克說。他和西斯並坐在床上，一臉擔憂。「史塔克是個雛鬼。我想，他死了又復活之前可以算是柔依的朋友啦。他是新同學，所以我們對他都不太熟。」

「但妳知道他一些其他人所不知道的事，比方說，妮克絲賜給他的天賦是射箭不可能錯失目標，對吧？」戴米恩對我說。

「對，關於他，我的確知道一些別人不知道的事。但奈菲瑞特和老師們知道這些事。」我說，試著不去注意西斯猛灌紅酒，也避開艾瑞克的犀利眼神。

「我是老師，但我不知道他有什麼天賦。」艾瑞克說。

我閉上眼，身體靠回枕頭上。「或許奈菲瑞特隱瞞大家很多事。」我疲憊地說。

「那他幹麼把這些高度機密的事告訴妳？」艾瑞克問。

我被他那種質問的語氣給惹惱，什麼都不想說。緊閉的雙眼底下浮現史塔克似笑非笑的冷傲、可愛表情，以及他死在我懷中時，我忽然對他產生強烈感覺，甚至親吻他的畫面。

「嗯，這麼說吧——」愛芙羅黛蒂插嘴替我回答：「根據敝人在下我不算太大膽的揣測，史塔克告訴柔依他射箭的事，是因為她是超頂級雛鬼，所以想讓她知道他真正的狀況。還有，喂，你們看不出來你們問這些問題把她搞得很疲憊嗎？」

我的朋友們——嗯，我的「伴侶」和我可能的「配偶」除外——喃喃道歉，我繼續閉著眼睛。好希望趕快好起來，因為看來我又陷入四角習題了。而這還不包括卡羅納。

唉，要命……

16

幸好，史蒂薇．蕾及時回來，中斷了眾人關於史塔克的揣測。「好，我是來告訴大家，請艾瑞克揹柔依，其他人緊緊跟著。達瑞司就在外頭停車場。」她說。

「但我們這麼多人，擠不進西斯的車吧。」我說，強迫自己張開沉重的眼皮。

「不必擠，我們找到更好的車。」史蒂薇．蕾說：「達瑞司還說，柔出發前應該很快地再吸一下西斯的血。他說，她現在差不多又開始虛弱了。」

「沒關係，我沒事。我們這就走吧。」我趕緊說。對，我確實覺得很虛弱。但是，不，我不想再吸西斯。嗯，我不是說我真的不**想**，我是說我真的不認爲我**應該**這麼做，尤其這會兒他正在生我的氣。

「吸吧。」西斯說，忽然出現在我身邊，一手仍握著酒瓶。他看都沒看我，反而將注意力放在艾瑞克身上。「割吧。」他朝艾瑞克伸出手。

「我的榮幸。」艾瑞克說。

「不，我不同意。」我抗議。

艾瑞克以迅雷不及掩耳的速度劃了西斯的前臂，他的血的氣味立刻撲鼻而來。我閉上眼睛，抗拒隨著每一次呼吸鑽入我體內的欲望和需求。我被輕輕搬挪了一下，然後他那強壯、溫暖的大腿靠在我的枕頭上。他一隻手臂摟著我，好將他另一隻手臂的傷口湊到我鼻下。我睜眼，不理會我全身吶喊的那股需求，抬眼望著西斯，他卻盯著房間另一頭的空無一物。

「西斯，」我說：「我不能從你身上取走任何你不願意給的東西。」

他低頭看我，我見到他臉上閃過幾種不同的情緒。其中最主要的是極端的悲傷。他以幾乎和我一樣虛弱的聲音說：「我什麼都願意給妳，小柔。妳要到什麼時候才能明白？我只是希望妳能給我留點尊嚴。」

他的話讓我心碎。「我愛你，西斯，你知道的。」

他的表情軟化，露出淡淡的微笑。「眞高興聽到妳這麼說。」然後他望向艾瑞克。「聽見了嗎，吸血鬼？**她愛我**。記住，不管你以爲自己有多厲害，多壞，你永遠都無法爲她這麼做。」西斯舉起手臂，將被艾瑞克劃開的血淋淋傷口抵住我的唇。

「對，我看見你能爲她做什麼。我或許必須忍受，但不必硬留下來看。」說完，艾瑞克氣沖沖地將掛毯撥開，走出房間。

「別理他。」西斯輕聲告訴我，撫摸我的頭髮。「只管吸，想著妳會好起來。」

我將視線從門口移回西斯甜蜜的雙眼，發出微弱的呻吟，向體內洶湧的需求屈服。我吸他，吸入力氣和生命、熱情和欲望。我再次闔眼，這次是因爲吸吮西斯的愉悅太強烈。我聽見西斯的呻吟應和著我的呻吟，感覺到他纏繞著我，手臂更堅定地貼緊我的唇，喃喃說些我不完全懂的甜言蜜語。等有人將西斯的手從我唇間拉開，我的頭在旋轉，傷口灼痛得彷彿胸口生起一把火，但我覺得有力氣了。我同時覺得暈眩，還詭異地想吃吃笑。

「喂，她看起來不太對。」克拉米夏說。

「但我覺得很對，呃，很脆。怎麼說才對呀，戴米恩，呃，菜米恩？」我停住，咯咯笑，笑得胸口好痛，只好閉緊嘴巴，壓抑想笑的衝動。

「她怎麼搞的？」傑克問。

「肯定有什麼地方不對勁。」戴米恩說。

「我知道她哪裡不對勁。」史蒂薇．蕾說：「她醉了。」

「不，不！我連酒都不愛喝。」我說，然後輕聲打了個嗝。「喔，糟糕。」

「是男朋友醉了，而她吸了男朋友的血。」簫妮說。

「這代表柔也醉了。」依琳說。她和簫妮扶起西斯，搖搖晃晃地走回床邊。

「喂，我沒醉，還沒。」西斯說，然後倒在床上。

「我還不知道吸血鬼喝了人類的血會醉呢。」愛芙羅黛蒂說：「眞有趣。」她邊將我的手提包遞給我，邊端詳我，好像我是顯微鏡下的什麼標本。

「如果妳吃了酒鬼遊民，宿醉頭痛，接連幾天打嗝都有廉價酒味，就不會覺得有趣了。」史蒂薇．蕾說：「這種情形，我只能說**噁**。」

愛芙羅黛蒂、孿生的、戴米恩、傑克和我全都呆望著她。最後我終於開口：「史蒂薇．蕾，拜託別再吃人了。這眞的**很—很—不好**。」我口齒不清地說。

「她不會再吃酒鬼了，上次那個吃起來眞的很噁。」克拉米夏說。

「克拉米夏！別嚇柔依。不會再有人吃任何人了，我只是拿**很久以前**的事當例子，解釋爲什麼我知道西斯喝醉也會讓柔依跟著醉。」史蒂薇．蕾拍拍我的手臂。「所以，別擔心，好嗎？我們在這裡不會有事的，那些遊民也會沒事，別擔心我們，妳只管養傷。」

「噢，最好是。」我賞史蒂薇．蕾一個白眼。「最好我什麼都不用擔心。」

「嘿，我跟妳保證，妳不在時我們絕對不吃人。」史蒂薇．蕾一臉嚴肅，還在胸口畫十字。「我發誓，否則不得好死。」

不得好死！呸，我可不希望我們當中有人得死。突然間，我好像清醒了些，腦筋又能動了，而且我知道有件事我必須做。我故意對愛芙羅黛蒂露出醉醺醺的笑容，說：「喂，小愛！你們先去外面找達瑞司吧。我要留個電話號碼給史蒂薇．蕾，待會兒就去找你們。」

「好，我們待會兒外頭見。不過，不准妳再叫我小愛。」愛芙羅黛蒂氣呼呼地把孿生的、戴米恩、傑克和一票躁動不安的貓咪帶出房間。

這時艾瑞克進來，雙手交叉胸前，不發一語，靠在牆上看著我。我趁著酒意，不理他。

「嘿，妳注意力能集中嗎？要不要我把電話號碼鍵入我的手機裡？」史蒂薇．蕾說。

「不用，」我堅持，「我用寫的。」

「好，好。」她趕緊說，顯然是在哄我這個喝醉的人。她環顧四周，尋找可以寫的東西，克拉米夏大步走過來，遞給她紙和筆。史蒂薇．蕾一臉疑惑，對我搖搖頭。「柔，妳確定妳不直接用說的——」

「不要！」我厲聲說。

「好，寫在這裡，別發火。」史蒂薇．蕾將紙筆塞到我的手裡。我可以感覺到艾瑞克走過來，靠近桌子，盯著我。我蹙眉瞪他，說：「別偷看我寫東西！」

「好，好！」他舉起手投降，走到克拉米夏旁邊。我聽見他們竊竊私語，說我喝醉的時候看起來好蠢。

酒醉時集中注意力好難，但移動手所引發的痛讓我保持清醒。我寫下安潔拉修女的手機號碼，然後寫道：**B計畫：隨時準備將所有人帶到修道院，但別告訴大家。沒人知道＝奈菲瑞特無法知道你們的下落。**

「好，拿去。」史蒂薇·蕾準備從我手上拿走紙張，我卻抓緊了它，惹得她不悅地看著我。我注視她的眼睛，努力清醒地悄聲對她說：「如果我叫妳走，妳就要離開！」

她的視線往下移到字條，看到內容，雙眼睜大。她迅速看我一眼，然後微微地對我點點頭。我鬆了一大口氣，閉眼陷入暈醉中。

「她的祕密電話號碼搞定了吧？」艾瑞克說。

「對啦，」史蒂薇·蕾揶揄回去：「等我輸入手機，會立刻把證據銷毀。」

「搞不好它會自己銷毀。」西斯在床上口齒不清地說。

我睜眼望向他。「喂！」

「幹麼？」他說。

「再次謝謝你。」我說。

西斯聳聳肩。「沒什麼大不了的。」

「有，你幫了我大忙。」我說：「要留意安全，好嗎？」

「這很重要嗎?」他問。

「對，很重要。還有，我眞的希望你別再喝酒。」我又打了個嗝，扯動身體，傷口痛得我擠眉皺臉。

「我會努力記住的。」說著，他又仰起酒瓶往嘴裡送。

我嘆一口氣，告訴史蒂薇．蕾：「把我弄出去吧。」說完，我閉上眼，抓緊手提包及裡面那兩首神祕難解的詩。

「該你上場了，艾瑞克。」史蒂薇．蕾說。

艾瑞克忽然就來到我身旁了。「對不起，這樣會痛，不過妳眞的必須回夜之屋。」

「我知道。我會閉上眼睛，假裝人不在這裡。」

「聽起來是個好主意。」艾瑞克說。

「柔，我陪妳出去。」史蒂薇．蕾說。

「不，陪著西斯。」我趕緊說：「如果妳讓任何人吃他，我會大發雷霆。我說眞的。」

「我聽到了。放心，我不會吃妳男友，他現在嘗起來沒那麼優了。」克拉米夏說。

「小柔才不是這個意思!」西斯口齒不清，舉起快喝光的酒瓶，好像要跟我們乾杯。

我不理會他們，雙眼繼續看著史蒂薇．蕾。「別擔心，西斯不會有事的，我會照顧他。」史蒂薇．蕾擁抱我，親我的臉頰。「要平平安安唷。」她說。

「記住我寫的話。」我壓低聲音告訴她，她點點頭。

「好，我們走吧。」我告訴艾瑞克，然後緊閉雙眼。

艾瑞克盡可能小心地抱起我，但劇痛仍貫穿全身，我痛到叫不出來。我繼續閉緊眼睛，喘著氣呼吸。艾瑞克疾步前進，一路喃喃說著，一切都會沒事的……我們很快就到了……

抵達通往地下室的鐵梯時，艾瑞克說：「對不起，接下來會非常痛。撐著點，柔，就快好了。」然後他挪動我，將我舉起來，交給從上面伸下手來的達瑞司。這時，我昏過去了。

眞慘，寒風和凍雨一吹到我臉上，我立刻清醒過來。「噓，別掙扎，愈掙扎愈痛。」達瑞司說。他將我抱在懷裡。艾瑞克走在旁邊，憂心地看著我。一輛黑色大悍馬停在停車場怠轉，傑克站在寬敞後座敞開的門邊，愛芙羅黛蒂坐在駕駛旁的乘客座上，孿生的跟一大群貓咪坐在最後方，戴米恩則坐在敞開的車門邊。「坐過去一點，幫我將她放下。」達瑞司說。我總算躺進悍馬的後座，他們讓我的頭枕在戴米恩的大腿上。眞不幸，我沒有再昏過去。

達瑞司關上車門前，艾瑞克揑揑我的腳踝，說：「一定要好起來，好嗎？」

我虛弱地費力說：「好。」達瑞司關上車門，跳進駕駛座，我們出發了。這時，我心裡下了一個決定：在我的人生恢復平靜，有力氣面對之前，先不理艾瑞克和西斯的問題。我承認，在這一刻，把他們兩人拋下，我既鬆了一口氣，又覺得歉疚。

回學校的路，正如被冰風暴襲擊過的整個陶沙市，幾乎一片漆黑闃寂。達瑞司得與悍馬搏鬥，行駛在滑溜的冰層上。愛芙羅黛蒂只偶爾出聲，提醒達瑞司轉彎，或避開路上的落枝。戴米恩全身緊繃，不發一語，牢牢抓住我。孿生的也一反常態，沒有嘰嘰喳喳。我閉著眼睛，努力對抗暈眩與劇痛。這時，熟悉的麻木感又緩緩地在我的身體蔓延開來，令人不安。但這一次我認得它，知道這種感覺無論多舒服、誘人，任由自己麻木有多危險。這一次我知道麻木是僞裝的死亡。所以，我強迫自己深呼吸，即便每次吸吐都引發劇痛貫穿全身。

痛是好的。會痛代表我還活著。

我睜開眼睛，清清喉嚨，勉強自己開口說話。血酒的暈醉已經消失，現在我只覺得被疲憊和疼痛吞噬。「我們必須記住我們是要去什麼樣的地方。那裡已不是原本的夜之屋，不是我們的家。」我的聲音聽起來既陌生又沙啞。「除了請元素守住我們，我認爲最好的辦法就是不管被問到什麼事，我們盡量貼近事實回答。」

「有道理。」戴米恩說：「如果他們發現我們說的是事實，就會覺得沒必要進一步探查我們的心思。」

「何況我們的心思還有元素守護。」依琳說。

「我們裝得愚蠢無知，或許能唬過他們。這樣，奈菲瑞特又會低估我們。」簫妮說。

「那麼，我們回去是因爲收到學校的簡訊，」戴米恩說：「也因爲柔依受傷了。」

愛芙羅黛蒂點點頭。「對，而我們當初離開是因爲我們很害怕。」

「這可不是謊言。」依琳說。

「完全正確。」簫妮接腔。

「記住：盡可能說實話，並且提高警覺。」我說。

「我們的女祭司長說得沒錯。我們是要進入敵營，大家可不能因爲環境熟悉，而忘記這一點。我們禁不起這種風險。」達瑞司說。

「我有一種感覺，我們不會忘記這點的。」愛芙羅黛蒂緩緩地說。

「妳說的是什麼樣的**感覺**？」我問。

「我覺得整個世界不一樣了。」愛芙羅黛蒂說：「不，我清楚知道世界不一樣了。愈接近學校，我愈覺得不對勁。」她轉頭看我。「妳感覺得到嗎？」

我微微搖頭。「我什麼都感覺不到，只覺得胸口的傷很痛。」

「我感覺得到。」戴米恩說：「我頸背上的毛都豎起來了。」

「深有同感。」簫妮說。

「我的胃也怪怪的。」依琳接腔。

我再次深吸一口氣，用力眨眼，專注保持清醒。「是妮克絲，她用這些感覺來警告你們。記得卡羅納出現時對其他雛鬼造成什麼影響嗎？」

愛芙羅黛蒂點點頭。「柔依說得沒錯。妮克絲讓我們感覺不舒服，這樣我們才不會被那傢伙迷惑。不管他用什麼鬼東西讓其他雛鬼臣服，我們都必須努力抗拒那東西。」

「我們不能投向黑暗面。」戴米恩堅定地說，再次引用《星際大戰》裡的用語。

車子穿越尤帝卡街與第二十一街的交叉口。「尤帝卡廣場漆黑一片，感覺好陰森。」依琳說。

「陰森、恐怖，而且不對勁。」簫妮說。

「到處停電。」達瑞司說：「連聖約翰醫院也幾乎沒燈亮著，好像連發電機都沒用。」

達瑞司沿著尤帝卡街行駛，我聽見戴米恩倒抽一口氣。「太詭異了，整個陶沙市只有它亮著。」

我知道夜之屋終於映入眼簾了。「扶我起來，我要看看。」我告訴戴米恩。

他小心地扶起我，但我還是得咬著牙才沒痛得尖叫。眼前夜之屋的怪異景象讓我暫時忘了疼痛。閃爍搖曳的煤氣燈將城堡般的巨大校舍照得灼灼發亮。薄冰覆蓋一切，光滑的石塊在火焰映照下宛如大鑽石。達瑞司手伸入口袋，掏出一個小小的遙控器，對準學校的鑄鐵大門，壓下按鈕。喀的一聲，鐵門往兩側開啓，碎冰紛紛掉落在車道上。

「看起來眞像童話裡的城堡，陰森森的，一切都被施了魔咒，凍封在冰底下。」愛芙羅黛蒂說：「在裡面，有個公主被邪惡的巫婆下了毒，正等著白馬王子來搭救。」

我凝視著這個既熟悉又陌生的家，說：「記住，公主旁邊永遠有可怕的龍看守。」

「對，像炎魔。」戴米恩說：「就是《魔戒》裡的那隻。」

「我怕你這種比喻會非常精準。」達瑞司說。

「那是什麼？」我問。我無法舉起手指，只好抬起下巴往前方和左邊點了點。

我其實不需多說什麼。我們這輛悍馬車已被團團包圍，所有人都看清楚發生了什麼事：眨眼間，夜色晃動，一隻隻仿人鴉由天而降，蹲伏在我們四周。一個滿臉傷疤的高大戰士從他們後面走上前來，一臉嚴肅，樣貌嚇人。我認不出他是誰。

「那是我的弟兄，冥界之子，現在他跟敵人爲伍了。」達瑞司輕聲說。

「所以，冥界之子也變成我們的敵人了。」我說。

「女祭司，很遺憾，我必須同意，起碼這位戰士確實變成了我們的敵人。」達瑞司說。

17

達瑞司率先下車，面無表情，看起來強壯、自信，但難以捉摸。他無視於仿人鴉的存在，對站在他們中間的戰士說話。「歡喜相聚，阿里斯托斯。」他握拳放在胸前，但我注意到他沒有鞠躬。「我帶來了幾位雛鬼，包括一位年輕的女祭司。她身受重傷，亟需醫治。」

阿里斯托斯還沒回應，最巨大的那隻仿人鴉偏斜著頭，說：「哪個女祭司回夜之屋？」即使人在悍馬裡，我一聽見這怪物的聲音還是忍不住發抖。他的聲音聽起來比攻擊我的那隻更像人類，但也更駭人。達瑞司從容地將注意力轉向他，說：「生物，我不認識你。」

那隻仿人鴉瞇起紅眼看著達瑞司。「人之子，你可以叫我利乏音。」

達瑞司眼睛眨都不眨，說：「我還是不認識你。」

「你會認識我的。」利乏音張大鳥喙，發出嘶鳴聲，我甚至可以看進他的咽喉裡。

達瑞司不理會這生物，再次直接跟阿里斯托斯說話。「這位女祭司需要醫治，還有幾位雛鬼也需要休息。你們讓不讓我們過？」

「女祭司是柔依．紅鳥嗎？你帶她回來了？」阿里斯托斯問。仿人鴉一聽到我的名字立即有反應，每一隻都將注意力從達瑞司轉到這輛悍馬車，翅膀拍動，畸形的四肢激動地抽搐，直盯著我們。我這輩子從未這麼高興有深色玻璃這項發明。

「沒錯。」達瑞司的回答簡潔有力。「讓不讓我們過？」他再次發問。

「當然，」阿里斯托斯說：「校方下令所有雛鬼返校。」他轉頭，指向校舍。最近的一盞煤氣燈照亮他的頸側，我看見那裡有一道細長血痕，似乎是新近受的傷。

達瑞司簡單地點了個頭。「我要抱女祭司到醫護室，她無法行走。」

就在他準備走回車子時，利乏音開口說：「那個血紅者跟你一起回來了嗎？」

達瑞司回頭瞥他一眼。「我不懂你說的血紅者是指什麼。」語氣中不顯露任何情緒。

利乏音忽然張開巨大黑翅，跳到悍馬的引擎蓋上。車殼凹陷，發出劈啪聲響，但旋即淹沒在貓咪激動的集體嘶鳴聲中。利乏音蹲踞在車蓋上，人手蜷縮成爪，虎視眈眈地看著達瑞司。「別對我說謊，人～之子！你明知我說～的是紅吸血鬼！」隨著怒氣高漲，他的聲音變得不像人類。

「準備召喚元素。」我努力對抗痛楚，以清晰平靜的口吻說。其實我覺得虛弱、暈眩，不確定能否替愛芙羅黛蒂召喚靈，遑論幫忙掌控其他元素。「倘若那東西攻擊達瑞司，我們就將我們所有的元素力量擲向他，把達瑞司拉回車裡來，然後死命地開車離開。」

但達瑞司似乎毫不在意，只冷冷地抬眼看他。「你是指紅吸血鬼女祭司史蒂薇・蕾？」

「是～～！」這回答後面拖著長長的嘶聲。

「她沒跟我在一起。我這裡只有藍雛鬼，包括亟需就醫的女祭司，一如我方才所言。」

達瑞司仍冷靜地注視宛如從噩夢中走出來的生物。「我最後一次問你，讓不讓我們過？」

「過～，當然。」那生物嘶嘶叫，沒離開悍馬，但身子往後靠，好讓達瑞司打開駕駛座的車門。

「從這邊下車，現在。」達瑞司示意愛芙羅黛蒂移到駕駛座那邊，並伸出手讓她握住。

「緊挨著我。」他小小聲地告訴她。下車後，愛芙羅黛蒂黏在達瑞司身邊，跟著他走到我這側的車門。達瑞司彎腰探入車裡，看著我們，低聲問道：「準備好了嗎？」短短五個字，意味深長。

「好了。」戴米恩和孿生的齊聲回答。

「準備好了。」我說。

「再叮嚀一次，大家緊挨在一起。」他悄聲說。

達瑞司和戴米恩使勁搬動我，把我移到達瑞司懷裡。車裡的貓咪靜靜地盯著仿人鴉，趁空檔溜下車，消失在冰冷陰暗中。看到娜拉沒有受到任何一隻仿人鴉攻擊，我鬆了一大口氣。**請讓這些貓咪平安無事**，我默默向妮克絲祈求。我閉著眼睛，感覺到愛芙羅黛蒂、戴米恩和孿生的已圍在我和達瑞司身邊，然後我們挨在一起，彷彿一體，離開悍馬，踏上校園。

仿人鴉，包括利乏音，撲翅飛向天空。阿里斯托斯帶領我們走過一小段路，抵達校園的第一棟建築。教師宿舍和醫護室就在這裡。達瑞司抱著我穿越拱形木門，進入熟悉的校舍。我想起僅僅兩個多月前，我第一次來到這裡，是在昏迷中被送進醫護室，對全新的未來一無所知。眞詭異，我現在的處境幾乎和當時一樣。

我瞥了一眼朋友們的臉，大家看起來冷靜、自信。但我太了解他們，知道愛芙羅黛蒂嘴唇緊抿的線條是恐懼的表現，戴米恩握緊拳頭放在身側是爲了掩飾顫抖。孿生的走在我右邊，簫妮的肩膀挨著依琳的肩膀，而依琳的肩膀又碰觸到達瑞司——彷彿透過這樣的碰觸，她們才能獲得勇氣。達瑞司轉入一條熟悉的走廊。我被他抱著，感覺到他身體忽然緊繃。我立刻知道，他看見她了。我虛弱地從他肩上抬起沉重的頭，果然見到奈菲瑞特站在醫護室門前。她好美，穿著一件緊身長洋裝，黑色的布料絢爛閃亮，一動就透出深紫色光澤。她的赭紅秀髮如波浪般垂到腰際，苔蘚綠的眼眸閃閃發亮。

「啊，浪子回家了？」她的聲音輕快愉悅，似乎覺得什麼事情很好玩。

我立刻收回目光，壓低聲音急切地說：「你們的元素！」我擔心他們沒聽見或不明瞭我的意思，但我隨即感覺到火焰熾暖的微風吹拂，沁涼的春雨氣息撲鼻。雖然奈菲瑞特讀不到愛芙羅黛蒂的心思，我還是悄聲說：「靈，我需要你。」我內心馬上感受到靈的振動。趁著還沒改變心意，自私地將靈留給自己之前，我下令：「去找愛芙羅黛蒂。」然後我聽見她急促地吸了一口氣。確定我的朋友都有元素保護後，我將注意力轉向我們邪惡的女祭司長。正當我張嘴想告訴她，引用聖經的比喻可眞諷刺，走廊前方距離奈菲瑞特不過幾呎的一扇門打開了，**他**從門裡走出來。

達瑞司陡然止步，彷彿繫在一根木樁上的繩索拴住了他，而此時他走到了盡頭。

「啊！」簫妮輕聲說。

「糟～糕！」依琳說，長長嘆了一口氣。

「別看他的眼睛！」我聽見愛芙羅黛蒂壓低聲音說：「看他的胸口。」

「這不難做到。」戴米恩說。

「要挺住啊。」達瑞司說。

然後，時間似乎靜止了。

要挺住，我告訴自己，**要挺住**。但我挺不住啊。我筋疲力盡，身受重傷，沮喪無力，頭腦暈眩，思緒混亂。奈菲瑞特是那麼完美，那麼厲害，讓我害怕。卡羅納讓我自覺渺小。他們兩人讓我徹底相形見絀。我只是個孩子。要命，連成鬼也不是。我怎麼會以爲自己可以對抗這兩個令人讚歎的生物？況且，我眞的想對抗卡羅納嗎？我們百分之百確定他是邪惡的嗎？我眨巴著眼睛，凝聚模糊的視線注視他。他看起來絲毫不邪惡啊！卡羅納穿著一件褲子，看似用柔滑的淺褐色鹿皮做的。他光著腳，上身赤裸。換言之，他半裸地站在走廊上。那模樣看起來應該很蠢，但我一點都不覺得，反而感覺很對。他實在太令人讚歎了！肌膚沒有半點瑕疵，完美的金黃古銅膚色是白人女孩怎麼做人工日光浴都曬不出來的。他的頭髮濃密烏黑，很長，有點蓬鬆鬈曲，像可愛的波浪。看著看著，我眞想伸手去摸。我沒聽從愛芙羅黛蒂的警告，直接凝視他的眼睛，感覺到一股電流襲來。他雙眼睜大，彷彿認出是我。那股電流似乎耗盡了我僅存的力氣，我癱垮在達瑞司懷裡，虛弱到支撐不住自己的頭。

「她受傷了！」卡羅納的聲音轟轟隆隆地迴盪在走廊上，就連奈菲瑞特也瑟縮了一下。

「爲何沒人照顧她？」

我聽見巨大翅膀拍動的駭人聲響，隨即見到利乏音從卡羅納剛剛所在的房間走出來。我顫抖，因爲我明白這隻仿人鴉一定是飛上窗戶，爬進房間。**地面上還有哪個地方，是這隻可怕的東西到不了的**？

「父親，我已命令這位戰士將女祭司帶去醫護室，好讓她得到妥善的照顧。」相較於卡羅納威嚴的聲音，利乏音不自然的聲音聽起來更噁心了。

「屁，滿口屁話！」我嚇了一大跳，張大嘴巴盯著愛芙羅黛蒂。她以她最惡毒的不屑眼光看著那隻仿人鴉，將濃密金髮往後一甩，說：「這個鳥小子剛剛還把我們擋在冰冷的雨中，囉哩巴唆地不停說什麼血紅者這，血紅者那的。多虧他**大力協助**，達瑞司把柔依帶到了這裡。」愛芙羅黛蒂說到「大力協助」這幾個字時，還用手指在空中比劃出引號。

走廊頓時一片寂靜，半晌後卡羅納的頭往後一仰，哈哈大笑。「我都忘了人類女孩這麼有趣。」然後他伸出手，優雅地對達瑞司做了個手勢。「將這位年輕的女祭司抱過來，好讓她得到妥善照顧。」

我從達瑞司緊繃的身體感覺到他不想這麼做，但他還是遵照卡羅納的吩咐走過去，其他人緊跟在他身邊。我們走到醫護室門口奈菲瑞特的身邊時，卡羅納也同時抵達。

「戰士，你的任務到此結束。」卡羅納告訴達瑞司：「從現在起，奈菲瑞特和我會照顧她。」墮落天使張開雙臂，彷彿等著達瑞司將我交給他。他原本收攏在背後的巨大鴉翅，跟著他雙手的動作，窸窸窣窣地微微展開。

我好想伸手去摸那對翅膀，幸好我太虛弱，只能凝視，無法行動。

「我的任務未了。」達瑞司的聲音跟他的身體一樣緊繃。「我誓言照顧這位年輕女祭司，我必須留在她身邊。」

「我也留下來。」愛芙羅黛蒂說。

「我也留。」戴米恩的聲音輕柔虛弱，但我看見他的拳頭依然緊緊地握在身側。

「我們也是。」依琳說，簫妮一臉嚴肅地點頭。

現在輪到奈菲瑞特哈哈大笑。「你們該不會以為我在檢查柔依時，你們可以陪著她吧？」然後，她聲音裡的愉悅口吻消失了。「別荒謬了！達瑞司，抱她進房間，讓她躺在床上，然後離開。如果你堅持要留，就在走廊上等。不過，看你這臉色，我勸你最好去吃點東西，休息一下。你已經將柔依帶回家，她在這裡很安全，所以你的任務完成了。至於你們其他人，回宿舍去吧。這城市裡的人類區域被一個小小的暴風雨給癱瘓了，但我們不是人類，所以日子照常過，學校照常運作。」她頓一下，瞪著愛芙羅黛蒂，眼神充滿強烈的恨意，面容扭曲，表情冷峻，看起來一點都不美。「妳現在是人類了，對吧，愛芙羅黛蒂？」

「對。」愛芙羅黛蒂說。她臉色蒼白，但抬高下巴，迎視奈菲瑞特冷酷的眼睛。

「那麼，妳屬於外面那裡。」奈菲瑞特揮了一下手，指向校外。

「不，她不屬於那裡。」我說。由於把注意力放在奈菲瑞特身上，之前凝視卡羅納時他加諸我身上的魔咒打破了。但我的聲音聽起來像一個虛弱的老太婆在低語，我自己幾乎認不得。然而，奈菲瑞特毫不費力就聽到我說話。她將注意力從愛芙羅黛蒂移向我。「愛芙羅黛蒂仍擁有妮克絲賜予的靈視，所以她屬於這裡。」我勉強說完這幾句話，但我必須快速眨眼，視線才不至於被灰色的斑點所擾亂。

「靈視？」卡羅納低沉的聲音劃破我們之間的空氣。這一次，我拒絕看他。但他站得如此靠近，我可以感覺到他身上傳來的詭異寒意。「怎麼樣的靈視？」

「未來災難的警示。」愛芙羅黛蒂大聲回答。

「有意思。」他說這幾個字時，拖長了聲音。「奈菲瑞特，我的后，妳沒告訴我，妳在這所夜之屋裡有個女先知。」不等奈菲瑞特回應，他繼續說：「好極了，好極了，先知對我們很有用。」

「可是，她既不是雛鬼，也不是成鬼呀，所以不屬於夜之屋。就是這樣，我才說她應該離開嘛。」一開始，我沒搞懂奈菲瑞特聲音裡的奇怪口吻代表什麼意義。但多眨幾次眼，視線更清晰後，我看清楚了她的身體語言——她幾乎是黏在卡羅納身上，而且我驚訝地發現她正噘著嘴在撒嬌。然後，我著魔似地呆望著卡羅納伸手撫摸奈菲瑞特的臉頰。他的手掌沿著她修長柔滑的頸部曲線往下移動到她的肩膀，最後滑到她的背部。奈菲瑞特被他一撫摸，不禁身體顫抖，雙眼睜大，彷彿他的愛撫讓她迷醉興奮。

「我的后，先知對我們來說一定有些用處。」他說。

奈菲瑞特凝視著他，點點頭。

「妳就留下來吧，小先知。」卡羅納告訴愛芙羅黛蒂。

「好，」她語氣堅定地說：「我會留下來，我要跟柔依在一起。」

好吧，我坦白承認，愛芙羅黛蒂徹底讓我驚訝。我的意思是，我身受重傷，或許還處於嚴重的休克狀態，所以我可以將我心智和身體上的異樣歸咎於我的傷。我還偷偷希望，墮落天使對我造成的催眠效果，是因爲我很可能快死了，腦袋不清楚。然而，其他每個人也都多多少少被卡羅納蠱惑——每個人，但愛芙羅黛蒂除外。她的神態和語氣，依然是原來那副潑辣模樣。我眞搞不懂。

「小先知，」卡羅納說：「妳說妳可以預見未來的災難？」

「對。」愛芙羅黛蒂回答。

「那告訴我，如果我們現在把柔依趕出去，未來會發生什麼事？」

「我還沒有這方面的靈視，但我知道柔依得留在這裡，她受傷很重。」愛芙羅黛蒂說。

「那麼，我告訴妳，我也會預見未來。」卡羅納說。他的聲音原本低沉悅耳，讓我只想依偎在他身邊，聽他說話直到永永遠遠。但現在他的聲音開始改變了。一開始，我只感覺到音色的細微變化，但接著我懼怕得寒毛直豎。他的明顯不悅反映在聲音裡，可怕到連達瑞司都踉蹌地倒退一步。「我跟妳保證，若妳不遵照我的命令，這位女祭司就活不到明天。現在，離開這裡！」

卡羅納的聲音在我體內劈啪響，我原已暈眩的腦袋更加煩亂。我抓緊達瑞司的肩膀，告訴愛芙羅黛蒂：「照他的話做。」我停頓一下，試圖喘過氣來。「他說得沒錯，如果他不幫我，我撐不了太久。」

「把女祭司交給我，別讓我再說一次。」卡羅納說，再次張開雙臂。

愛芙羅黛蒂遲疑了一下，然後伸手抓緊我的手。「等妳好一點，我們再過來。」她捏捏我的手，我忽然覺得靈的力量返回我體內。

我想告訴她別這樣，要她留下靈——她得靠它保護。但愛芙羅黛蒂已經轉身面向戴米恩，將他推向我，說：「去跟柔依道別，把你希望她**好起來**的最強信念灌注給她。」

我看見戴米恩迅速瞥了愛芙羅黛蒂一眼，她微微點頭，然後他抓住我的手，也捏了捏，並說：「要好起來喔，柔。」當他放開我的手，我感覺到溫暖的微風包圍著我。

「還有妳們兩個。」愛芙羅黛蒂對孿生的說。

簫妮抓住我一隻手，依琳抓另一隻。「我們會爲妳加油的，柔。」依琳說。她們轉身走開時，留下夏日的溫暖和雨水的清新陪伴我。

「夠了，別再纏綿了。我**現在**就接手。」我還來不及喘口氣，卡羅納已將我從達瑞司懷中抱走。我依偎著他赤裸的胸膛，因他身體傳來美妙的冰冷熾熱而顫抖。我閉上眼睛，努力抓緊諸元素的力量。

「我會在這裡等。」我聽見達瑞司這麼說，接著門關上，發出一聲令人揪心的悶響，意味著事情已成定局，我的朋友被阻絕在外，留下我一人獨自面對敵人——一位墮落天使，以及他的古代情欲所創造的醜怪生物。

然後，我做了我這輩子迄今只做過兩次的事：我昏倒。

18

我恢復知覺時，意識到的第一件事，是我躺在醫護室的床上，赤裸的肌膚蓋著潔淨被單，感覺起來好冰冷，而這表示，我身上沒穿半件衣服。我意識到的第二件事，是我內心的直覺要我繼續眼睛緊閉，呼吸深沉，也就是說，我應該假裝還沒清醒。

我盡可能安靜地躺著，在心裡默默檢查我身體的每個地方。好，胸膛那道嚇人的傷口已經不像我昏厥過去時那麼痛。我用各種感官（當然，視力除外）去探索，感覺到靈、風、水和火依然流連不去。這些元素沒有赤裸裸顯現，但它們就在我身旁，撫慰我，給我力量。這使得我開始擔心起朋友。**回他們身上去**！我無聲地對元素下令，感覺到它們不捨地離去，除了靈以外。我眞想嘆氣翻白眼，但我只是更用力集中意念。**靈，回去找愛芙羅黛蒂，守在她身邊**。我一說完立刻察覺不到它的力量。靈的離去一定讓我不由自主地動了一下，因爲我聽見奈菲瑞特開口說話。她似乎就在我的腳邊。

「她在動了，看來很快就會甦醒。」她停頓了一下，然後我聽見她似乎是邊走動邊說話。「我還是覺得不該醫治她。柔依的死不難解釋，畢竟她被送來時已經奄奄一息。」

「如果妳跟我說的是眞的，她能掌控所有五元素，那麼，她的法力很高，這樣讓她死去太可惜。」卡羅納說。聽起來他也站在床尾。

「我告訴你的完全是眞的。」奈菲瑞特說：「她可以控制所有元素。」

「那我們可以利用她。何不將她納入我們的未來藍圖？有她效忠，我們就不難左右那些不肯輕易就範的委員會成員。」

未來藍圖？左右委員會？他說的是吸血鬼最高委員會嗎？該死！

奈菲瑞特自信滿滿地從容回應。「我的愛，我們不需要她。我們的計畫會成功的。你應該知道，柔依無論如何是絕不會爲我們施展法力的，她太崇拜女神了。」

「喔，人會變。」他低沉的嗓音宛如融化的巧克力。儘管我的思緒因剛剛聽見的事而翻騰，我的身體仍爲他的聲音著迷。光是聽他說話，我就覺得好舒服。「我想起有位女祭司，原本也崇拜女神，但後來變節了。」

「她太年輕，不像我這麼有智慧，懂得睜眼看看更有趣的機會。」他們兩人的聲音聽起來靠得很近，我知道她一定依偎在他懷裡。「柔依只可能是我們的敵人，我相信終有一天你或我必須殺了她。」

卡羅納低聲輕笑。「妳眞是可愛的嗜血怪物啊。若這位年輕的女祭司對我們沒有用處，最終當然還是得除掉。在此之前，我要看看能怎麼解開束縛她的枷鎖。」

「不行，我要你離她遠遠的！」奈菲瑞特氣急敗壞地說。

「妳最好記住，這裡是誰當家作主。我絕不再受人統御、指使、囚禁，永遠都不。還有，我不是你們那無能的女神。我賜予的，我會收回，只要我不高興！」卡羅納的聲音不再性感、迷人，變得可怕、冷酷。

「別生氣。」奈菲瑞特立刻示好。「我只是不能忍受跟別人分享你。」

「那就別惹我不高興！」他大聲說，但聲音裡的怒氣已經消褪。

「跟我走，我保證不會惹你生氣。」奈菲瑞特挑逗地說。我可以聽見他們兩人接吻時濕答答的噁心啵聲，奈菲瑞特喘吁吁的呻吟讓我想吐。

他們製造一連串限制級的噁心聲效之後，卡羅納終於說話。「妳先回我們房間，準備好等我，我隨後就到。」

我幾乎可以想見奈菲瑞特會尖聲說道，**不！現在就跟我走！**讓我驚訝的是，她竟以甜美撩人的聲音說：「快來唷，我的黑暗天使。」接著，我聽見她移動時衣服的窸窣聲和門打開關上的聲音。**其實她是在操弄他**。我納悶卡羅納是否知道。不死生物應該會看穿女祭司長的心理遊戲吧（還有身體遊戲——噁）。然後，我想起在火車站瞥見奈菲瑞特鬼魅般的身影。她是怎麼辦到的？**或許投向黑暗面讓她擁有不一樣的法力，或許她不只是墮落的吸血鬼女祭司長。誰知道成為特西思基利之后意味著什麼**？想到這裡，我驚恐起來。

床四周出現窸窣聲，打斷我的思緒。我一動也不動地躺著，想屏氣，但我知道我必須繼續平穩、深沉地呼吸。我發誓，我可以感覺到卡羅納的眼睛凝視著我，很高興有被單得體地蓋住我的胸部，緊密地裹住我的身軀。接著，我感覺到熟悉的寒意從他的身體傳來。卡羅納一定靠得很近，或許就站在床邊。我聽見羽毛振動的聲音，可以想見他張開了美麗的黑翅。他可能正準備再次將我擁抱入懷，以翅膀包覆我，就像夢中那樣。

夠了。不管直覺如何緊張地警告，我再也無法閉著眼睛。我心裡想著，我就要看到他難以形容的完美臉龐了。我睜開眼睛，卻見到利乏音畸形的五官。這隻仿人鴉俯身看著我，可怕的鳥臉離我不過幾吋，鳥喙張開，舌頭朝我伸吐。

我的反應是立即的，而且不能自已。接著，一切發生得非常快。我放聲發出女孩子最刺耳的尖叫，攫住被單往胸脯蓋，七手八腳地迅速往後退，頭背狠狠地撞上床頭板。噁心的仿人鴉嘶鳴，展翅，似乎要撲向我。這時，門砰地撞開，達瑞司衝進房裡，以優雅卻致命的動作，伸手拔出佩在皮夾克下面的刀子，擲出，刺中利乏音的胸膛。他尖叫哀號，踉蹌後退，手抓著鑲嵌珍珠的刀柄。

「竟敢傷我兒子！」卡羅納只跨出兩步，便抓到達瑞司。他以神祇的力氣箝住戰士的喉嚨，將他高舉離地。卡羅納身材高大，手臂修長強壯，大可將達瑞司重重砸向天花板。但他沒有，只是高高舉著戰士。達瑞司雙腿痙攣似地猛踢，拳頭徒勞無功地捶打卡羅納壯碩的手臂。

「住手！別傷害他！」我抓著被單跳下床，搖搖晃晃地走向他們兩人，這才發現自己仍然很虛弱。卡羅納的黑翅已舒展開來，我得彎腰從翅膀底下穿過，才能接近達瑞司。其實跳下床時，我不知道我自以爲能做什麼。就算我是原來的我，沒有受傷失血，我也絕非這個不死生物的對手。而現在，即便我朝他吼叫，猛捶他的身體，對他來說，我頂多不過是一隻惱人的蚊子。但是，這時，有一件事發生了。當我抬頭望向卡羅納，我看到他齜牙露出獰笑，琥珀色的眼眸熾熱發亮。我驀然明白，他正在享受讓達瑞司慢慢窒息而死的快感。這一刻，我清楚看見卡羅納的眞面目。他不是被人誤解的英雄，正等待愛來引出他的善良面。卡羅納根本沒有善良面。他是否一向如此已經無所謂，重要的是他已經是邪惡，萬分邪惡。他施加在我身上的魔咒如玻璃夢境摔得粉碎。我迫切希望，它碎裂到永遠無法再黏合成塊。

我深吸一口氣，抬起雙手，掌心朝外，顧不得身上的被單滑落，我全身赤裸。然後，我以僅存的一絲力氣召喚元素。「風和火，降臨我。」瞬間，兩種元素顯現，而且我在心裡瞥見戴米恩和簫妮閉眼集中念力，結合意志力來增強元素力量。現在，我需要的就只是力量的一次小爆發。我瞇起眼睛，催動我所能運用的一切力氣。「逼這長翅膀的傢伙放開達瑞司！」我雙手推向卡羅納，讓元素的力量集中在這個動作上。同時，我心裡想，火和風曾幾度幫我對付仿人鴉，脫離險境，所以它們也一定克制得了他們的老爸。

熱氣迸發的效果立即顯現。它攫住卡羅納展開的翅膀，將他來回拋擲，而灼熱的空氣一接觸他的赤裸肌膚，立刻發出彷彿熱鐵浸水嘶嘶響的怪異燒灼聲，他身上還真的冒出一陣陣煙霧。

達瑞司重重跌在地板上。他大口喘氣，努力站起來，將身體擋在卡羅納、利乏音和我之間。這時我能做的，只有調整呼吸，用力眨眼，來清除眼前奇怪的小亮點。火和風已退去，留下幾乎再也站不住的我。

這時，我的眼角出現動靜。我瞥向敞開的門，見到史塔克衝進房間，弓弦上已搭著駭人的箭。我驚訝得倒抽一口氣。他舉箭瞄準達瑞司，然後遲疑了一下，甩頭，彷彿想搞清楚狀況，並且望向我。

第一眼見到他時，我不禁喜出望外。他看起來又像原來的他了！眼睛沒發出紅光，神情沒發狂，臉頰沒凹陷，也沒形銷骨立。接著，我想起自己赤裸裸站在這裡跟他互望，趕緊抓起滑落在腳邊的被單，像圍浴巾似地往身上裹。儘管置身如此混亂、緊張的場面，我仍覺得難爲情，滿臉紅燙。我應該對他說些什麼話的，任何話都行。但一想到**他剛看見我全身赤裸**，我的腦袋就瞬間凍結。

史塔克比我早一步恢復鎮定。他再次舉弓搭箭，瞄準達瑞司。

「史塔克！別射他！」我大喊。但我沒有移步擋在他和達瑞司之間。只要他想，不管我做什麼，他都不可能錯失目標。他不可能失手。我的女神和卡羅納不同，她賜予的，她絕不收回。

「如果你心裡想殺的，是剛才拋擲我的人，那麼，你的箭會射中女祭司，而非戰士。」卡羅納說。他已經起身，神色正常，表情鎮定，但赤裸的胸膛出現一片紅暈，看起來有點怪，好似忽然被太陽曬傷。雖然風和火已經離開，他赤裸的肌膚仍緩緩地冒出淡淡的蒸氣。

「而我想殺的不是女祭司，是戰士。」

我搶在史塔克射出致命的箭之前，懇求卡羅納：「達瑞司只是想保護我。這個傷是仿人鴉造成的。」我指著橫過我胸膛的傷，注意到那裡只剩一道鋸齒狀的紅腫傷痕，不再皮開肉綻。「達瑞司聽到我尖叫，衝進來，看見利乏音俯身看我，他理所當然以爲我又要遭受攻擊了。」卡羅納朝史塔克舉起手，阻止他發射，同時將注意力轉到我身上。我繼續說；「達瑞司誓言保護我，他只是在盡他的職責，請別為此殺他。」

我屏息，等待長長的靜默結束。卡羅納凝視著我，我也直視著他。他依然是我見過最俊美的男人。現在依然是。但這一次，我沒有感受到他那詭異的、令人迷醉的吸引力。接著，就在我怔怔地望著他之際，我驚覺他面貌改變了。

卡羅納變年輕了。

剛從地底囚牢脫困時，他非常俊美，是個**男人**，容貌看不出年齡，只能說大約在三十到五十五歲之間。但現在他變了。若要我猜，我會說他大約十八歲，絕對不會超過二十一歲。

嗯，恰是適合我的年齡……

終於，卡羅納眼睛撇開，慢慢轉身，望向蹲伏在角落的利乏音——他扭曲的人手仍握著鳥胸突出的刀柄。「眞的嗎，兒子？女祭司受傷是我的一個孩子造成的嗎？」

「我無從知道，父親。有些哨兵還沒回來。」利乏音邊說邊急促喘息。

「是眞的。」達瑞司說。

「你當然會這麼說，戰士。」卡羅納說。

「身爲冥界之子，我向你保證，我所言句句屬實。」達瑞司說：「況且你看過柔依的傷口，應該認得這是你孩子的爪子造成的。」

我很高興達瑞司沒有像一些白癡少年那樣（唉，我說的就是西斯和艾瑞克啦！），氣呼呼地準備再打下去。然後，我了解了。達瑞司仍在保護我。只要卡羅納知道有一隻仿人鴉曾差點殺了我——當然不能讓他知道這是意外——或許他最起碼不會容許任何一隻仿人鴉單獨與我相處，甚至會警告他的孩子們離我遠遠的。我是說，如果卡羅納仍希望我活著的話。

接著，我的腦袋猝然停止自言自語，因為卡羅納正一步步向我逼近。我站立不動，直視他裸露的胸膛。他伸出手，但在碰到我之前停住。他的一根手指緩緩地沿著我傷口的線條移動，但沒有眞的碰觸到我。儘管如此，我依然感受到他身體傳來的寒意。我咬緊牙根，不讓自己顫抖、畏縮，也不讓自己抬頭凝視他的眼睛，並趁機傾身向前，讓他冰冷的手指觸及我火熱的肌膚。

「沒錯，這是我哪個兒子造成的傷。」他說：「史塔克，這次饒了戰士吧。」我才長長舒出一口氣，他就緊接著說：「當然，我不可能容許他傷了我的愛子而沒有受到懲罰。不過，我寧可自己來告誡他。」

卡羅納的聲音太冷靜，太沒有情緒，我一時沒能搞懂他的意思。突然間，他出其不意地發動攻擊，像眼鏡蛇。達瑞司才開始採取防衛姿勢，卡羅納已迴身，抽出插在利乏音胸膛的刀，眨眼間，刀刃劃過達瑞司的臉頰。達瑞司踉蹌後退倒地，血噴濺開來，宛如屋裡下起鮮紅大雨。我尖叫，想奔向戰士，但卡羅納冰冷的手箝住我的手腕，將我猛然拉向他。我抬頭看著這不死生物，希望我的憤怒與恐懼燒穿他致命的吸引力。

我沒被他吸引！他的魔咒對我無效！就算他年輕，擁有超凡美貌，在我眼中他仍是危險的敵人。他一定從我的眼神察覺我的心思了，因爲他凶猛的表情忽然改變，緩緩漾開會意的微笑。他俯身在我耳邊低聲說：「記住，我的小埃雅，戰士可以阻止其他人傷害妳，但阻止不了我。妳的元素的力量也無法阻止我再次占有妳。終將屬於我的，我必攫取。」說完，他將嘴唇貼住我的嘴，他狂野的味道如暴風雪席捲我，用禁忌的愛痲痹我的抗拒，冰凍我的靈魂。他的吻讓我忘了一切，忘了所有人——史塔克、達瑞司，甚至艾瑞克和西斯，都被冰封在我的心靈之外。

他放開我。我的腳再也支撐不住，癱倒在地上。他哈哈大笑，邁開大步，走出房間。他負傷的愛子步履蹣跚地跟在他後面。

19

我邊啜泣邊爬向達瑞司，就在快到他身邊時，門口傳來可怕的聲音。我抬頭，看見史塔克一手仍握著弓，另一手則緊緊抓住門框，緊得指關節發白。而且我發誓，我眞的看見木頭門框被他手指掐住的地方凹陷下去。他眼睛發出紅光，微微俯身，彷彿胃疼得厲害。

「史塔克？怎麼了？」我以手背揩眼睛，想抹去擋住視線的淚。

「血……受不了……我必須……」他斷斷續續地說。接著，似乎極不情願地，他踉蹌地跨出一步，踏進房間。

在我身旁，達瑞司掙扎著跪坐起來，抓起卡羅納丟在地上的刀子，面向史塔克。「告訴你，只有我請來品嘗我味道的人，才能享用我的血。」達瑞司說，聲音堅毅有力。若非他就在我眼前，光聽聲音，很難想像一條血河正從他臉上被刀刃劃過的可怕傷口汩汩淌下。「而我並沒有邀請你。快離開，免得情況更加嚴重。」

從史塔克的身體反應，我看得出他內心正在苦苦掙扎。他全身緊繃，嘴唇扭曲，面容狂亂，炙熱的眼睛發出紅光，看起來好像就要爆炸了。

然而，我眞的受夠了。卡羅納的吻豈止把我驚嚇到要死而已？我身體疼痛，腦袋暈眩，虛弱到跟傑克比腕力，大概也贏不了。再說，現在達瑞司受傷，而且我壓根兒不清楚他傷得多重。所以，說眞的，你拿根叉子戳我，就知道我已經被壓力烤得焦透。

「史塔克，滾開！」我對他大聲斥喝，眞慶幸我的聲音聽起來比我以爲的更有力。「我不想用火轟你，但你若再接近一步，我發誓我會把你燒得皮焦肉爛。」

我這話他聽見了。他的紅眼睛鎖住我，看起來憤怒又可怕。有一種黑暗，宛如一種氣氛，籠罩著他，襯得他眼睛的紅色灼灼發亮。我站起來，眞高興被單仍好好地裹在身上。我舉高雙手，做好準備。「別逼我。我跟你保證，我一發火，你會無法消受的。」

史塔克對著我眨了兩次眼，像是想要看清楚些。他眼睛的猩紅色褪去，身體周圍的黑暗氤氳也消散了。他以顫抖的手抹臉，說：「柔依，我——」他的聲音聽起來幾乎已恢復正常。達瑞司調整他的防衛姿勢，往我靠近一步。史塔克對他齜牙低吼——我是說眞的**齜牙低吼**，彷彿他是野獸，不是人類——然後迅速轉身，奔出房間。

我步履艱難地走到門口，將門重重關上，從床邊拖了一把椅子撐住門把，就像在電影裡見到的那樣，然後走回達瑞司身邊。

這首詩，是關於愛情的。愛情的答案到底是什麼呢？儘管少女情懷總是詩，然而有時詩揭露的不是真相，而是錯誤的誘惑。沒關係的，說到愛情，即使是妮克絲都還在學習。所以，你會談幾場轟轟烈烈的戀愛，也會在夜裡獨自心碎。

這首詩，是關於友情的。幸好，你會交到一群超級好朋友，為你設立祭祀守護圈，祈求夜后的祝福縫補破碎的心：他們與你聽著同樣的音樂、守著同樣的電視節目、說著只有你們才懂的專屬密語。

這首詩，是關於成長的。成長是每個人必經之路。年輕的生命呀！你也許會感到迷惘，對於突如其來的抉擇感到不知所措，但這正是自由意志的珍貴之處：別害怕犯錯，只要用力活著，寧可犯錯，不要後悔。

這首詩，是關於犧牲的。忘記告訴你了，不是每個被標記的雛鬼，都能通過考驗。蛻變失敗，聽說就是死亡。他們用力揮灑青春生命，歡笑、嘆息、哭泣：卻拒絕成長，希望時間就此打住，不要前進。但是，面對即將步入的成人社會，長不大是可以的嗎？後面已無退路。一旦後悔了，拒絕蛻變，就只能被淘汰，步入死亡。

然而，成長的路必然只有一條嗎？隱約中有個聲音在耳邊輕語：「你會蛻變成什麼，只有自己知道。」夜后妮克絲隱藏起來的答案，也許能在夜之屋中找到。

這裡是夜之屋，吸血鬼養成學院。長大成人雖然混亂痛苦：然而，青春從來都不正常，看似正常才最不正常。準備好進入夜之屋，開始你的青春成長紀事了嗎？

祝福滿滿。

RB201510

福，不幸的是她還發現，她居然渴望血，而且擁有勾攝人類男孩的能力。

「夜之屋」充滿新奇，有吸血鬼社會學、咒語及儀式、擊劍、馬術、戲劇等課程，有其他具備異能的學生，還有才華出眾的學長愛上柔依。「夜之屋」也充 滿危機，菁英社團「黑暗女兒」敵視她、雛鬼相繼猝死，但她看見眞正的危險了嗎？而所謂「烙印」，竟導致人類社會的前男友誤闖「守護圈」，黑暗女兒召喚的惡 靈撲向他……

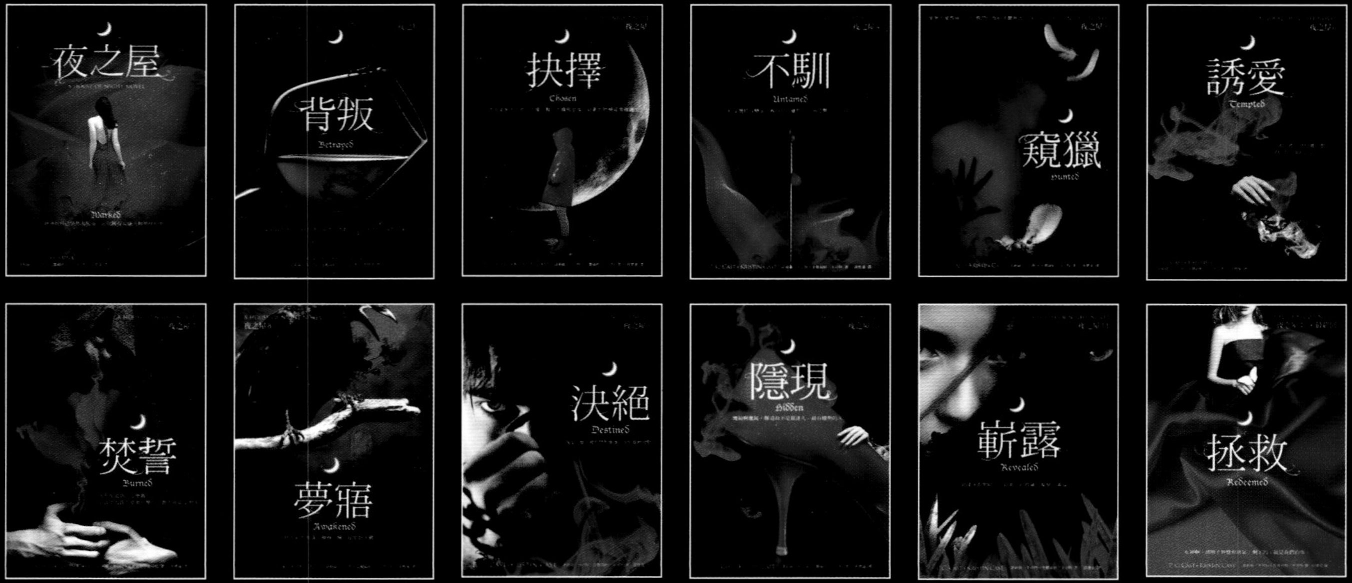

每本定價280元　首集特價99元

大塊文化 LOCUS
Future · Adventure · Culture

夜之屋
A HOUSE OF NIGHT NOVEL

歡迎來到夜之屋，體驗成長的滋味

這不是祕密。在我們的世界，吸血鬼始終存在，與常人比鄰而居。剛剛在街頭與你擦身而過的，或在咖啡屋與你隔桌相望的，說不定就是其中一個——不，說不定你就是其中一個，雛鬼或成鬼。可以確定的，是許多演藝界的明星，以及傑出的藝術家、詩人、小說家，都是吸血鬼。

如果你是夜后選中的人，躡蹤使者必將尾隨而至，找到你，標記你，你的額頭眉宇會浮現藍色的弦月記印。然後，你必須進入「夜之屋」，接受吸血鬼養成教育。等順利通過蛻變，你就長成成熟的吸血鬼，你的記印會添上新的美麗刺青，這是夜后妮克絲的恩賜。從此，你就是夜的子女——黑暗女兒與冥界之子。請謹記：異樣不是變態，嗜血不是變壞，黑暗不一定是邪惡，光亮不必然是良善。你是否也渴望與眾不同？別害怕被視作特立獨行，向妮克絲祈求吧！或許她會有所回應。

「夜之屋」系列小說是美、加、英、澳等英語國家的銷售常勝軍，在39個國家出版各種語言版本，光美國一地的銷量即以千萬冊計。長年盤據紐約時報、美國今日報、華爾街日報等暢銷排行榜。到底夜之屋的吸血鬼具有什麼魅力，能偷走千萬讀者的心？ 如果說《麥田捕手》的成功在於道出了戰後青少年的焦慮與不滿：《夜之屋》則是完整講述了當代青少年的生活方式與面臨的成長問題。

「女祭司，很高興妳在我身邊。」他說。

「沒事，我這個人就是這樣，**凶巴巴的**。」我努力裝得不像快昏倒的樣子。我們互相攙扶走到床尾，他重重坐在床上，我則站在他旁邊，專心不讓自己像喝醉酒那樣搖晃。眞可惜，我已經不醉了。

「那邊櫃子裡一定有急救醫療用品。」他指著對面占據半個牆面的不鏽鋼長櫃。這櫃子嵌有一個水槽，水槽旁的盤子裡擺放了許多看起來嚇人的醫療用具（全是尖銳的不鏽鋼製品）。

我好疲憊，直接跳過那些尖銳的東西，開始打開抽屜和櫥子，這才發現我的手抖得厲害。「柔依。」達瑞司喊我。我轉頭瞥向他。他看起來很糟，左半邊臉一片血污，傷口從太陽穴一路延伸到下巴，破壞了他原本鮮明的幾何刺青圖案。他的眼睛微笑地看著我，說：

「我不會有事的，只不過是個小刮傷。」

「噢，這刮傷可大了。」我說。

「愛芙羅黛蒂一定會不高興。」他說。

「啥？」

他綻開笑容，結果卻變成齜牙咧嘴的鬼臉，臉部肌肉的牽動造成傷口流出更多血。他指指自己的臉，說：「她一定不會喜歡這傷疤。」

我拿到一堆繃帶、酒精棉片及紗布後，走回他身邊。「如果她敢對你怎麼樣，我就踹她屁股。等我休養好了之後。」我盯著他血淋淋的「刮傷」，不去想他血液的甜美滋味，並用力嚥口水，免得嘔吐。沒錯，聽起來很矛盾：我愛血的味道，但看著血從朋友身上汩汩流出還是覺得很噁。不對，或許不矛盾，因爲，我不吃朋友的嘛！但我隨即想到西斯，立刻修正想法：正常情況下我不吃朋友，除非他們同意我這麼做。

「我自己來清理。」達瑞司說，伸手要拿我握在掌中的酒精棉花球。

「不，」我堅定地說，搖搖頭想搖掉暈眩的感覺。「不行，那太不像話了。你受傷了，我來。你只需一步步教我怎麼做。」我停頓一下，然後說：「達瑞司，我們得離開這兒。」

「我知道。」他嚴肅地答道。

「你不知道全部的狀況。我偷聽到卡羅納和奈菲瑞特說話，他們在策畫什麼新的未來藍圖，還說要『左右委員會』。」

達瑞司吃驚地睜大眼睛。「妮克絲的委員會？也就是說吸血鬼最高委員會？」

「我不知道！他們沒再多說。我猜，他們談的也可能只是夜之屋這裡的委員會？」

他端詳我的臉。「不過，妳不相信他們指的是這個？」

我慢慢地搖頭。

「親愛的妮克絲！絕不可以發生這種事！」

我皺眉，希望我的直覺能同意他這句話。「恐怕有可能發生。卡羅納太厲害，而且他有一種催眠魔力，會讓人往他靠過去。聽著，最重要的是，我們不能困在這裡，受奈菲瑞特掌控，任由她和那個鳥傢伙進行他們的計畫——不管那是什麼鬼計畫。」事實上，我很怕他們已經把計畫付諸實施，但我不敢說出口，怕一說出來就會成眞。「所以，我們可不可以把你包紮好後，就去找愛芙羅黛蒂、變生的和戴米恩，立刻回坑道？」我快哭出來了。「我現在好多了。我想，我寧可冒著被自己的血窒息死的危險，也要逃出這個鬼地方。」

「同意。而且我相信，奈菲瑞特已經把妳治療到一定程度，妳身邊即使沒有一大票成鬼，也不至於排斥蛻變。」

「那你的傷呢？你的狀況容許你離開嗎？」

「我說了，我沒事，而且我說的是實話。我們把傷口清一清，然後就離開這裡。」

「我比較喜歡坑道。」我很訝異自己竟然出聲坦承心裡的話，但達瑞司嚴肅地點頭表示同意。「因爲那裡讓人覺得安全，而這裡肯定不再安全了。」他說。

「你留意到奈菲瑞特了吧？」我問他。

「如果妳指的是留意到她的法力似乎變強了——對，我留意到了。」

「太讚了。我原本還希望這只是我幻想的。」我輕聲嘀咕。

「妳的直覺很強，而且它提醒妳留心奈菲瑞特已經好一陣子了。」他停頓一下。「卡羅納的催眠力量很不尋常，我以前從未有過類似的經驗。」

「對。」我邊說邊幫他擦去臉上的血。「不過，我認為我已經打破他對我的那種影響了，不管那是什麼影響。」但我甚至不願對自己承認，雖然那種催眠魔力消失了，他的吻仍讓我悸動。「嘿，你有沒有覺得卡羅納看起來不一樣了？」

「不一樣？怎麼說？」

「變年輕了，甚至不到你的年紀。」我猜達瑞司應該是二十出頭——起碼在我眼中他大約是這個歲數。

達瑞司凝視我久久。「沒有，卡羅納看起來就跟我第一次見到他時一樣——看不出年齡，但絕不會被誤認為青少年。或許他有辦法改變容貌來取悅妳。」

我想否認，但緊接著我記起他吻我之前對我的稱呼。這稱呼，他在那個噩夢裡叫過我。**我對他的反應幾乎是不由自主，彷彿我的靈魂認得他**——我的內心竟然背叛我，喃喃說出這種話。我全身因強烈的恐懼而顫抖，手臂和頸背上寒毛直豎。「他叫我埃雅。」我說。

「這名字聽起來很熟悉。是誰呢？」

「格希古娃女智者創造的女孩，用來困住卡羅納。」

達瑞司深深嘆一口氣。「嗯，至少我們現在明白他為何執意保護妳。他認為妳是他所愛的那個少女。」

「我認為那是迷戀，不是愛。」我趕緊說，不願意相信卡羅納可能愛上埃雅。「再說，我們得記住，埃雅曾經讓他掉入陷阱，使他被囚禁在地底超過一千年。」

達瑞司點點頭。「所以，他對妳的欲望很容易瞬間轉變成暴力。」

我的胃揪緊。「或許他想要我只是為了報復埃雅。我的意思是，我不知道他到底想對我怎樣。奈菲瑞特一心一意只想除掉我，但他阻止她，因為他說他可以利用我的法力。」

「但妳絕不會背棄妮克絲投向他。」達瑞司說。

「對。一旦他了解這點，大概就不會想留下我了。」

「他會把妳視為厲害的對手，千方百計想再次囚禁他的敵人。」達瑞司說。

「好，現在教我怎麼處理你的傷口吧。處理完後，我們就去找其他人，離開這裡。」

達瑞司一步步教我恐怖的清創程序，中間有個步驟是將酒精倒在傷口，其目的，用他的話說，是為了**將那隻仿人鴉血液裡可能造成傷口感染的東西給沖掉**。我都忘了那把刀曾經插進利乏音的胸口，所以上面肯定沾有那隻突變鳥人的血液。清創後，達瑞司幫我找到一種叫「得美棒」的東西，一般稱為皮膚黏膠劑。我在他的傷口注入一長條「膠水」，將傷口兩側的肌膚黏在一起。然後，儘管這道大傷口還沒癒合，達瑞司說他煥然一新了。我有點懷疑，不過（正如他提醒我的）我本來就不是什麼厲害的護士。

接下來，他和我開始翻箱倒櫃，因為我身上裹著被單哪裡都去不了。你肯定不相信，我們在一個抽屜裡找到薄如紙張、沒有後背的醜陋「院袍」（拜託，這種東西連袍子都稱不上）。生病已經夠狼狽了，為什麼醫院還要病人穿得衣不蔽體、醜不拉嘰？實在沒道理。總之，我們最後找到了一件綠色的手術服，雖然過大，但，隨便啦，總比裹著被單好。等穿上醫院裡的那種拖鞋後，我打扮完成。我問達瑞司有沒有看見我的包包，他說應該還在悍馬裡。或許聽來很膚淺，不過我還眞的擔心了幾分鐘，很怕萬一手提包搞丟，我得換駕照，換手機。我也擔心自己記不得已經需要添購的唇蜜是哪種色澤。

穿上手術服，並擔心手提包搞丟之後沒多久，我發覺自己坐在床上發呆，差點睡著。

「妳還好嗎？」達瑞司問：「妳看起來……」他沒說下去。我確信他考慮接下去說「很糟」或「很醜」，但最後決定不說出口。

「我看起來很累？」我主動幫他。

他點點頭。「對。」

「嗯，這一點也不意外，因爲我確實很累，非常累。」

「或許我們應該再等一等，而且——」

「不！」我打岔。「當我說要離開，我是眞的想離開。況且，只要我們待在這裡，我就不可能睡個好覺。在這裡我就是覺得不安全。」

「同意。」達瑞司說：「妳是不安全，我們也都不安全。」我們沒說出來，但心知肚明，就算離開夜之屋，我們依然不安全。但爲了不要打擊士氣，這種話還是別說比較好。

「好，我們這就去找其他人吧。」我說。

我看了一下牆上的鐘，剛過凌晨四點。居然已經過了這麼久，儘管我絲毫不覺得有休息到，我一定昏迷了好幾個小時。如果夜之屋的作息照舊，現在雛鬼應該已經上完課。

「嘿，」我告訴達瑞司：「現在差不多是晚餐時間，他們應該在餐廳。」

他點點頭，移開撐在門把下的椅子，然後慢慢打開門。

「走廊淨空。」他低聲說。他忙著探頭察看走廊動靜，我則忙著打量他。我沒跟著他步出房間，反而抓住他的衣袖，把他拉回來。他疑惑地望了我一眼。

「呃，達瑞司，我在想，我們在大搖大擺走進餐廳或宿舍前，眞的得換掉這身衣服。我的意思是，你身上的血跡可不少，而我這身衣服像綠色大垃圾袋，實在很難不引人側目。」

達瑞司低頭瞥了一眼，終於察覺自己滿襯衫和滿夾克的血漬。

「我們走樓梯到上一層，冥界之子就住在那裡。我去換件衣服，然後帶妳快速回宿舍換掉這個。」他指了指我身上的衣服。「如果運氣夠好，我們會在宿舍見到愛芙羅黛蒂和孿生的。然後，只要設法找到戴米恩，我們就溜出校園。」

「聽起來不錯。我從沒想過，我居然會告訴你，我盼望回坑道去。不過，現在我覺得那裡是最好的地方。」我說。

達瑞司嘟噥一聲，我猜這是男生表示附和的語言。我跟著他踏進空蕩蕩的走廊。走到樓梯間不過幾步路，但才爬一小段樓梯就幾乎要了我的命。最後，我整個人斜倚著達瑞司的臂膀。從他憂慮的眼神，我看得出來，他正認真考慮抱著我走，所幸這時我們已經爬到樓上。

「上面這裡通常這麼安靜嗎？」我趁著喘息的空檔問。

「不是。」達瑞司嚴肅地說。公共交誼空間裡有冰箱、一台大平面電視、幾張舒適的沙發椅，和一些男生會玩的東西，比如啞鈴一類的重量訓練器材、飛靶，及一張撞球桌，但同樣空無一人。達瑞司表情變得沉默難解。走廊兩側眾多的門都敞著，他領我走進其中一個。

他的房間，就像我想像中冥界之子的房間那樣，簡單乾淨，沒有任何小飾物，連裱框的家人或朋友照片都沒有。他贏得飛刀比賽的獎盃，及暢銷作家克里斯多福·摩爾的幾本精裝書，算是比較特別。牆上唯一的掛飾是一幅奧克拉荷馬州的風景圖，而這說不定是房裡本來就有的。喔，他和愛芙羅黛蒂一樣，有一台迷你冰箱。這點讓我有點不爽。難道這裡所有人都有冰箱，除了我？可惡。觀景窗上掛著厚重的窗簾，我走過去，拉開一角，望向窗外，好讓達瑞司換衣服，免得善妒的愛芙羅黛蒂把我們兩人開腸剖肚。

照理說此刻是校園熱鬧的時候。一天的課結束，學生應該是紛紛回宿舍，到活動中心或餐廳，或者像一般青少年那樣，晃來晃去。但我只看到有兩個人在結冰的人行道上連滾帶滑，趕著從一棟建築物到另一棟。

我的直覺告訴我事情不單純，但我還是寧可把校園的死寂歸咎於天氣。陰暗的天空仍下著凍雨。雖然冰風暴讓校園顯得寂寥荒涼，我仍被閃亮薄冰蒙上一切的神奇景象給迷住。包覆枝椏的冰晶壓得樹木彎腰折背，煤氣燈柔黃的光線搖曳著照亮滑溜牆面和人行道。最酷的是被冰覆蓋的草地。結冰的草一根根陡立，光線一照，整片草地幻化成一畝鑽石田。

「哇！」我比較像自言自語，而非對達瑞司說話。「我知道冰風暴很討厭，不過真的好美，整個世界看起來都不一樣了。」

達瑞司在乾淨的T恤上套了件長袖運動衫，跟我一起站在窗邊。他皺起眉頭，顯示他看到的是冰風暴討厭的一面，而非冰凍魔幻的那面。

「我沒見到半個哨兵。」他說。這時我才明白他皺眉的對象不只是冰風暴，還有我們從窗戶望出去看到的圍牆。「從這裡應該可以看見至少兩、三位我的戰士弟兄，可是我沒見到半個。」我感覺到他全身緊繃。

「怎麼會這樣？」

「我話說得太快了。其實妳說對了，整個世界變得不一樣了。是有幾個哨兵，只不過他們不是我的弟兄。」他指著遠處右方牆頭的一個黑點。這片圍牆轉個彎後隱沒在妮克絲神殿後方，而我們所在的這棟建築就面向神殿。循著達瑞司手指的方向，在一棵老橡樹和神殿後背之間的陰暗處，我看到一個黑影在晃動。那是一隻蹲踞在牆頭的仿人鴉。「還有那裡。」達瑞司指著牆頭再過去一點的另一個黑點。我原本以爲那不過是冰風暴晚上夜色褶皺的自然景象，但此刻我凝神一瞧，那黑點果然在微微晃動。

「他們遍布各處。」我說：「我們怎麼離開這地方？」

「妳可以用元素來掩護我們嗎，就像上次那樣？」

「我不知道。我現在好累，而且覺得不對勁。我的傷口好多了，但覺得整個人愈來愈虛脫，卻始終沒有補充精力。」然後，我想起另一件事，心更往下墜。「我用火和風元素把卡羅納從你身上拉開後，並沒有送走它們，它們就這樣自己消失了。這種事以前不曾發生過。它們總是會流連在我身邊，直等到我命令它們離開。」

「妳的能量耗損過度了。召喚與控制元素的法力是妳的天賦，但並非不須付出代價。妳年輕又健康，所以在一般狀況下可能察覺不到召喚元素對妳造成的能量耗損。」

「我以前有過兩次類似的經驗，但從未像這次這樣。」

「那是因爲妳之前從未瀕臨死亡，加上妳一直沒時間休息、恢復。這樣非常危險。」

「換句話說，大家可能無法仰賴我溜出這裡。」

「那我們把妳當成C計畫。我們得另外想出A計畫和B計畫。」

「我寧可當Z計畫。」我咕噥著說。

「對了，這應該有用，雖然只是暫時救急。」他走到迷你冰箱前，從裡面拿出兩個礦泉水瓶，只不過裡頭裝的是濃稠紅色液體。我一看就知道那是什麼。他將一瓶遞給我。「喝吧。」

我接過後皺眉看著他。「你的冰箱裡有瓶裝血液？」

他對我揚起眉毛，旋即因臉部肌肉牽動傷口，痛得瑟縮。終於，他回答我：「柔依，我是吸血鬼。不久後妳也會是。對我們來說，瓶裝人血就跟瓶裝水一樣平常，只是血比水更帶勁。」他朝著我舉高他手中那瓶，一飲而盡。

我屏退心裡的叨念，跟著照做。如同往常，血液一進入我的身體立即爆開，帶來一股帶勁的能量，讓我瞬間覺得生龍活虎、強壯有力。我昏沉的腦袋清澈了，傷口的疼痛減弱了。我忍不住深深地吸了一大口氣，身體沒有再因呼吸而發疼。

「好些了嗎？」達瑞司說。

「好得不得了。」我說：「趁著這股能量還在，我們趕緊去找件像樣的衣服讓我穿，然後設法找到其他人。」

「這倒提醒了我。」他走回冰箱，抓了另一罐瓶裝血丟給我。「放在口袋裡。喝血不能取代睡眠和身體復原所需要的時間，但至少可以讓妳撐得住。起碼我希望如此。」

我將那瓶血塞入手術服褲子的大口袋裡。達瑞司束好刀鞘，抓了一件乾淨的皮夾克。然後，我們離開房間，疾步下樓，走向大門。一路上依然不見半個人。感覺很不對勁，但我不想停下來討論。我不想說出或做出任何會讓我們在這裡多停留一秒鐘的事。

達瑞司走到大門時，我遲疑了一下。「我想，最好別讓仿人鴉看見我四處走動。」我壓低聲音，即使四下無人。

「妳說得對。」他說：「妳有辦法嗎？」

「嗯，從這裡到宿舍不算遠，加上天氣本來就糟，只要召喚一些霧氣，多下點雨，應該就可以有很好的掩護。記住，你要一心想著自己就是靈，想像你融入風雨。這樣我比較容易辦到。」

「好。妳儘管開始吧。」

我深吸一口氣，很高興胸口幾乎完全不疼，然後集中精神。「水、火和靈，我需要你們。」我張開一隻手，彷彿要接受朋友的擁抱，另一隻手則勾住達瑞司的手臂。我立刻感覺到三個元素竄湧在我裡面和四周。希望達瑞司也有同樣感覺。「靈，我要你掩護我們……隱藏我們……讓我們融入黑夜。水，請充滿我們四周的空氣，澆淋我們，遮蔽我們。火，我只需要你稍微把冰加熱，產生水霧就行。請你不只讓我們四周升起霧氣——」我趕緊補充——「要讓霧氣瀰漫整個校園，讓一切變得朦朧模糊，神祕魔幻。」我感覺到元素興奮地震動，急著想開始執行我賦予它們的任務，不由自主地嘴角泛起微笑。「好，行動吧。」我對達瑞司點點頭。他打開門。在風、靈和火的陪伴下，我們走進冰風暴中。

有件事我說對了：天氣真的很糟。我四下張望，想看有沒有仿人鴉注意到我們，但三個元素表現優異，達瑞司和我簡直就像走在一團變成冰的白茫茫大雪球中。風雨強勁，我不時差點滑倒。所幸達瑞司身手矯捷，反應靈敏如貓，我們總算都能踏穩腳步。

說到貓，我想起來了。我們隱身在茫霧中，頂著冰風暴，小心翼翼地疾走在結冰的人行道上，竟沒見到半隻貓。沒錯，天氣很糟，被我操控後變得更加惡劣，而且貓咪不喜歡潮濕，但我在夜之屋生活的幾個月裡，在校園走動時，起碼總會看到兩三隻貓相互追逐。

「四周見不到一隻貓。」我說。

達瑞司點點頭。「我早就注意到了。」

「這是怎麼回事？」

「有麻煩了。」他說。

但我沒時間去思索這到底是怎麼回事，或擔心我的娜拉跑到哪兒去，因爲我感覺到力氣逐漸流失，而我得集中所有能量，專心地繼續對風、火和水低語。「我們是黑夜，讓黑夜之靈掩護我們……以濃霧籠罩我們……吹吧，風，讓邪惡的眼睛看不到我們……」

快抵達宿舍時，我聽見有一個女孩出聲說話。我聽不出她在說什麼，但那高亢緊張的音調顯示情況不對勁。達瑞司的手臂緊繃。從他凝神注視，想看穿濃霧的模樣，我知道他也聽見了。我們愈靠近宿舍，聲音愈清晰響亮，那女孩說的話也逐漸分明。

「不要，眞的！我—我想回寢室。」受到驚恐的女孩說道。

「等我跟妳做完，妳就可以回去。」

我楞住，拉住達瑞司，兩人一起停下腳步。那女孩還沒回答，我就聽出那男孩的聲音。

「下一次，好嗎，史塔克？或許那時候我們再——」她的話語突然中斷。我聽見她的小聲尖叫變成喘息，然後他們發出濕濕黏黏的聲音，開始呻吟。

20

達瑞司拖著我往前疾走，來到女生宿舍門前的台階。這階梯很寬，兩旁是及腰高度的矮石牆。男孩送女孩回來，跟女孩吻別前，非常適合坐在牆上打情罵俏。

史塔克正在做的，就是吻別劇情的扭曲版本。他抱緊一個女孩，但這不是一般的擁抱。他的牙齒咬住她的脖子之前，她掙扎著想掙脫。我驚恐地看著史塔克攻擊那女孩，絲毫沒有察覺到我們。然後，女孩發出愉悅的呻吟。但這不是重點。我的意思是，我們都知道吸血鬼咬人時，受害者（眼前的狀況，她當然是受害者）也會受到情欲的刺激。此刻，她肉體上感受到愉悅，但她雙眼睜大，眼神驚惶，全身僵硬緊繃。顯然，只要能夠，她會反抗。史塔克一隻手抱緊女孩，大口吸吮她的血，像野獸一般呻吟，另一隻手撫弄她的裙子，往上撩，把自己的身軀擠進她的兩腿間，並且——

「放開她！」達瑞司喝道，甩開我的手，步出一直掩護著我們的茫霧和黑夜之外。

史塔克想都沒想就扔下女孩。她嗚咽著，匍匐在地上，狼狽地爬向達瑞司。達瑞司從口袋掏出一條老式的手帕丟給我，說：「幫她。」然後他像一座大山那樣矗立在歐斯底里的女孩和我及史塔克之間。

我蹲下後才驚覺這女孩是蓓卡．亞當斯，就是那個曾經暗戀艾瑞克的四年級金髮美女。我一邊留意達瑞司和史塔克的對峙，一邊將手帕遞給蓓卡，喃喃說些安慰她的話。

「你好像一直在擋我的路。」史塔克說。他的雙眼依然發紅，滿不在乎地以手背揩去嘴巴上的血。我再一次看到黑暗圍繞著他微微搏動。這黑暗只隱約可見，像是暗影中的暗影，忽隱忽現。我沒有注視它的時候，反而比較容易看見。

忽然，我想起來了。我知道之前在哪裡見過這種會流動的詭異黑暗。在坑道的陰暗處，它出現過。在奈菲瑞特的魅影變成仿人鴉攻擊我之前，我瞥見過。由於這突然閃現的了解，我更加能辨認它了。現在，我確定它早就出現。史蒂薇．蕾蛻變之前，它也曾像個有生命的暗影，圍繞著她搏動。只是，那時我的眼睛和心思只注意到好友的需求、痛苦和掙扎，所以將那黑暗視為當然了。天哪，我實在太蠢了！

「或許沒人告訴過你，男性吸血鬼不會欺負女性，不管她們是人類、成鬼或雛鬼。」達瑞司冷靜地說，彷彿只是在跟朋友閒聊。

「我不是吸血鬼。」史塔克指著自己額頭上那個紅色弦月輪廓。

「這種枝微末節不重要。我們——」達瑞司先指著自己，再指著史塔克——「不會欺負女性。絕對不會。女神清楚地教導過我們。」

史塔克笑笑，但笑容裡不見幽默。「我想，你會發現，這裡的規則已經改變了。」

「我想，**你**會發現，我們有些人是把規則寫在這裡——」達瑞司指著自己的心臟——「寫在這裡的規則，不會因周遭人們的見異思遷而改變。」

史塔克的臉沉下來。他伸手取下一直佩在背部的弓，然後從背在肩上的箭袋抽出一支箭。（剛才我誤以爲那箭袋是普通的男用手提包。我早該知道不是，因爲史塔克不是那種會背包包的男生。）他把箭搭上弓，說：「我想，我得確定你永遠都不會再擋我的路。」

「不！」我站起來，移動到達瑞司身邊，心臟劇烈地跳。「你到底怎麼了，史塔克？」

「我死了！」他大吼，整張臉因憤怒而扭曲，鬼魅般的黑暗圍繞著他翻滾。現在那暗影清晰可見，眞不懂自己以前怎麼會沒看見。我不理會這陰暗的邪惡，繼續看著他。

「這我知道！」我吼回去。「我在場，記得嗎？」這話讓他倏地一楞，弓稍微往下垂。我覺得這是好徵兆，繼續說：「你說你會回來找女爵和我。」

一聽到狗的名字，他臉上閃過痛苦的神情，瞬間看起來好稚嫩，好脆弱。但這神情才一眨眼就消失了，他又變回凶狠、尖刻的模樣，不過雙眼已不再發出紅光。「對，我回來了。

但現在情況不同了，而更大的改變就要發生。」他對達瑞司露出極爲厭惡的表情。「所有你相信的那些舊狗屁都不再具有任何意義，它們只會讓你軟弱，而軟弱會導致死亡。」

達瑞司搖搖頭。「尊崇女神之道絕非軟弱。」

「是嗎？我在這裡可沒見過什麼女神。你見過嗎？」

「我見過。」我大聲說：「我見過妮克絲，她在這裡現身——」我指著女生宿舍——「就在幾天前。」

史塔克不發一語，凝視我久久。我搜尋他的臉，想找出那個我曾經那麼有感覺的男孩，卻只見到一個難以捉摸的陌生人。此刻我心裡最在意的，是他射箭絕對不會錯失他瞄準的目標。忽然間，這提醒了我：他沒殺死史蒂薇．蕾。她還活著就證明他**無意**殺她，所以或許原來的史塔克還殘留在他裡面。「對了，史蒂薇．蕾沒事。」我說。

「這與我無關。」他說。

我聳聳肩。「我以爲你會想知道，因爲射中她的是你的箭。」

「我只是在執行命令。老闆要我讓她流血，我就讓她流血。」

「奈菲瑞特嗎？所以，控制你的人是她？」我問。

他的眼睛發出熊熊怒火。「沒人能控制我！」

「你的嗜血欲望控制了你。」達瑞司說：「如果你不受它控制，你就不會強迫那個雛鬼女孩。」

「是嗎？你這麼認爲？你錯了。我剛好喜歡我的嗜血欲望！我想對那個女孩怎樣就怎樣。現在是吸血鬼停止躲躲藏藏的時候了。我們比人類聰明、強壯、優秀。掌控世界的應該是我們，不是他們！」

「那個雛鬼不是人類。」達瑞司的聲音像出鞘的利刃，提醒我他不只是個大哥哥般的男生，而是冥界之子，最厲害的戰士。

「我渴了，而這裡又找不到人類。」史塔克說。

「柔依，帶女孩進宿舍。」達瑞司的視線依舊緊盯著史塔克。「她已經讓他喝夠了。」

我回到蓓卡身邊，扶她起來。她腳步有點踉蹌，但能走路。我們走到達瑞司身旁，他陪我們前進，卻始終擋在我們和史塔克之間。經過史塔克時，他惡狠狠地說：「你知道，只要我心裡想著要殺你，然後射箭，不管你人在哪裡，必死無疑。」一股寒意竄過我的背脊。

「如果是這樣，我就會死，」達瑞司冷冷地說：「而你就會變成惡魔。」

「我不在乎當惡魔！」

「而我不在乎死，只要這是在爲我的女祭司長效勞——而這也就是在爲女神效勞。」達瑞司說。

「如果你傷害他，我絕對會盡一切所能來對付你。」我告訴史塔克。

史塔克看著我，嘴角上揚，依稀仍看得到他以前那可愛、冷傲的笑容。「妳自己就是惡魔，不是嗎，柔依？」

我不認爲這麼可惡的話值得回應，顯然達瑞司也這麼認爲。他繼續護送我們走過史塔克身邊，打開宿舍大門，扶蓓卡入內。但我沒跟進去，反而停下腳步。我的直覺告訴我，有件事我必須做。我很想不理內心的聲音，但我知道不該不理。「我一會兒就進去。」我告訴達瑞司。我看得出他想跟我爭論，但我搖搖頭，說：「相信我。我只需要幾分鐘。」

「我就在門內。」達瑞司說，狠狠瞪了史塔克一眼，然後走入宿舍。

我面對史塔克，知道自己只是在賭一個機會。但我一直記著克拉米夏那首詩裡的句子：**人性救了她／她會救我嗎**？至少我得試一試。

「傑克在照顧女爵。」我冷不防地說。

我看見他眼裡再度閃過痛苦的神情，但他的聲音依舊冷漠。「那又怎樣？」

「我只是要告訴你，女爵很好。她有段時間很難捱，但現在沒事了。」

「我不再是以前的我，所以，她不再是我的狗。」這次，我聽見他的聲音在顫抖，於是燃起希望，往前朝他靠近一步。

「嘿，狗有一點很棒，就是他們會無條件地付出愛。女爵不會在乎現在的你是誰，她依然會愛你。」

「妳根本不知道。」他說。

「知道，我知道。我跟你的狗相處一段時間了，她眞的很善良。」

「我說的不是她，我說的是我。」

「喔，我也跟紅雛鬼相處一段時間了，更甭提第一個完成蛻變的紅雛鬼就是我最要好的朋友。史蒂薇．蕾是跟以前不一樣了，但我依然愛她。」我說：「如果你跟史蒂薇．蕾和其他紅雛鬼相處一段時間，或許你就可以，怎麼說，可以**找回**你自己吧。他們就是這樣。」我說得比我心裡的感覺有信心。畢竟圍繞史塔克的黑暗，我也在坑道裡，在紅雛鬼的四周瞥見過。但我仍情不自禁地相信，我應該將他帶離邪惡可以輕易來去的這個地方。

「好。」他回答得太快了。「妳何不帶我去找史蒂薇．蕾，讓我看看會發生什麼事？」

「好。」我也立刻答腔。「那你何不把弓箭留在這裡，然後告訴我，要怎樣離開校園，才不會被那些鳥怪胎發現？」

他臉色一沉，又變成凶狠的陌生人。「不帶弓箭，我哪裡都不去，而且沒有人可以離開校園而不被他們發現。」

「這樣一來，我就不能帶你去找史蒂薇．蕾了。」我說。

「我不需要妳來告訴我史蒂薇．蕾在哪裡。她對他們躲藏的地方可清楚得很。如果她想找妳最要好的朋友，她就可以找到。如果我是妳，我會比妳更迫切想見到史蒂薇．蕾。」

我心裡的警鐘響得像火災警鈴。我當然不必問史塔克，他所說的「她」是誰。我不讓史塔克看出他這番話令我沮喪，反而鎮靜地微笑，說：「沒人躲藏。我在這裡，而史蒂薇．蕾一直在她蛻變之後所在的地方。這沒什麼大不了的。再說，每次見到她，我都很高興，所以，如果她也來這裡，那就太酷了。」

「好，隨便。沒什麼大不了的。我留在這裡也很酷。」他轉移視線，望向在四周緩緩飄蕩的冰霧。「我實在搞不懂妳幹麼在乎。」

忽然，我明白我該怎麼說了。「我只是在履行我對你的承諾。」

「什麼意思？」

「你死之前要我答應你兩件事。一、不要忘了你；二、照顧女爵。我是一直沒忘記你，而我也做到確保女爵平安無事。」

「妳可以告訴傑克那小子，現在女爵是他的狗。告訴他……」史塔克依舊不看我。他頓了一下，吸一口氣。「告訴他，她很乖，要好好照顧她。」

我繼續遵從直覺，往前幾步，縮短我們之間的距離，將手搭在他肩上，就像他死去當晚那樣。「你知道的，不管你說什麼，或你把她給誰，都不重要，女爵永遠屬於你。你死的時候她哭了，我就在那裡，親眼見到。我一直都沒忘記那一刻，我永遠不會忘記。」

他沒看我，但慢慢地放手讓弓掉到地上，然後抬手握住我搭在他肩上的手。我們就那樣站著，相互碰觸，默默不語。我一直端詳著他的臉，所以看見他表情的整個變化過程。就在他將手覆蓋在我的手上面時，他緩緩地吐出一口長長的氣，臉部肌肉放鬆，眼睛裡的最後一絲紅光褪去，而他周圍那詭異的黑暗也消失了。當他終於迎視我的目光，他變回那個深深吸引我，死在我懷裡時告訴我他會回來的男孩。

「萬一我已經沒什麼值得愛呢？」他的聲音好小，若非跟他靠得很近，我一定聽不到。

「我認爲你依然可以決定自己是怎樣的人，或至少選擇要變成怎樣的人。史蒂薇．蕾選擇了她的人性，而非變成怪物。我想，這要你自己決定。」

我知道我接下來要做的事很蠢，我甚至搞不清楚自己爲何要這樣做。我的意思是，艾瑞克和西斯的問題還未解決，現在我最不需要的就是多一個男孩來讓生活變得更複雜。但這一刻只有史塔克和我，而他又是原來的他了——那個我曾有過深刻感覺的男孩。由於他，我甚至想過，說不定眞的有所謂「靈魂伴侶」，而他或許就是我的靈魂伴侶。我一邊回想這一切，一邊往前跨出一步，投入他懷裡。當他低頭，猶豫地將嘴唇湊到我的唇上，我閉上眼睛，輕柔甜蜜地吻他。他回吻我，非常溫柔地抱著我，彷彿怕我會碎掉。

然後，我感覺到他身體緊繃，放開我，踉蹌後退。我很確定我見到他眼中噙淚。他大吼：「妳應該忘了我！」史塔克拾起弓，轉身衝進冰風暴夜裡狂亂翻騰的黑暗中。

我站在原地，盯著他的背影，心裡納悶自己到底是怎麼搞的。我怎麼會去親吻一個幾分鐘前才欺負別人的傢伙？我怎麼會對一個更像惡魔而非人類的男孩這麼有感覺？或許我連自己都不認識了。而我肯定不知道自己會變成怎樣的人。

我打起哆嗦。夜晚的濕冷似乎已穿透衣服和皮膚，侵入骨髓。我好累，眞的好累。

「火、風和水，謝謝你們。」我對元素低語。「謝謝你們今晚爲我所用，現在你們可以離去了。」濃霧和凍雨繞著我飛旋一圈，然後咻地離去，留下我獨自面對夜晚、冰風暴，和我的迷惘。我疲憊地走回宿舍，希望可以沖個熱水澡，蜷縮在床上，睡上幾天幾夜。

想當然耳，我的願望不是什麼命令，指使不了任何人……

21

我幾乎還沒碰到門，達瑞司就幫我打開了。他那銳利的眼神讓我懷疑，他是不是一直在注意，看到了史塔克和我之間的那一幕。眞希望他沒看到。

但他只說：「戴米恩和孿生的在裡面。」他示意我跟他進入起居室。

「我需要借你的手機一用。」我說。

他沒猶豫，也沒問問題，只直接把手機遞給我，然後逕自走進起居室。我按下史蒂薇・蕾的手機號碼，屏息等待。她接起來時，聲音像朝空鑵頭裡面說話，所幸起碼我聽得見。

「喂，是我。」我說。

「柔！太好了，眞高興聽到妳的聲音！妳還好嗎？」

「我好多了。」

「太棒了！那現在狀況——」

「改天再跟妳細說。」我打斷她。「現在聽我說：照我跟妳說過的話去做。」

她停頓了一下才說：「妳在紙條上寫的那件事？」

「對。你們**在坑道裡**被監視了。那裡有東西跟你們在一起。」

我以爲她會倒抽一口氣或驚慌失措，但她只平靜地說：「好，我懂了。」

我緊接著說：「那些鳥東西很可能等在任何地方，趁你們離開坑道時抓你們，所以你們眞的、眞的要很小心。」

「別擔心，柔。妳給我那張紙條後，我已經自己先暗中勘查過路線。我想，我可以把大家帶到那裡，不被他們發現。」

「先打電話給安潔拉修女，告訴她你們即將去那裡，我也會盡快到。但別告訴紅雛鬼你們要去哪裡，能隱瞞多久就多久。這樣妳明白嗎？」

「明白。」

「好，替我抱一下阿嬤。」

「我會的。」她說：「還有，我不會讓任何人告訴她妳受傷的事，免得她操心。」

「謝謝。」我說：「西斯還好嗎？」

「非常好，我告訴過妳別擔心他嘛。妳的兩個男友都很好。」

我嘆一口氣，眞想糾正她我只有一個男朋友。「那就好，很高興他們都平安。對了，愛芙羅黛蒂也很平安。」我補上後面這句，雖然聽來有點怪，不過既然我都問了跟我烙印的人類是否無恙，或許史蒂薇．蕾也想確定跟她烙印的人平安沒事。

她發出熟悉、輕快的笑聲，說：「喔，柔，我知道愛芙羅黛蒂沒事。若她發生什麼事，我會知道的。感覺很詭異，但確實如此。」

「喔，好，我想應該是吧。嘿，我得走了，妳也是。」

「所以，妳要我今晚帶大家離開？」

「現在就走。」我語氣堅定地說。「記住，一定要非常、非常小心。」

「懂了。」她說：「別擔心我，我有一些法寶。」

「那最好。掰掰。」我說，切斷沙沙作響的電話連線。既然已經通知了史蒂薇．蕾，我心裡的一塊石頭終於放下。現在，我只能相信，在坑道裡出沒的黑暗到了修女聚集的地下室便作不了怪。我也得相信，史蒂薇．蕾會順利地把所有人帶到那裡，不被仿人鴉抓到。至於我們這些還在夜之屋的人，若夠幸運，將能和他們重聚，一起想辦法對付卡羅納和奈菲瑞特。到時候我一定要問問史蒂薇．蕾，那些陰森森的暗影到底怎麼一回事。慘的是，我有一種感覺，她對這事了解得比我還多得多。

放學後起居室通常很熱鬧，雛鬼會三五成群地聚在電視機前，或只是泡在那裡閒聊。

但我踏進起居室後發現，裡頭人不多，而且異常安靜。部分原因可能是有線頻道被風暴吹壞了。可是夜之屋有幾個很大的備用發電機，照理說他們應該會改看DVD。然而，此刻在這裡的少數雛鬼只是窩在一起竊竊私語。我自然而然地望向以前我和朋友喜歡待的那一區，見到戴米恩和孿生的就在那裡，鬆了一口氣。蓓卡坐在他們之間。我想，他們大概正在安慰這女孩，免得她歇斯底里地哭泣吧。但走近後，我才發現我錯了。

「真的，我沒事，這沒什麼大不了的。」蓓卡的聲音不再顫抖，反而好像很不爽。

「沒什麼大不了的？」簫妮說：「這當然很大不了啊！」

「那傢伙在**侵犯**妳欸。」依琳說。

「不是那樣的，」蓓卡說，還滿不在乎地揮揮手。「我們只是在親熱。再說，史塔克實在很性感。」

依琳哼了一聲。「對，強暴犯通常很性感。」

蓓卡瞇起眼睛，表情冷酷、刻薄。「史塔克**就是**很性感，妳只是嫉妒他沒看上妳。」

「沒看上我？」依琳不敢置信地說：「妳是說他不想性騷擾我吧？妳怎麼一直在替他找藉口？」

「妳到底是怎麼搞的，蓓卡？」簫妮說：「怎能輕易放過這傢伙，他幹了這種——」

「等等，」戴米恩拉高音量說：「蓓卡說得沒錯，史塔克是很性感。」孿生的訝異地看著他，他趕緊接著說：「如果蓓卡說他們只是在親熱，那我們憑什麼干涉啊？」

這時，達瑞司和我走到了他們跟前。「怎麼了？妳還好嗎？」我問蓓卡。

「好得不得了。」她冷冷地看了孿生的一眼，從椅子上起身。「我餓了，要去找點東西吃。抱歉，跟妳們兩位起了點口角。待會兒見。」她迅速離去。

「到底怎麼一回事？」我壓低聲音問。

「還不是這個鬼地方會發生的那種事——」

「上樓！」達瑞司下令，關上依琳的嘴。

我有點驚訝，孿生的竟然乖乖聽達瑞司的話。我們魚貫走出起居室，不理會其他學生好奇的眼神。上樓途中，達瑞司問：「愛芙羅黛蒂在她房間嗎？」

「對，她說她很累。」簫妮說。

「她或許又像蝙蝠那樣，倒吊在天花板上休息吧。」依琳轉頭瞥了達瑞司一眼，接著說：「等她看到你把這張俊臉搞成這副德性，一定會火冒三丈，惹得貓叫狗跳。」

「沒錯，如果你厭煩了她膚淺的個性，想找安慰，可以來試試我這裡的摩卡咖啡。」簫妮說，對他挑挑眉。「或者我這裡的香草奶昔。」依琳補充。

達瑞司露出和善的笑容，說：「我會記在心上的。」

我心想，孿生的簡直不要命。戴米恩卻冷不防地問依琳：「還記得妳剛從Saks買來的那件藍色純羊毛套頭毛衣吧？」

「記得啊，怎麼樣？」

「若愛芙羅黛蒂發現妳勾引她的男人，把妳開膛剖腹，那件衣服留給我。」戴米恩說。

「她現在只不過是個人類。」依琳說。

「就是嘛，我們兩人聯手絕對可以制服她。」簫妮拋給達瑞司一個飛吻，說：「記住這點啊，戰士男孩。」達瑞司呵呵笑，我則翻了翻白眼。

我們走過我房間時，房門打開，愛芙羅黛蒂喊道：「我在這裡。」

我們全停步，魚貫進入我的寢室。「愛芙羅黛蒂，妳在這裡做——」

「喔我的天哪！你的臉怎麼了？」愛芙羅黛蒂不理會我們其他人，奔向達瑞司。「你還好嗎？可惡，看起來很可怕！痛不痛？」她挽起袖子，露出史蒂薇．蕾牙齒留下的咬痕。

「需要吸我的血嗎？來，我不介意的。」

達瑞司握起她的手，鎮靜地說：「我很好，我的小美人，只不過是刮傷。」

「發生什麼事？」愛芙羅黛蒂幾乎快哭出來，牽起達瑞司的手，帶他到史蒂薇．蕾以前睡的那張空床坐下。

「我的小美人！沒事的。」他反覆說，拉她坐在他大腿上，緊緊抱著她。

他繼續對她說了很多話，不過我沒在聽了，因爲我只顧盯著那幾隻——

「坎咪！你在這裡啊！我好擔心你。」戴米恩忽然蹲在地上，撫拍他的金毛虎斑貓。

「小惡魔，你究竟跑去哪裡呀？」簫妮責罵那隻看起來很惹人厭的灰貓。

「我們猜你是跑去追梅蕾菲森了。沒錯吧，你們倆現在都在這裡？」依琳說。

「等等。」我看見娜拉蜷縮在我床上。然後，我環顧房間，數了數，共八隻——**八隻**！

——貓咪聚集在這裡。「這些貓咪怎麼了？」

「所以我才過來這裡啊。」愛芙羅黛蒂說，依偎在達瑞司懷裡，輕輕抽搭著。「梅蕾菲森的舉止很怪。她不停地進進出出貓洞，還發出奇怪的嚎叫聲。」愛芙羅黛蒂停頓一下，對著她那隻胖成一團可怕白球的貓咪送上飛吻。「所以，我就跟著她來到妳房間。我進來發現這些貓，然後聽見你們在走廊上。」她美麗的湛藍眼睛轉向孿生的。「我聽到妳們在走廊上說的**每一句話**。妳們最好別以爲我變成人類，就沒辦法踹妳們。」

這時達瑞司喊道：「嗨，妳好，娜芙蒂蒂。」一隻毛色光滑的三色母貓跳上床，在他旁邊繞來繞去。

「我們的貓都到齊了。」戴米恩說，手繼續撫拍坎咪。「記得我們昨天逃離這裡時，他們就在學校圍牆外等我們？」他瞥向我。「所以，我們現在又要離開了嗎？」

「希望可以。」我說：「不過，等等，」我仍打量著眾貓咪，「那裡那隻大貓，還有黏在他旁邊那隻米色小貓呢？」

「那隻大貓是龍・藍克福特老師的緬因貓。」戴米恩說：「他叫影疾。」戴米恩很有擊劍的天賦，是龍老師的高足，難怪認得他的貓。

「嘿，我想，那隻小白貓應該叫圭妮亞，是安娜塔西亞老師的貓。」依琳說。

「妳說得沒錯，孿生的。」簫妮說：「每次上咒語與儀式課時，她都在教室裡晃。」

「那，那隻呢？」我指向一隻看起來眼熟的暹羅貓。她的身體是月光的銀白色，耳朵和臉則是柔和的灰色。緊接著我想起爲什麼她看起來面熟了，於是自己回答：「她是蕾諾比亞老師的貓。我不知道她叫什麼名字，但我在馬舍見到她跟在老師身邊。」

「來，看我有沒有搞錯：我們的貓，加上龍老師和他妻子，以及蕾諾比亞老師的貓，忽然都跑到柔依的房間來了。」達瑞司說。

「他們爲什麼到這裡來？」依琳問。

我以另一個問題來回應她的問題：「你們今天還見到任何其他貓咪嗎？我是說，你們上課、吃中飯、進出宿舍和教室時，有見到任何貓咪嗎？」

「沒有。」孿生的齊聲回答。

「我沒見到。」戴米恩慢慢地說。

「一隻都沒見到。」愛芙羅黛蒂說。

「而我們先前已察覺，從醫護室到宿舍這一路上半隻貓也看不到。」達瑞司說。

「那時我就覺得不妙，現在仍這麼覺得。」我說。

「爲什麼所有的貓，除了在這裡的這些，全都不見了？」戴米恩問。

「貓咪討厭鳥人。」我說：「每次娜拉跟著我，若旁邊出現鳥人，她就會抓狂。」

「事情沒這麼單純。若貓咪只是討厭鳥人，照理說會**全部**躲起來，這幾隻應該也不會待在這裡。」愛芙羅黛蒂說。

「沒錯，」戴米恩說：「這幾隻貓一定有什麼特別的狀況。」

「好，我不喜歡當討厭鬼啦——嗯，或許我喜歡——不過，總之，我們可不可以暫時忘了這些貓？我想知道到底是誰把我的男人搞成這樣？」愛芙羅黛蒂說。

「是卡羅納。」我答道，因爲達瑞司顯然正陶醉在愛芙羅黛蒂剛頒給他的頭銜「我的男人」中，無法回答。

「我就怕會這樣。」戴米恩說：「怎麼發生的？」

「達瑞司攻擊利乏音，」我解釋：「惹毛了卡羅納。他沒讓史塔克射殺他，但臨走前在達瑞司臉上劃了一刀。」

「這個王八史塔克！」簫妮說。

「他眞不是好東西。他和那些混帳鳥人簡直無法無天。」依琳說。

「而且沒人插手管。」簫妮接腔。

「就像剛剛蓓卡的狀況。」戴米恩說。

「說到她，」簫妮說：「你怎麼會附和那個沒大腦的女孩說，**喔，這沒什麼大不了的，因為史塔克好～性感！**想到就氣。」

「妳跟她說不通的，她站在他們那邊。依我看，史塔克、鳥人和卡羅納對任何人都爲所欲爲，而且毋需承擔後果。」

「比毋需承擔後果更糟。」愛芙羅黛蒂說，仍依偎在達瑞司懷裡，但已恢復鎭靜。「卡羅納好像對所有人施了魔咒，而且這魔咒延伸到史塔克和鳥人身上。」

「所以我才乾脆附和蓓卡，讓她走，免得他們注意到我們是唯一沒加入卡羅納粉絲俱樂部的人。」戴米恩說。

「還有奈菲瑞特，別忘了她。」愛芙羅黛蒂說。

「她跟他在一起，不過，我不認爲她受他的魔咒控制。」我說：「他們以爲我還在昏迷時，我偷聽到他們說話，知道她跟他意見相左。他盛氣凌人，恫嚇她，表面上她似乎屈從了，但實際上她只是改變策略。她在操縱他，我看不出來他是否知道。另外，她也變了。」

「變了？什麼意思？」戴米恩問。

「她的力量跟以往不同了。」達瑞司說。

我點點頭。「就好像她裡面有個開關被啓動了，釋放出別種力量。」

「一種黑暗力量。」愛芙羅黛蒂說。大家不約而同地轉頭看她。「她的力量不再從妮克絲而來。對，她依然使用我們女神賜給她的天賦，但她現在也從別的地方汲取能量。在醫護室外面時，你們沒感受到嗎？」

眾人沉默半晌後，戴米恩開口說：「我想，那時我們都忙著抗拒卡羅納的吸引力。」

「而且怕得要死。」依琳說。

「非常、非常怕。」簫妮附和。

「嗯，所以現在我們知道，奈菲瑞特遠比以前更具威脅性。我還偷聽到，卡羅納和奈菲瑞特正在規畫一種新的未來藍圖，而且這與接管委員會有關。」我說，眞希望此刻能鑽進被窩，蒙頭大睡。

「喔，女神哪！最高委員會嗎？」愛芙羅黛蒂說。

「我不確定，但這正是我所擔心的。我也擔心她的新力量給了她特殊能力。」我停下來，不想在跟史蒂薇．蕾談過之前先嚇到這些朋友，不過他們需要提高警覺，所以我謹愼地遣詞用字。「我認爲，奈菲瑞特能夠透過黑影，或操控黑影，來施展她的力量。」

「這可不妙。」戴米恩說。

「這表示我們必須提高警覺。」依琳說。

「大大地提高警覺。」簫妮接腔。

達瑞司點點頭。「要牢牢記住：奈菲瑞特和卡羅納是我們的敵人，大多數其他雛鬼也都是我們的敵人。」他犀利的目光一一掃過大家。「那老師呢？」達瑞司問他們：「你們今天去上了課，對吧？老師們的舉止如何？」

「對，我們去上課了，感覺很怪。」簫妮說。

「好像這裡是《超完美嬌妻》電影中虛擬小鎮史坦佛裡的中學。」依琳說。

「似乎所有的老師也都被卡羅納催眠了。」戴米恩說：「當然，我不敢百分之百確定，因爲我們沒機會單獨跟老師相處。」

「沒機會單獨相處？什麼意思？」我問。

「那些鳥人無所不在——他們在教室裡進進出出，甚至跟我們一起上課。」

「你在開玩笑吧？」想到那些可怕的畸形生物在雛鬼當中自由走動，彷彿他們也是夜之屋的一分子，我就反胃到全身顫抖。

「他不是在開玩笑。他們確實無所不在，就好像一九五六年經典科幻恐怖片《天外魔花》裡的情節。」愛芙羅黛蒂說：「電影裡的好人外表看似沒有改變，但內心根本不是這麼一回事，而仿人鴉就是造成這場災難的外星人。在電影裡頭，其實很多人都不是原來的那些人，而是從巨大的外星豆莢裡長出來的異形。原來的那些人在睡著的時候，被外表完全一樣，卻沒有感情的豆莢人取代了。」

「那冥界之子呢？他們站在卡羅納那邊嗎？」達瑞司問。

「阿里斯托斯帶我們到校舍以後，我就沒見過其他戰士。」戴米恩說：「妳們呢？」

孿生的和愛芙羅黛蒂都搖頭。

「非常不妙。」我說。忽然疲乏的感覺席捲而來，我揉搓著額頭。我們該怎麼辦？誰是我們的朋友？我們究竟該怎麼離開夜之屋，前往我希望是安全的地方？

22

「柔依？妳還好嗎？」

我抬頭迎視戴米恩溫柔的褐色眼眸。達瑞司搶在我開口之前先替我回答：「不好。柔依得睡個覺。她必須休息才能恢復體力。」

「妳那個恐怖的傷口現在怎樣了？」依琳問。

「這件漂亮的手術服似乎沒滲出血來，看來應該治好了。」簫妮說。

「我好多了，不過體力一直無法恢復，感覺就像電池壞掉的手機。」

「妳必須休息。」達瑞司再次強調。「妳的傷差點要了妳的命，復原需要時間。」

「我們沒時間！」我沮喪地喊道。「我們必須趕快離開這裡，離卡羅納遠遠的，直到我們想出辦法打敗他。」

「現在離開這裡不像上次那麼容易了。」戴米恩說。

愛芙羅黛蒂哼了一聲。「說得好像上次很容易。」

「我是說跟現在相比。」戴米恩繼續說：「現在仿人鴉無所不在。昨晚他們任意攻擊人，一團混亂，有助於我們趁機溜走。今天，他們組織起來，到處放哨。」

「我看到他們遍布在校園四周，守衛人數是我們以前的兩倍。」達瑞司說。

「但他們沒像你們那樣駐守在宿舍外。」我對他說。

「這是因爲他們不在乎我們是否安全，他們只在乎我們不可以離開校園。」戴米恩說。

「爲什麼？」我疲憊地問，揉著快要開始抽痛的太陽穴。

「不管他們在密謀什麼，他們都需要把校園跟外界隔絕起來。」達瑞司說。

「這不反而證明，他們只是想掌控這所夜之屋，而不是對最高委員會有什麼企圖嗎？」愛芙羅黛蒂問我。但她所期望的答案，我無法給她。於是，達瑞司開口替我回答：「或許，但現在還很難確定。」

「冰風暴有助於孤立夜之屋。到處都停電，手機訊號很差。除了有發電機的零星區域，整個陶沙市漆黑一片。」戴米恩說。

「不曉得妮克絲最高委員會知不知道雪姬娜已經死了。」達瑞司說。

我看著戴米恩，問：「當所有吸血鬼的最高女祭司長死去，會發生什麼事？」

戴米恩皺起額頭思索。「嗯，若我記得沒錯，吸血鬼社會學的課堂上提到過，妮克絲委員會就必須開會，重新選舉新的大女祭司長。這種事通常每三到五百年才會發生一次。獲選後，女祭司長的任期是終身的。選舉是件大事，尤其碰到像這樣的突發狀況。」

我精神一振。「這樣說來，妮克絲委員會應該很想知道雪姬娜為何驟然去世吧？」

戴米恩點點頭。「我相信是這樣。」

「所以，卡羅納封鎖夜之屋，主要就是爲了這個。他不想引起最高委員會的注意。」愛芙羅黛蒂說。

「或者，他想引起他們的注意——以便推派奈菲瑞特繼任大女祭司長。但在此之前，他們得壯大自己，掌握委員會的選舉。」我說。屋內一片死寂，所有人驚惶地望著我。

「我們不能讓這種事發生。」最後，達瑞司開口說道。

「我們不會讓這種事情發生。」我說，語氣堅定，渴望大家能支持我的話。「嘿，卡羅納仍然說他是重返人間的冥神俄瑞波斯嗎？」

「是啊。」依琳說。

「聽起來實在有夠蠢，但所有人都相信他。」簫妮說。

「你們今天見過卡羅納嗎？」我問：「我是說，除了剛回來這裡時的那一次？」

大家都搖頭。愛芙羅黛蒂說：「能擺脫掉他眞好。」

「對，不過妳可能是唯一能擺脫掉他的人。」我緩緩地說，視線從孿生的移到戴米恩。

「我們都知道，卡羅納有魔力，能催眠所有人，也差點迷惑了我們，所幸我們不看他的眼睛，拼命抗拒──我們已經有心理準備，知道他很邪惡。要死，其實我直到看見他差點掐死達瑞司，才眞正清醒過來。」

「那王八蛋要掐死你？」愛芙羅黛蒂說：「可惡，我發火了！對了，蠢蛋幫，假如你們先前不曉得，聽好了：那長翅膀的怪胎施加在你們身上的魔咒，絲毫影響不了我。我不喜歡他，一點都不喜歡。」

「沒錯，」我說：「我先前就注意到了。妳眞的完全不會被他吸引。」

「他有什麼好吸引人的？他是個老惡霸欸，而且穿得什麼德性嘛。況且我眞的不喜歡鳥。我的意思是，聽說得到禽流感會死得很難看。所以，不，我對他一點興趣都沒有。」

「我還是不懂爲什麼他的魔咒對妳無效。」其實我只是心裡在想，但不小心說出了口。

「因爲她超級不正常。」簫妮說。「就像披著人皮的怪胎？」依琳接腔。

「可能是因爲我的直覺力超強，一眼就看穿他的把戲吧？喔，換句話說，我也能看穿妳們。」愛芙羅黛蒂說。

「她或許說到重點了。」戴米恩說，口氣很興奮。「我們都感覺到他的吸引力，但我們跟其他雛鬼不同，我們可以抗拒他。」大家點點頭。他繼續說：「嗯，我們都能感應元素。或許就是這種超越感官的能力，讓我們有力量抗拒卡羅納的吸引力。」

「紅雛鬼說他們不會被他吸引，就跟愛芙羅黛蒂一樣。」我說：「而他們都有心靈感應的能力。」

「聽起來有道理，起碼在雛鬼身上說得通。但成鬼呢？」達瑞司說。

「你們的心靈感應能力是不是跟雛鬼一樣，因人而異？」愛芙羅黛蒂說：「雛鬼以爲所有成鬼都有這種心靈能力，但其實不然吧？」

「對，其實不然。不過我們當中確實很多人有很強的直覺力。」達瑞司說。

「那你呢？」我問。

達瑞司露出笑容。「只有在得保護我立誓捍衛的人時才有。」

「但這也表示你**有**某些特別的直覺力啊。」戴米恩說，依然興沖沖的。「好，那夜之屋裡哪些成鬼的心靈感應能力最強？」

「奈菲瑞特。」大家齊聲回答。

「這點我們早知道了。但她投向卡羅納了，所以不能把她算在內。還有誰？」

「戴米恩！我想你說到重點了！」我一說完，大家全盯著我，而我則盯著房裡那幾隻不屬於我們的貓咪。

一如往常，戴米恩最先明白我的意思。「龍老師、安娜塔西亞老師和蕾諾比亞老師！我認爲他們是除了奈菲瑞特以外，直覺力最強的成鬼。」

「所以他們的貓咪跑來這裡不是巧合。」達瑞司說。

「這是一個訊號，讓我們知道，我們走對方向了。」戴米恩說。

「那麼，這是我們今晚不能離開這裡的第二個理由。」我說。

「第二個理由？」愛芙羅黛蒂滿臉疑惑。

「第一個理由是，我根本無法長時間控制元素，好讓仿人鴉見不到我們，我眞的太累了。第二個理由就是，倘若龍老師、安娜塔西亞和蕾諾比亞老師眞的可以看穿卡羅納的狗屎把戲，或許他們可以幫助我們擺脫掉他。」

「好，就這樣：我們在這裡多待一天。柔依，妳必須睡覺了。明天你們大家全都照常去上課。」達瑞司說。

「好，同意。」我說：「戴米恩，你能不能盡量跟龍老師單獨相處，看他是否站在我們這邊？」

「明天上擊劍課時應該可以。」

「有誰上安娜塔西亞老師的『咒語和儀式』？」孿生的像乖學生一樣舉起手。「妳們兩個可以試探她一下嗎？」

「當然，」依琳說。「可以。」簫妮把話接完。

「那我來跟蕾諾比亞談一談。」我說。

「達瑞司和我就負責查明仿人鴉沿著圍牆的放哨位置。」愛芙羅黛蒂說。

「我想，不管怎樣，我們明天就得離開。除非絕對必要，我總覺得再留在這裡很不對勁。」我說。

「同意。只要妳的體力恢復了。」達瑞司說。

「我已經好多了。」我說。

眾人一陣沉默，然後達瑞司嚴肅地告訴我：「我們逃走後，卡羅納一定會來找妳。他沒找到妳絕不會善罷甘休。」

「你爲何這麼確定？」愛芙羅黛蒂問。

「告訴他們，他是怎麼稱呼妳的。」達瑞司對我說。

我嘆了一口氣。「他叫我埃雅。」

「啊！」依琳說。「慘了！」簫妮接腔。

「這可**真的**非常不妙了。」戴米恩說。

「他眞的認爲妳就是格希古娃女智者一千多年前創造的那個閨女？」愛芙羅黛蒂問。

「看來是。」

「妳想，如果妳告訴她，妳已經不是閨女，會有用嗎？」愛芙羅黛蒂的嘴角閃過一抹得意的微笑。

我賞她一個白眼。然而，她這樣赤裸裸地指出我失去童貞的事實，讓我的思緒不由自主地飄向我生命裡的那幾個男孩。我說：「嘿，我眞納悶，史塔克怎麼會被卡羅納的魔咒影響這麼深。妮克絲賜給他很大的天賦，而且他死之前似乎直覺力很強。」

「史塔克是個不折不扣的混蛋。」簫妮說。

「對，根據我們從其他學生那兒聽到的，加上蓓卡這件事，我們百分之百肯定他不是好東西。」依琳說。

「或許死而復活重創了他。不過，我認爲，這傢伙在嗝屁又復活之前就是個渾球。」愛芙羅黛蒂說：「我們都得離他遠遠的。我認爲他的壞跟卡羅納和奈菲瑞特不相上下。」

「對，他就像沒有翅膀的仿人鴉。」依琳說。「嗯。」簫妮附和。

我沒再說什麼，只是坐在那裡，覺得虛脫又汗顏。**我再次吻了他**。而我的朋友都認爲他是個惡魔。或許他眞的是惡魔。如果他眞的這麼壞（看起來他眞的是），**那我怎麼會以為他仍有善良的一面？**

「好了，柔得睡覺了。」戴米恩說著站起來，懷裡仍抱著坎咪。「我們已經知道該做什麼，所以，大家就行動吧，然後離開這裡。」戴米恩過來抱了抱我。「別想克拉米夏的詩了。」他壓低聲音說：「妳無法拯救所有的人，尤其如果他不想被救的話。」

我回抱他，沉默不語。

「我覺得回坑道是對的，我們都得遠離這地方。」戴米恩對我露出苦笑，跟著孿生的離開房間。她們扯開嗓門跟我道別，兩人的貓咪小跑步跟在後面。

「來，」愛芙羅黛蒂抓住達瑞司的手，將他從床上拉起來，「你今晚可別回你房間。」

「是嗎？」他對她露出溫暖的笑容。

「對。這裡冥界之子好像缺貨，所以我的雙眼，以及身體其他部位會緊盯著你。」

「噁。」我說，但仍忍不住對他們笑。

「妳去睡覺吧。」愛芙羅黛蒂對我說：「妳得養精蓄銳才能應付男孩子的問題。我有個感覺，處理艾瑞克和西斯會比控制元素更耗元氣。」

「嘿，多謝啦，愛芙羅黛蒂。」我諷地說。

「別客氣，我只是想幫妳。」

「晚安，女祭司，祝妳好眠。」達瑞司一說完，就被愛芙羅黛蒂拉出門外，剩下的其他貓咪跟著他離開，房間裡（終於）只剩下娜拉和我。

我嘆一口氣，從口袋拿出瓶裝血，用力搖一搖，然後一口乾了。血在體內擴散開來，好像溫暖的指尖撫遍全身，感覺很舒暢，但沒有像之前那樣，帶來電流流過的帶勁感覺。我一定是太累了。我費力將自己拖離床邊，脫掉醫護室的手術服，在抽屜裡翻找，終於找到我最愛的男生四角褲（上面布滿蝙蝠俠圖案），還有穿到變寬鬆的舊T恤。穿上衣服前，我瞥見鏡中的自己，整個人楞住。

這眞的是我嗎？看起來比十七歲老太多了。所有的刺青清晰可見，像是吹到我這具屍體上面的生命氣息。我是這樣蒼白！而黑眼圈黑得嚇人。我慢慢將視線往下移到胸部的傷口。樣子眞可怕，而且眞大！我的意思是，從左肩橫到右肩欸。所幸，不再皮開肉綻，活似醜陋的嘴巴。現在它是一道褶縐起來的紅色稜線。相較之下，達瑞司臉上的刀傷眞的像小刮傷。

我輕輕撫摸傷口，痛得瑟縮。它會一直都這樣隆起來嗎？好，我知道這太膚淺了，不過我眞的快迸出淚來了。不是因爲情勢艱困，對我們不利。不是因爲奈菲瑞特已變得超級恐怖。不是因爲她和卡羅納很有可能危及已知世界裡的善惡平衡。也不是因爲我非常困惑，一團混亂，無法處理艾瑞克、西斯和史塔克的問題。我想哭是因爲我身上將會留下很醜陋的傷疤，以後很可能無法再穿小可愛背心。萬一我還想讓某人看見，呃，我的裸體呢？我的意思是，我是有過一次不好的經驗，但總有一天我還是會跟某人很親密，想讓他看見我裸體，對吧？我盯著這個尚未痊癒的醜陋傷口，壓抑住淚水。不行！**我真的不能再想這件事，不能再看自己的裸體，這樣對我毫無益處。要命！或許對任何人都毫無益處！**

我匆匆套上T恤，自言自語地說：「一定是被愛芙羅黛蒂傳染了。我發誓我以前沒這麼膚淺。」娜拉趴在枕頭上她習慣的位置等我，我鑽進被窩，蜷縮在她旁邊。好喜歡她依偎著我，舒服地打呼嚕。我想，我應該會害怕睡著的，因爲我怕卡羅納又入夢。但我實在太累了，累到管不了。我閉上眼睛，心懷感激地沉入黑暗中。

夢境開始時，我發現這裡不是草地，居然就傻頭傻腦地放鬆下來。我在一座非常美麗的島嶼，望過一大片潟湖，凝視著熟悉的天際線，但我知道我從未到過這地方。水域飄來鹹腥味，而且給我一種浩淼廣漠、一望無際的感覺，所以我認得這是海洋，雖然我不曾親近過海岸。夕陽西沉，天空亮起的餘暉，讓我想起秋天的葉子。我坐在一張月光色的大理石長椅上。長椅上面精雕細琢，有繁複的藤蔓和花朵圖案，像是來自另一個時空。我的手撫摸著光滑的椅背，仍可以感覺到日曬的餘溫。那感覺好眞實，不像做夢。我轉頭一望，不禁睜大眼睛。哇！我身後出現一座有著美麗拱門、拱窗和廊柱的潔白宮殿。透過造型優雅的窗櫺，可以看見裡頭婚禮蛋糕般的水晶吊燈，在薄暮裡閃閃發亮。

這景致美到令我屏息。我很高興我睡著以後居然能創造出這般美景。但我想不通，這夢境怎會如此眞實，如此熟悉？

我回頭面向瀉湖，見到一座圓頂教堂和幾艘小船，還有許多我絕對無法想像出來的神奇景象。柔和的晚風吹過水面，帶來黝黑水域的濃烈氣味。我深吸一口氣，享受那種獨特的味道。當然，有些人可能會說這氣味有點噁，但我不這麼認爲，我就是——

啊！恐懼的感覺忽然竄過我的脊椎。我明白爲何這一切顯得如此熟悉了。

愛芙羅黛蒂幾天前才跟我說過這地方。她沒能清楚描述細節，因爲她記不住所有內容。但她說的話還是讓我留下鮮明的印象，令我不安，所以我認出了這片水域、宮殿和那種古老的感覺。

這就是那個地方。在愛芙羅黛蒂預見我死亡的第二個靈視裡，她曾見過的那個地方。

23

「啊，妳來了。這次，是妳把我帶來妳挑選的地方，而不是我召喚妳來。」大理石長椅旁，卡羅納乍然現身，彷彿憑空出現。我默不作聲，忙著控制驚恐的心跳。

「妳的女神眞是不尋常。」他在長椅上我的身邊坐下，以閒話家常的親切口吻說道：「我可以感覺到，妳在這個地方會有危險。我不得不驚訝，她竟然讓妳來這裡，尤其她還知道妳一定會召喚我來。我猜想，她是想藉此警告妳，讓妳預作準備，但她誤解我的意圖了。我的目的是要挽回往昔。爲此，現今必須消滅。」他停頓一下，輕蔑地揮手，似乎要揮掉對岸的美景。「這一切對我來說毫無意義。」

我聽不懂他在說什麼。當我終於講得出話來，我竟只傻傻地說：「我沒有召喚你。」

「妳有。」他的語氣親暱又挑逗，彷彿他是我男友，只是我羞於承認我有多喜歡他。

「沒有。」我堅持，但眼睛沒看他。「而且我完全不懂你在說什麼。」

「我怎麼想不重要，時間到了自然眞相大白。不過，埃雅，若妳沒召喚我，那妳說說看，我怎麼會到妳夢中？」

光是他的聲音，已經讓我迷惑。但我強自鎮定，決心抗拒他的魔力。我轉頭凝視他。他又變年輕了，大約十八、九歲。他穿的牛仔褲寬鬆、性感，看起來非常適合他。而他全身上下就只穿這件牛仔褲，沒有上衣和鞋子。他的翅膀讓人歎爲觀止，黑黝如沒有星星的夜空，在夕照中發出絲滑的閃爍微光。毫無瑕疵的古銅色肌膚似乎裡面透著亮光。他的身體跟容貌一樣，完美到不可思議，難以形容。我心頭陡然一驚，驀然發現，這跟妮克絲顯現時，愛芙羅黛蒂和我的反應一樣。她的美超凡脫俗，我們無法形容。不知何故，卡羅納和妮克絲之間的這點相似讓我好悲傷。我悲傷的是，他曾經可能是不一樣的人，現在卻變成這樣。

「怎麼了，埃雅？妳怎麼好像想哭泣？」

我開始謹愼地思量遣詞用字，但隨即停止。如果這是我的夢——如果是我召喚他來——那麼，我只能誠實。所以，我說眞話：「我悲傷是因爲我不認爲你一直都像現在這樣。」

卡羅納一動也不動，彷彿他完美的五官忽然凍住，成了一座神像。

在夢中我沒有時間感，所以或許過了一秒鐘，也或許過了一世紀，他才回答我：「我的埃雅，倘若妳知道我並非一直像目前這樣，那妳會怎麼做？妳會拯救我嗎？還是埋葬我？」

我凝視著他明亮的琥珀色眼眸，試圖看穿他的靈魂。「我不知道。」我誠實地回答：

「我想，如果沒有你幫忙，我救不了你，也埋不了你。」

卡羅納大笑，聲音掠過我的肌膚，讓我想仰頭張臂，擁抱這悅耳的音調。「我想，妳說對了。」他微笑凝視我的眼睛。我趕緊轉頭，望向大海，想忘記他有多迷人。「我喜歡這地方。」我可以聽見他聲音裡帶著微笑。「在這裡，我感覺到力量——一種古代的力量。難怪他們選擇到這裡來。這裡讓我想起我在夜之屋裡竄起的那個能量之地，雖然這裡的土元素沒那麼強。這讓我覺得很舒服，很愉快。」

他的話裡有一個重點我聽懂了，所以我只回應他這一點。「我想，你在這座島嶼會覺得舒服，並不足爲奇，畢竟你不喜歡土。」

「關於土，我只喜歡一點，那就是依偎在妳懷裡。只是，妳擁抱得太久了，連我這麼喜愛享樂，都消受不了。」

我再次凝視他。他仍帶著笑容，溫柔地看著我。「你應該要明白，我眞的不是埃雅。」

他的笑容依然沒變。「不，我不明白。」然後他慢慢伸出手，將我的一綹黑髮抓在指間。他凝視我的眼，掌心滑過我的髮。

「我不可能是她。」我的聲音微微顫抖。「你從地底竄出時，我沒在土裡。過去十七年來，我一直住在**地面上**。」

他邊繼續撫摸我的頭髮，邊回答我。「埃雅已經離開幾世紀了，再次消融於造她的泥土。妳就是她，只不過透過人類女兒重生。就是因爲這樣，妳才與眾不同。」

「不可能。我不是她。你竄出時我根本不認得你。」我衝口而出。

「妳確定妳不認識我？」我可以感覺到他肌膚的寒氣直逼而來，而我想靠向他。我的心跳再次劇烈起來，只不過這次不是出於恐懼，而是出於渴望。我不曾這樣渴望過任何東西。他對我的吸引力，還遠甚於西斯的血。**不知卡羅納的血嘗起來如何**？想到這裡，我感受到一種禁忌的悸動。「妳也感覺到了。」他喃喃地說：「妳的存在是爲了我。妳是我的。」

他的話語劃破我的情欲迷霧。我起身，走到長椅的另一端，讓大理石扶手擋在我們中間。「不，我不是你的。我不屬於任何人，除了妮克絲和我自己。」

「妳總是聽命於那個陰鬱的女神！」他聲音裡親暱、誘人的感覺消失了。他再次變成喜怒無常，是非不分，意念一動就可以殺人的冷酷天使。「妳爲什麼堅持對她效忠？她又不在這裡。」他張開手臂，翅膀發出窸窸窣窣的聲音，彷彿有生命的披風。「妳最需要她時，她離開妳，讓妳犯錯。」

「這叫作自由意志。」我說。

「自由意志有什麼好？亙古以來，人類一直在濫用它。沒有它，生命可以更快活。」

我搖搖頭。「若沒有它，我就不是我，只會成爲你的傀儡。」

「妳不會。我不會奪走妳的意志。」他瞬間變臉，又成了令人喜愛的天使。這樣的他，是如此美麗，難怪有人願意拋棄自由意志，只爲了親近他。

幸好我不是那樣的人。

「你唯一能讓我愛你的辦法，就是奪走我的自由意志，然後命令我愛你，把我當成奴隸。」我做好心理準備，等著他勃然大怒。但他只冷冷地說：「那妳就是與我爲敵。」

他這話不像問句，所以我覺得最好別回答。我轉而問他：「卡羅納，你到底要什麼？」

「妳呀，當然是要妳呀，我的埃雅。」

我搖頭，不耐煩地揮手，不理這個答案。「不，我不是這個意思。我是說，一開始，你爲什麼在這裡？你不是凡人，你……」我停頓了一下，不確定問到什麼地步算是安全。然後，我決定乾脆直接問了，反正他都說我們會變成敵人了。「你墮落了，對吧？從某個，我不知道啦，某個許多凡人稱爲天堂的地方，墮落到人間。」我再次停頓，等他給我某種回應。

卡羅納微微頷首。「對。」

「你是故意墮落的？」

他似乎覺得我的問題很有趣。「對，是我選擇來到這裡。」

「你為何這麼做？你想要什麼？」

他的表情再度改變，散發出唯有不死者才有的光芒。卡羅納起身，張開雙手，展開雙翅，儀態尊貴威武，讓我很難逼視，但又無法不注視。

「一切！」他以神祇的聲音說：「我要一切！」

接著，他就站在我面前，一位光彩炫目的天使——不是墮落下來，而是神奇地出現在那裡，在我觸手可及的地方，平凡如同凡人，我碰觸得到，但又美得像神祇。

「妳確定妳不能愛我嗎？」他將我攬進懷裡，放下翅膀，以柔軟的黑暗包覆我。那黑暗的質感像毯子，恰與他身體發出的寒意成對比。他俯身，緩緩地將臉湊近我，彷彿給我時間抽離。最後，他將嘴唇貼在我的唇上。

這吻既冰冷又熾熱，而寒意貫穿我全身。我感覺到自己在墜落。我的世界只剩他的身體和靈魂。我想緊緊依偎著他，讓他迷失在我裡面。問題不是「我能愛他嗎？」，而是「我怎麼能不愛他？」即使永生永世擁抱他，占有他，愛他，也不可能讓我饜足。

永生永世擁抱他……

這念頭刺穿我。埃雅生來就是為了愛他，永生永世擁抱他。

喔，女神啊！我的心吶喊，**我真的是埃雅嗎**？

不，我不可能是她，我不會讓自己成爲埃雅！

我推開他。我們的擁抱是如此契合、激情的互相交付。我突然抗拒，讓他措手不及。他踉蹌後退，任我滑出他手臂和翅膀的雙層懷抱。

「不！」我像個瘋女人那樣，腦袋不停地前後搖擺。「我**不是**她！我是柔依．紅鳥。若我愛某人，那是因爲他值得我愛，而不是因爲我是一塊被賦予生命的泥土。」

他瞇起琥珀色眼睛，臉上閃過一道怒火，開始朝我逼近。

「**不**！」我大叫。

娜拉抓狂地嘶吼，我猛然驚醒。有人坐在我的床邊，用手擋住我胡亂揮舞的雙手。

「柔依！沒事。醒醒！啊！該死！」那人被我的拳頭擊中臉頰。

「別碰我！」我大喊。

「冷靜下來！」他一隻手抓住我兩隻手腕，另一隻手伸過去扭開我的床頭燈。

我眨巴著眼睛，看著坐在我床邊不斷揉搓著自己臉頰的人。

「史塔克，你跑來我房間做什麼？」

24

「我在外面走廊上，經過這裡，聽到妳的貓不斷嘶吼，然後妳開始叫喊。我以爲妳遇到麻煩了。」史塔克瞥向拉上厚重窗簾的窗戶。「我以爲，也許有一隻仿人鴉跑了進來。貓很討厭他們，妳知道的。總之，我是因爲這樣才闖進來。」

「你剛好路過我房間，在——」我望了一眼時鐘——「正午時分？」

他聳聳肩，嘴角上揚，露出那種我很喜歡的冷傲微笑。「嗯，應該說存心多於湊巧。」

「你現在可以放手了。」我說。

他不情願地鬆開我的手腕，但沒眞的放手，我得自行將手從他的手掌中抽出來。

「一定是很可怕的噩夢。」他說。

「對，很可怕。」我身體往後挪，靠在床頭板上。娜拉已經重新趴好，蜷縮在我旁邊。

「是怎樣的噩夢？」

我不理會他的問題，逕自問他：「你來這裡幹麼？」

「我說過了呀，我聽到妳房裡傳出聲音，而且——」

「不是這個。我問的是，一開始你怎麼會在我門外？況且，現在是正午。所有我知道的紅雛鬼在陽光底下會很不舒服，這個時候都在呼呼大睡。」

「對，我是該睡覺，不過，沒差啦，現在外頭沒陽光。冰天雪地，到處都灰濛濛的。」

「冰風暴還沒過去啊？」

「對，今天又有另一道冷鋒通過。若不像我們學校這樣，有發電機等設備，這會兒當人類可眞慘。」

那，安潔拉修女她們在修道院裡有沒有發電機？我眞的得跟她聯絡。跟她聯絡？要命，我必須趕去那裡啦。我好想阿嬤，而且我眞的受夠了身處險境的感覺。但我累到不行了。我睡了多久？我在腦中算了一下，大概五個鐘頭吧。唉。其中大半時間又都跟卡羅納耗在那個奇怪的夢境裡，根本沒休息到。

「嘿，妳看起來很累。」史塔克說。

「你還沒回答我的問題。你來這裡做什麼？我要你**老實說**。」

他的褐色眼眸凝視著我，吐出長長一口氣，然後說：「我必須見妳。」

「爲什麼？」我追問。當下的他，眼神正常，周圍沒有搏動的可怕暗影，看起來又像死而復活之前的史塔克了。這讓我有點錯亂，分不清虛實。只有他的紅色刺青在提醒我，他不再是原來的他了。

「他們會讓妳討厭我。」他衝口而出。

「他們是誰？還有，沒人能**讓**我覺得怎麼樣。」我一說完，腦海就閃過我在卡羅納懷裡的影像，但我立即小心地將這麼露骨的畫面給抹掉。

「他們——每一個人。」他說：「他們會告訴妳，我是惡魔，而妳會相信他們。」

我沒馬上回應，只是繼續盯著他。最後，他先把臉別開。「我不得不承認，**他們**認爲你不再是好人，是有道理的。畢竟你咬了蓓卡，跟卡羅納扯在一起，身上老背著那把百發百中的弓，隨時準備射箭。」我說。

「妳一向心裡想什麼，嘴上就說什麼嗎？」

「不是。不過我盡量誠實。聽著，我眞的很累，而且才剛做了噩夢。在這裡發生的事都不對勁，一堆事讓我困惑不已，而**你**又跑來找**我**。我可沒打電話給你，說：『嗨，史塔克，要不要溜來我房間？』所以，我實在沒心情跟你玩遊戲。」

「我不是偷溜進來。」他說。

「我想，這點不重要。」我說。

「我來這裡是因爲妳讓我有感覺。」他一口氣說出這句話。

「我讓你有什麼感覺?」

「就是有感覺。」他揉搓著額頭，彷彿頭在痛。「自從我死了又復活，我覺得部分的我仍是死的，無法再有感覺。起碼沒有好的感覺。」他一字一句地說，彷彿這些話很難說出口。「沒錯，我有衝動，尤其一段時間沒喝血的時候。但這不是眞的**感覺**。這只是生理反應。妳知道的，吃、睡、活著、死去，是無意識的行爲。」他痛苦地皺起臉，又別過頭去。「對我來說，攫取我需要的東西，像是對那女孩做的事，就是一種無意識的舉動。」

「蓓卡。」我冷冷地說:「她叫蓓卡。」

「好，她叫蓓卡。」他的臉往下沉。這時，他看起來不可怕，眼睛也沒露出紅光，但確實像個混蛋。我已經很累了，他這種表情實在惹毛了我。

「你侵犯她，你對她用強的。聽著，事情很簡單:如果你不要別人說你不好，你就不能再做不好的事。」我說。

他表情激動。我在他的眼眸深處瞥見一絲紅光。「她本來會喜歡的。若妳和那個戰士晚五分鐘出現，你們就會發現她對我又摟又抱的。」

「你在開玩笑吧?難道你眞的把心靈控制當作性愛前戲了?」

「妳在宿舍裡見到她時，她很難過嗎？還是她說我好性感，她有多想要我？」史塔克把問題拋回來給我。

「你認爲這代表你可以做這種事嗎？你迷惑她的心，讓她想跟你在一起。不管怎麼說，這就是一種侵犯，是不對的行爲。」

「但隨後妳吻了我。那時我可沒迷惑妳的心吧！」

「對，我最近對男生的品味很有問題。不過，我跟你保證，我現在一點也不想投進你的懷抱。」

他忽然起身，離開床邊。「我眞不知道我來這裡做什麼。我只能是我，不可能改變。」

他氣沖沖地大步走向門口。

「你可以改變。」

我輕聲說出這句話，這句話卻似乎在我們之間的空氣裡波動閃爍，圍繞著史塔克，拉住他的腳步。他站著不動好一會兒，拳頭緊握在身側，頭微低，彷彿正在跟自己交戰。然後，他背對著我說：「瞧，我就是這個意思。當妳對我說這樣的話，妳就又讓我有**感覺**了。」

「或許這是因爲我是現在唯一跟你說眞話的人。」我一開口，內心深處立刻察覺，這正是妮克絲要我說的話。我深吸一口氣，集中精神，循著在我眼前展開的線索，試著將史塔克破碎的人性給縫補起來。「我不認爲你是惡魔，但也不認爲你是好人。我看到的你，就是你眞正的樣子。但我相信，你是怎樣的人，你自己可以選擇。史塔克，你還不明白嗎？卡羅納和奈菲瑞特讓你變成現在這個樣子，是因爲他們要利用你。如果你不想變成他們創造出來的怪物，你就必須選擇不同的道路，對抗他們，也對抗圍繞在他們四周的黑暗。」我嘆一口氣，努力講對的話。「你看不出來嗎？如果好人撒手不管，邪惡就會得勝。」我一定觸動了史塔克的某一條神經，因爲他緩緩地轉身面對我。

「但我不是好人。」

「你以前是。我知道你是。就像我答應過你的，我沒忘記你，那時候的你。你可以再成爲好人。」

「聽妳這麼說，我好想相信妳說的話。」

「相信是第一步，行動是第二步。」我停了一下，見他沒有說話，爲了打破沉默，我說出腦海裡冒出的話。「你有沒有想過，爲什麼我們老是會碰在一起？」

他露出壞男孩的笑容。「有啊。我想，這是因爲妳很辣。」

我努力不對他微笑，但實在辦不到。「呃，我問的是別的原因。」

他聳聳肩。「對我來說，妳很辣就夠了。」

「那就謝啦。不過，我要說的不是這個。我在想，這一定跟妮克絲有關，而你對女神來說一定很重要。」

史塔克的笑容頓時消失。「女神不會想再跟我扯上關係的。」

「關於這一點，女神的旨意會讓你驚訝。還記得愛芙羅黛蒂嗎？」

他點點頭。「多少記得。就是那個很跩的女生，自以爲是愛神。」

「對，那就是愛芙羅黛蒂。她和妮克絲的關係跟你有點像。」希望這招有用。

「妳確定？」

「非常確定。」我說，忍不住打了個超級大呵欠。「對不起，我最近實在沒什麼睡。這裡帶給我很大的壓力，我人又受傷，還老做些可怕的噩夢。」

「關於妳的夢，我可以問一個問題嗎？」他說。我聳聳肩，睏倦地點點頭。「卡羅納曾出現在妳的夢裡嗎？」

我驚訝地眨眼看著他。「你爲什麼這麼問？」

「他會這招，進入別人的夢。」

「他到過你夢裡嗎？」

「沒有，但我無意間聽到雛鬼談論這事，他肯定出現在他們夢中了。只不過看來他們遠比妳喜歡夢裡有他出現。」

我想起夢裡的卡羅納有多性感，讓人很難不臣服於他的魔力。「嗯，不難想見。」

「有件事我想告訴妳，但又怕妳認爲這是我爲了占妳便宜而瞎掰的。」他說。

「什麼事？」他看起來非常不安，彷彿他打算要說的話讓他很緊張。

「如果妳不是單獨一個人睡，他比較難進入妳的夢。」

我狠狠瞪著他。他說得沒錯，這很像男生爲了騙女孩上床而瞎掰的。「我第一次夢見他時，可不是一個人睡。」我說。

「妳那次是跟男生睡在一起嗎？」

我的臉頰紅燙起來。「不是，是跟我的室友。」

「必須是男生才有效。他好像不想跟人競爭還是怎樣。」

「史塔克，這實在太扯了。還有，你怎麼可能知道卡羅納的這種小祕密？」

「他跟別人講話時，似乎不怎麼在意我在旁邊。有時他好像根本沒注意到我的存在。他跟利乏音提過和夢有關的事。卡羅納說他考慮讓仿人鴉駐守在女生與男生宿舍之間，隔開他們，但後來他認爲沒必要，因爲他可以輕易地控制雛鬼——不管有沒有進入他們的夢。」

「噁。」我說：「那老師呢？他們也全都被他控制了嗎？」

「顯然是。起碼沒人站出來跟他或奈菲瑞特作對。」

我本來以爲我這樣問，史塔克會起戒心，沒想到他似乎不在意，彷彿讓我知道這些事沒什麼大不了的。所以，我決定看看能打聽到什麼程度。「那冥界之子呢？我們剛回學校時有見到一個，但後來就沒見到過任何戰士。」

「冥界之子剩沒幾個了。」史塔克說。

「什麼意思？」

「我的意思是，很多冥界之子都死了。雪姬娜倒下時，冥界之子的領導人埃特大爲震驚，帶領戰士對卡羅納發動攻擊。不過，我認爲殺死雪姬娜的人不是卡羅納。」

「不是他殺的。是奈菲瑞特殺死雪姬娜。」

「哈，想也知道。奈菲瑞特是個會記仇的潑婦。」

「我還以爲你是她的爪牙呢。」

「不是。」

「確定？」

「確定。」

「那她知道嗎？」我問。

「不知道。」他說：「我一直記得我死之前妳對我說的一些話。妳試圖提醒我，要小心奈菲瑞特。嗯，妳說對了。」

「史塔克，她變了，對不對？我的意思是，她不再只是女祭司長。」我說。

「她不正常，這點毋庸置疑。她的法力很詭異。我發誓，她比卡羅納還更會窺探人。」他把頭別開，等再次轉頭看著我時，他的眼睛籠罩著很深很深的哀傷。「我眞希望當時在那裡的是妳，而不是奈菲瑞特。」

「在哪裡？」我問。但我心頭隨即揪緊，我已經明白他在說什麼。

「妳那時一直在監看我的身軀，對吧？用那台攝影機。」

「對。」我輕聲回答。「我請傑克安裝的，因爲我不想把你一個人丟在那裡。這是我所能想到監看你狀況的最好方法。後來我阿嬤發生車禍，整個情況失控……我很遺憾。」

「我也很遺憾。若我張開眼睛看到的是妳，而不是奈菲瑞特，情況就會完全不同。」

我想問他死後復活的整個過程是怎麼一回事，也想再多打探一些奈菲瑞特的事情，但他的神情黯淡下來，眼神充滿痛苦。

「聽著，」他忽然改變話題，「妳想要睡覺，我也累了。我們可以一起睡嗎？**只是**睡在一起，我保證我沒有其他意圖。」

「這樣不好。」我說。

「妳寧可讓卡羅納再次進入妳的夢？」

「不是。可是，我，呃，我不認為讓你跟我一起睡是個好主意。」

他的臉一沉，表情再次變得冰冷，但我仍可以看到他眼裡的痛苦。「因為妳認為我不會信守諾言。」

「不是，是因為我不想讓任何人知道你來這裡。」我誠實地回答。

「我會在任何人知道之前離開。」他小小聲地說。

忽然間，我知道我的反應可能可以幫他在掙扎中找回人性。克拉米夏那首詩的最後兩句在我腦海裡迴盪：**人性救了她／她會救我嗎**？我知道我該怎麼做了。「好，可以。不過你真的必須在任何人見到你之前離開這裡。」我說。

他驚喜地睜大眼睛，然後嘴角上揚，又露出那種壞男孩的得意微笑。「妳是說真的？」

「很不幸，對。過來吧，我就快睡著了。」

「酷！還有，我知道妳睏了，妳用不著再說一遍。我是惡魔，可不是白癡。」他迅速回到床邊。

我把身子挪到旁邊一點，也叫娜拉換個位置。她不爽地咕噥著，踱到床尾，迅速轉三圈後趴下。我發誓，她還沒把頭靠在腳掌上，就已經睡著了。我的視線從她移到史塔克，在他上床窩到我身邊前，火速伸出手臂，橫放在他要睡的那一側，阻止他躺下。

「幹麼？」他說。

「首先，你得把背上的弓箭給卸掉。要命，它們簡直長在你背上了。」

「喔，好。」他將掛住弓和箭袋的皮帶卸下，丟在床邊地板上。見我沒移開手，他說：「現在又怎麼了？」

「你該不會想穿著鞋子上我的床吧？」

「啊，對不起。」他咕噥著，踢掉鞋子，然後低頭看我。「還要我脫掉什麼嗎？」

我對他蹙起眉頭。難不成他身上穿著黑色T恤和牛仔褲，臉上掛著冷傲笑容的模樣還不夠辣啊？但我絕不會把這念頭告訴他。「不用。不許你再脫掉任何東西。上來吧，我快累斃了。」

他上床躺在我身邊後，我才發現，跟男生一起睡時，我的床實在太小了。我必須提醒自己，我眞的很累，而且史塔克跟我同床純粹是爲了讓我能好好休息。

「熄燈，好嗎？」我問他。我的聲音比我的感覺還要冷靜。

他伸手關燈。「那，妳明天會去上課嗎？」他問。

「會吧，我想。」我可不想跟他解釋爲什麼我剛受重傷，卻急著要去上課，所以我趕緊轉移話題：「而且我還得記得去看看車子，就是達瑞司送我們回來的那輛悍馬。我想，我把包包忘在車裡了。起碼我希望是留在那裡。搞丟包包很麻煩的。」

「喔，那東西可嚇死我了。」史塔克說。

「什麼東西嚇死你？」

「女生的手提包啊。至少妳們這些人放在包包裡面的怪東西經常很嚇人。」

「我們這些人？拜託，我們是女生欸，裡頭放的不過是女生的東西。」他那種一般臭男生的口氣聽起來很正常，我忍不住漾起笑容。

「包包這種東西怎麼可能**不過是**呢？」他說。我發誓，我感覺到他打了個哆嗦。

我這次大聲笑了出來。「我阿嬤會說你是一個謎。」

「這樣是好還是壞？」

「只是令人猜不透，甚至有點自相矛盾。舉例來說，一方面你像個勇猛威武的戰士，射箭百發百中，但另一方面女孩子的手提包卻能把你嚇得要死，好像它們是蜘蛛。」

他低聲哈哈笑。「蜘蛛？什麼意思？」

「我不喜歡蜘蛛，一點都不喜歡。」我打了個哆嗦，像他剛才那樣。

「喔，我明白了。沒錯，對我來說，手提包就像蜘蛛，一種可以打開的大蜘蛛，裡頭裝了一整窩蜘蛛寶寶。」

「好了！好了！你會害我噁心死。我們換個話題吧。」

「好啊。那麼……我想，妳必須碰觸到跟妳一起睡覺的人，卡羅納才不會入夢。」在黑暗中，他的聲音從我身旁傳來，聽起來有一種親密感。

「是喔。」我胸口小鹿亂撞，而這可不是因爲我們剛談到蜘蛛。

他重重嘆了一口氣，彷彿忍了很久。「我說的是實話。不然妳以爲妳跟室友睡的時候他怎麼還是出現？兩個人必須互相碰觸到，男生與女生的那種碰觸。我想，男生跟男生也行，比如戴米恩和他男友。甚至女生和女生，如果她們相互來電的話。」他頓了一下。「我想，我在語無倫次了。」

「我也這麼覺得。」事實上，我一緊張就會語無倫次。這會兒遇見有人跟我一樣，感覺眞新鮮。

「妳眞的不用怕我。我絕對不會傷害妳。」

「因爲你知道我能用元素把你扁得落花流水？」

「因爲我在乎妳。」他說：「那時，妳也開始在乎我了，對不對？我是指我發生這些事情之前。」

「對。」我知道，我應該趁這個機會告訴他，艾瑞克和我算是復合了。我甚至應該提一下西斯的事（或者，也許別提）。但此時我正試著要拾回史塔克的人性，提這件事恐怕於事無補——我總不能告訴他：**嘿，我雖然跟你一起睡，而且表現得好像很在乎你，但我可以說已經有男友了喔，而且可能有兩個**。不過，另一方面，我眞的該對自己誠實了。艾瑞克似乎很適合我，每個人都認爲我應該跟他在一起。那麼，爲什麼我又老是喜歡上別的男生呢？甚至在他還沒顯露那種強烈的占有欲之前，我就這樣了。那時，我不僅和西斯分不了手，還被羅倫吸引，後來又有史塔克。我唯一能想到的原因，就是艾瑞克身上一定少了什麼；要不，就是我變成蕩女了。可是，我完全**不覺得**自己是個蕩女呀。我只覺得，我是個喜歡上好幾個男生的女孩子。

史塔克在我旁邊挪動身子。當他舉起靠我這邊的那隻手，我差點沒嚇得跳起來。「來，妳可以把頭靠在我的胸膛上睡覺。我會保護妳的安全。我保證。」

我將艾瑞克的問題甩開，心想，反正我已經跟他同床了。於是我靠了過去。他的手環住我的肩膀，我有點笨拙地把頭枕在他的胸膛上，試著放鬆下來。但我一直在想，他這樣舒服嗎？我會不會太重？會不會跟他靠太近？或者靠得不夠近？

然後，他舉起另一隻手，摸我的頭。一開始我以爲他要移動我的頭（因爲太重了），或者要掐死我之類的。所以，當他開始像安撫受驚的馬兒那樣撫摸我的頭髮時，我嚇了一跳。

「妳的頭髮眞的好漂亮。我死之前跟妳提過沒？或者我只是在心裡這麼想？」

「你應該只是在心裡這麼想。」我說。

「那我要告訴妳，今天看見妳裸體時，我覺得妳眞的好辣。不過，或許我不應該告訴妳，因爲現在我們一起躺在床上，卻不打算做什麼。」

「別說這個。」我全身緊繃，準備從他的手臂抽身而出。

他呵呵笑，壓在我耳朵底下的胸膛隆隆作響。「放輕鬆，好嗎？」

「那就別提你看見我裸體的事。」

「好。」他靜靜地撫摸我的頭髮好一會兒，然後說：「那隻仿人鴉把妳傷得很重。」

這不是問句，但我還是回答：「是啊。」

「卡羅納不想見到妳受傷害，所以那隻仿人鴉回來以後肯定有大麻煩。」

「他回不來了。我殺死了他，把他燒了。」我淡淡地說。

「很好。」他說：「柔依，妳可以再答應我一件事嗎？」

「應該可以吧。不過，我信守對你的承諾時，你似乎不怎麼高興。」

「如果妳信守現在這個承諾，我會很高興。」

「這次你要我答應什麼？」

「答應我，如果我變成像他們那樣的惡魔，妳也要燒死我。」

「我不喜歡承諾這種事。」我說。

「嗯，考慮一下吧，有一天妳很有可能必須履行這個承諾。」

我們再次陷入沉默。房裡唯一的聲音，是床尾娜拉輕柔的打呼聲，以及我耳朵底下史塔克規律的心跳聲。他繼續撫摸我的頭髮，沒多久我的眼皮開始變得很沉重。但在睡著之前，我還有一件事想告訴他。

「你可以爲我做一件事嗎？」我睡意深濃地問。

「我想，我願意爲妳做幾乎任何事。」史塔克說。

「別再說自己是惡魔了。」

他的手僵住片刻。然後他輕輕挪動身子，我感覺到他的嘴唇貼住我的額頭。「睡吧，我會守著妳。」他繼續撫摸我的頭髮，我沉沉入睡。卡羅納一次也沒有再進入我的夢中。

25

我醒來時，史塔克已經走了。我覺得自己煥然一新，但也饑腸轆轆。我伸懶腰打呵欠時，發現旁邊枕頭上放了一支箭，已折斷成兩截。我來自斷箭市，當然知道它的含義——和平、結束對立。斷箭底下壓了一張摺起來的紙條，上面寫我的名字。我打開：**妳睡覺時我看著妳，妳一臉安詳。但願我也能有那種感覺，但願我閉上眼睛時也能覺得平靜，但我不能。除非跟妳在一起，我什麼感覺都沒有，而即便有感覺，我也只是渴望著自己不能擁有的——起碼現在還不能。所以我留下這個，和我的平靜，給妳。史塔克。**

「什麼意思啊？」我問娜拉。她打了個噴嚏，不悅地對我**喵—呦—嗚**了一聲，跳下床，走到她的食物碗，然後回頭看我，發了瘋似地喵喵叫。「好，好，我知道，我也餓了。」我餵她，邊穿衣服邊想著史塔克，準備迎接一個我確信會非常詭異的上學日。「今天我們要離開這裡。」用電髮棒稍微順了一下頭髮時，我看著鏡中的自己，堅定地說。

我匆匆下樓到餐廳，拿了我最喜歡的「巧古拉伯爵」穀物脆片，便加入孿生的。她們兩人頭靠在一起，竊竊私語，一臉嫌惡的表情。「嘿，兩位，」我給自己倒了一大碗香濃的巧克力牛奶，在她們旁邊坐下。「怎麼啦？」

「妳在這裡坐一下，就會發現哪裡不對勁。」依琳壓低聲音說。

「對，好好觀察那些外星異形冒充的豆莢人吧。」簫妮小小聲地接腔。

「好～～」我邊拉長尾音說，邊添了些牛奶到碗裡，然後若無其事地觀察四周的女生。一開始我真的沒注意到什麼，只見到大家忙著挑取蛋白棒、穀物脆片或其他食物，隨後才明白，詭異的地方不在於我看到的，而是在於我沒看到的。一反常態，這會兒，沒人說笑嬉鬧，沒人談論男孩子，也沒人抱怨功課沒做完。事實上，幾乎沒人說話。大家只是嚼食、呼吸、微笑。我投給孿生的一個「搞什麼鬼啊」的眼神。

豆莢人，依琳以嘴型告訴我，簫妮則在一旁點頭附和。「幾乎跟王八史塔克一樣討厭。」依琳壓低聲音說。

「史塔克？他怎樣？」我盡可能裝出天真的模樣，掩飾內心的罪惡感。

「妳還在樓上時，那渾球旁若無人地從這裡走過，彷彿這地方是他的，他不在乎別人知道他剛強暴了哪個可憐的豆莢女孩。」簫妮繼續壓低了聲音說。

「就是，妳真該看看剛才蓓卡的模樣，真像一隻小狗跟在他後頭喘氣。」依琳說。

「那他有什麼反應？」我問，屏住呼吸等待答案。

「眞可悲，他幾乎連看都沒看她一眼。」簫妮說。

「簡直像衛生紙，被人拿來擤了鼻涕後，揉成一團，丟到一旁。」依琳說。

我開始在腦子裡盤算，看能不能說些什麼話，來打探史塔克剛才做了什麼或沒做什麼，而又不會讓孿生的看出我很關心他。此外，我也在想，是不是該說點什麼話，委婉地替史塔克辯護一下。這時，我看見依琳雙眼圓睜，直盯著我身後。

「唷，說人人到，說鬼鬼到。」簫妮用她最刻薄的口吻說。

「眞的。」依琳接腔。

「走錯桌位了啦。」簫妮說。「你那些跟班的都在那邊，那邊，還有那邊，」她的手朝滿屋子忽然停止進食，盯著我後背的那些女孩亂指一通，「就是不在這邊。」

我坐在轉椅上迅速轉身，抬頭看見史塔克。我們四目相接，我的眼睛驚愕圓睜，而他的眼睛深邃溫暖。我幾乎可以聽到他用眼神對我發出詢問。

我不理會其他人，逕自對他說：「嗨，史塔克。」我留意語氣，不讓自己顯得過於友善或冷漠。

「妳的氣色比我上次見到的樣子好多了。」他說。

我可以感覺到我的臉頰紅燙起來。他上次見到我時，我們同床共眠。我繼續凝視他的眼睛，思索著在眾人面前到底該跟他說什麼。這時，依琳開口說：「很驚訝吧，她看起來氣色竟然比昨晚你咬蓓卡的時候好。」

「就是，昨晚那種畫面任何人看了都會臉色蒼白吧。」簫妮接著說。

史塔克的視線從我移向孿生的。我看見他眼裡出現嚇人的紅光。「我在跟柔依說話，不是跟妳們兩個。所以，閉嘴！」

他的聲音讓人心驚膽戰。他沒咆哮，表情也幾乎沒變，但他散發的感覺讓人彷彿看到一條蛇被觸怒了，盤繞著身軀，正嘶嘶吐信，準備攻擊。再定睛一看，我看見他周圍的空氣泛起漣漪，彷彿炎夏裡鐵皮屋頂上升騰的熱氣。我不知道孿生的有沒有看到，但她們肯定察覺到了什麼，因爲她們臉色發白。但我只瞄了她們一眼，便把目光焦點放在史塔克身上，因爲我瞥見了他提到過的惡魔。看見他瞬間變化的面貌，我想起找回人性之前的史蒂薇．蕾。

所以，我這麼在乎史塔克就是因爲這個嗎？因爲我見過史蒂薇．蕾與黑暗搏鬥，贏得勝利，而我渴望他也辦得到？有一件事倒很確定，那是我從史蒂薇．蕾身上學到的：處於這種階段的雛鬼是很危險的生物。

我保持聲音鎮靜，問他：「史塔克，你想跟我說什麼？」

我看見他在掙扎，和那個正想一躍跳過桌子，吃掉孿生的的惡魔交戰。終於，他將目光移回我身上，雙眼仍微微發出紅光。他說：「我沒什麼要說的。但我找到這個。這是妳的，對吧？」他舉起手，手裡抓著我的手提包。

我看看手提包，再看看他，然後又將視線移回手提包。我想起他說他怕女生的包包就像我怕蜘蛛。我再次凝視他的眼睛時，不禁泛起微笑。「謝謝，是我的包包。」我伸手接過包，碰到他的手。「有個男生告訴過我，女孩子的手提包讓他想起蜘蛛。」我說。

彷彿有道開關啪地關上，他眼裡的紅光消失，四周的黑暗也不見了。他的一根手指勾住我的手指，才一剎那，他放開手提包和我的手。「蜘蛛？妳確定他是這麼說的？」他說。

「我很確定。再次謝謝你幫我找到這個。」

他聳聳肩，轉身，吊兒郎當地走出房間。他一離開，除了孿生的和我，所有雛鬼開始興奮地竊竊私語，都說史塔克有多辣。我默默地吃著穀物脆片。

「好，他眞是令人毛骨悚然。」簫妮說。

「史蒂薇．蕾蛻變之前就像這樣子嗎？」依琳問。

我點點頭。「對，基本上就像這樣子。」我壓低聲音回答，然後說：「妳們注意到他身邊的空氣有什麼異狀嗎？比方說，出現奇怪的漣漪，或特別暗的黑影？」

「沒有，我只顧擔心他會吃掉我，沒注意他周圍。」依琳說。

「我也是。」簫妮說：「所以，他沒嚇到妳，是因爲史蒂薇．蕾曾經是這個樣子？」

我聳起一邊肩膀，拿滿嘴的「巧古拉伯爵」當藉口，沒回答她。

「嘿，我知道克拉米夏的詩說什麼，」依琳說：「但妳還是得提防他。他徹頭徹尾是個壞蛋。」

「況且，那首詩談的還不一定是他。」簫妮說。

「兩位，妳們非得現在談這個話題嗎？」我把食物吞下後說。

「沒有啦，他對我們來說根本不重要。」簫妮趕緊說。

「就是說嘛。」依琳說：「對了，妳最好檢查一下包包，確定他沒偷妳的東西。」

「喔，好啦。」我打開手提包，往裡頭看，一邊翻尋，一邊說出裡頭的東西。「手機……唇蜜……漂亮的太陽眼鏡……錢包，好，錢和駕照都在……還有——」我倏地打住，因爲我發現一張紙條，上面畫了一支斷箭，斷箭下方寫了一行字：**昨晚謝謝妳**。

「怎麼啦？有東西被他摸走嗎？」依琳問，探過頭來，想往包包裡頭看。

我迅速闔上手提包。「沒有，只是看到用過的噁心面紙。我倒希望他把它摸走。」

「嗯，我還是要說他是混蛋。」依琳咕噥著。

我點點頭，隨便敷衍一下，繼續吃我的穀物脆片，努力不去想史塔克溫暖的手昨晚撫摸過我的頭髮。

如果教我們西班牙語的嘉蜜老師沒變成豆莢人，她一定會說，今天的課實在no bueno para me（不適合我）。最慘的是，若能撇開無所不在的仿人鴉不談，我幾乎可以說服自己，學校裡一切正常如昔。只不過，「幾乎」這個字眼才是關鍵。

由於我的課表被雪姬娜調整過，現在我的同學都跟以前不一樣。上課時沒有戴米恩或孿生的作伴，自然無助於穩定我的情緒。此外，我一直沒見到愛芙羅黛蒂，忍不住擔心起她和達瑞司會不會被仿人鴉吃掉。不過，當然，我太了解愛芙羅黛蒂了，知道他們大概還在她房裡玩「檢查身體」的遊戲。

我心裡想著這個噁心畫面，挑了一張桌子坐下，準備上第一堂課，「文學二」。喔，雪姬娜爲了讓我上進階吸血鬼社會學而調整我的課表，但她沒告訴我，我現在也得跳級上進階的文學課和西班牙語課。因此，等著潘特西莉亞老師發放上課講義時，我的胃開始翻攪，猜想待會兒瞪著過度艱深的文學作品，我會昏昏沉沉地睡著。然而，說不定我多慮了，潘老師站在那兒，依舊一副愛好文藝的優雅氣質。只是，不對，她的作風完全變了個樣，發下來的居然是文法練習題。對，就是文法練習題。雙面影印，長達六頁的練習題紙，要我們糾正標點誤用，分析複雜句。她可是在文學課上教我們讀《鐵達尼號沉沒記》的潘老師欸！

我抬起頭，望向坐在教室前方的潘老師，看到她面無表情地盯著她的電腦螢幕。很好，潘特西莉亞老師已經變成豆莢老師了。

接下來是西班牙語課。這堂「西班牙語二」對我來說當然過於艱深（要命，初級的「西班牙語一」就讓我招架不住了！），更慘的是嘉蜜老師也變得不像老師了。以前這堂課基本上不講英語，讓我們完全沉浸在西班牙語裡，但現在她整堂課緊張兮兮地在教室裡走來走去，用英語幫助各別學生以西語描述她畫在電子白板上的一群貓咪。呃，gatos（貓）纏在，嗯，hilo（線）裡。她的刺青像羽毛，以前我看到她總會想起西班牙小鳥。現在，她的神色像神經質的麻雀，從一個學生跳到另一個學生身邊，一副快要神經崩潰的模樣。

嗯，豆莢老師二號。

不過，只要能讓我不去上第三堂課，我寧願留在嘉蜜老師這堂讓我滿頭霧水的西語課。第三堂課，沒錯，是進階吸血鬼社會學。這堂課的老師——你猜對了——就是奈菲瑞特。

不論我多麼努力說服自己，這不過是另一堂課，我仍緊張得要死。一走進教室，我直接走到後面找一個座位坐下，並垂下頭來，試圖模仿那種懶蟲學生：一上課就睡覺，醒來只爲了從一個教室晃到另一個教室，額頭有鮮明的粉紅色睡痕。

假如奈菲瑞特也變成了豆莢老師，我這招或許有用。可惜，她沒變。奈菲瑞特神采奕奕，臉上掛著一種特殊的笑容。不知情的人會認爲，那是心情愉悅的表現。但我知道，這是詭計得逞，洋洋得意的表情。奈菲瑞特就像一隻肚子鼓脹的蜘蛛，咬下所有人的腦袋後散發出勝利的光澤，熱中於策畫下一場殺戮。

我再度注意到，她衣服上沒有妮克絲的標誌，也就是以銀線繡在胸口，雙手捧著弦月的女神圖像。相反地，她戴著一條金鍊，墜子是一雙以純黑石頭雕鑿而成的翅膀。我不懂，爲什麼沒有人注意到她已經徹底不正常了。我也不懂，爲什麼沒有人注意到她散發出黑色能量，盈滿她四周的空氣。

「今天的課，我們把重點放在一種特殊能力。有時，某些高年級的雛鬼也懂得運用這種法力。但基本上這是只有成鬼才具備的能力。所以，你們暫時不用參考《雛鬼手冊》，除非你想在談生理那個章節多寫點筆記。請打開課本第四二六頁，這章談的是隱身術。」奈菲瑞特輕易就吸引了這一小班學生的注意力。她穿著一件黑色洋裝，鑲邊的金線宛若流動的金屬，在教室前方來回踱步，儀態雍容華貴。她將赭紅色頭髮綰到背後，幾綹微微鬈曲的髮絲垂掛在臉龐兩側，更襯托出容貌的姣好。同時，她聲音優雅悅耳，說話清晰動聽。

總之，她徹徹底底嚇死我了。

「現在，我要請你們自己念這一章。你們的功課就是把接下來五天做的夢記錄下來。隱密的欲望和法力通常會在夢中浮現。我要大家睡覺前先專心閱讀這部分，同時思考隱身術對你的意義。你有什麼幽暗的祕密不想被世人窺知？如果沒人可以發現，你想去哪裡？如果沒人見得到你，你想做什麼？」她停頓一下，逐一打量每個學生。有些學生害羞地看著她微笑，有些則內疚地別開頭。總而言之，這堂課比上兩堂課有生氣多了。

「布蘭妮，親愛的，可以請妳大聲念出第四三二頁談隱身術這一段嗎？」

一個深褐色頭髮，身材嬌小的女孩子點點頭，翻到那一頁，開始念：

隱身術

多數雛鬼都知道，他們具備一種固有的能力，能夠隱藏自己的形跡，讓外人——也就是人類——看不見。雛鬼素來有一種傳統，那就是，溜出校園，在人類居住的社區舉行儀式，來練習這種能力。然而，這只是讓雛鬼稍微領略成鬼才能駕馭的能力。即便是不具備感應力的吸血鬼，也能召喚黑夜，來隱藏自己的行動，遮蔽人類薄弱的感官知覺。

奈菲瑞特打斷布蘭妮，說：「大家從這一章可以學到，任何吸血鬼都能神不知鬼不覺地在人類當中遊走。這種能力非常實用，因爲人類總是恣意評斷我們的行爲。」

我皺眉看著課本，心想，不可能只有我注意到奈菲瑞特對人類的偏見吧。這時，她的聲音從我的座位旁像鞭子似地朝我襲來。

「柔依，很高興妳來上這堂更適合妳能力的課。」

我慢慢抬起頭，望著她那雙冰冷的綠色眼眸，努力讓自己聽起來跟其他雛鬼沒兩樣。「謝謝，我一直都很喜歡上吸血鬼社會學的課。」

她對我微笑，那模樣讓我忽然想起《異形》裡的怪物。在這部由雪歌妮薇佛主演的老電影裡，可怕的外星生物會吃人。「很好。那就由妳來念這一頁的最後一段吧。」她說。

我很高興自己可以趁機低下頭來。於是，我低頭看著課本，開始念：

雛鬼要注意，隱身術非常耗費體力，想召喚並留住黑夜，以便長時間隱身，需要很強大的專注力。所以，雛鬼必須了解，隱身術有其侷限，例如：

一、施展這種法力非常消耗能量，會造成極度虛弱。

二、隱身術只適用於有機物，所以天然狀態（亦即裸體）比較容易隱身。

三、試圖讓汽車、摩托車甚或腳踏車隱形，是徒勞之舉。

四、如同所有的其他法力，施展隱身術也必須付出代價。有些吸血鬼會疲倦和頭痛，但有些吸血鬼的情況可能更嚴重。

我念到這一頁結束，抬頭看她。

「念到這裡就夠了。柔依，請告訴我，從這一段妳學到什麼？」她的眼睛穿透我。

嗯，事實上，我剛剛學到，除非我們獲准離開，否則我和我的朋友沒辦法開著那輛悍馬車逃離夜之屋。但是，我當然不會這麼說。我裝出好學生的模樣，告訴她：「車輛和房子這些東西無法隱形，逃過人類的眼睛。」

「也逃不過吸血鬼的眼睛。」她說，語氣篤定。不知情的人——以及身體被外星異形占據的人——或許會以為，那是一個老師關切學生的語氣。「千萬別忘記，吸血鬼能看穿被遮掩的無機物。」

「我會記住的。」我鄭重地回答。而且，我真的記住了。

26

午飯前的最後一堂課是擊劍課。龍老師說我看起來很疲憊，要我坐在場邊觀看其他學生練習。其實，我現在一點都不覺得疲倦。我從包包裡掏出小鏡子，爲自己的嘴唇補上唇蜜時，我覺得，我看起來氣色似乎不算糟。

乍看之下，龍老師也像我阿嬤所說的「謎」。首先，他個子矮小；其次，他長得很可愛。眞的可愛，像那種居家型老爸，會烘焙糕餅，緊急時甚至會幫女兒縫裙子摺邊。在這個男性吸血鬼多半扮演戰士和保護者角色的世界裡，矮小可愛的男性通常不太引人注目。不過，龍老師一旦拿起劍，就完全變了一個人，表情嚴峻，身手矯捷，動作迅疾，手上的劍成了最致命的武器，彷彿擁有自己的生命，煥發出驚人的威力。

這班雛鬼似乎沒那麼像豆莢人。但這或許是因爲這堂課主要是體能訓練，不是心智活動。當我更仔細觀察，我發現，居然沒有人互相逗弄打趣，個個一本正經，彷彿在出什麼任務。這實在詭異。

有幾個學生做出連我都看得出來的錯誤動作，正常情況下肯定會被龍老師斥責幾句。我不禁皺眉看著他們。這時，龍老師走過來，擋住我的視線。我眨了眨眼，重新將目光聚焦在他身上。

他緩慢地，清楚地對我使了一個眼色，然後才轉身面對場上的學生。

就在這時，他那隻碩大的緬因貓走過來，坐在我身邊，舔自己巨大的腳掌。

「嗨，影疾，你好。」我搔搔他的頭。打從差點命喪仿人鴉的爪下，我心裡從未像現在這麼充滿希望過。

雖然學校已經變成噩夢，危險無處不在，但至少午餐時光形同綠洲，讓我得以休憩、喘息。我拿了一堆喜歡的食物，包括義大利麵和可樂，加入戴米恩和孿生的，坐在我們習慣的那個雅座裡。

「你們有什麼發現嗎？」我一邊大口吃大蒜番茄起司義大利麵，一邊壓低聲音問他們。

「妳看起來好多了。」戴米恩說，音量大了些，顯然不是在說悄悄話。

「我是覺得好多了。」我說，投給他一個「搞什麼，幹麼那麼大聲」的眼神。

「我在想，我們眞的得好好複習新辭彙，好應付下個禮拜的文學課測驗。」戴米恩大聲說，打開他那本隨身攜帶的筆記本，拿出一支2B鉛筆。

孿生的痛苦呻吟，我則對他皺眉。難不成他在我們面前也要扮豆莢人啊？

「聽著，即使這裡變了，不代表妳們可以讓成績下滑。」他說。

「戴米恩，你這樣很惹人厭欸。」簫妮說。

「豈止。你這套詞彙把戲超級惹人厭，我——」依琳話還沒說完，戴米恩已經在桌上將筆記本轉一圈，好讓我們看見他寫在一串詞彙底下的句子。

仿人鴉@每扇窗戶，他們的聽力超級好。

孿生的和我迅速交換個眼色，然後我嘆一口氣，說：「好，戴米恩，隨便啦，我們就跟你一起學那些混帳詞彙吧。不過，我同意孿生的，你確實很惹人厭。」

「好，那我們就從『如簧之舌』開始。」他用鉛筆指著這個詞。

簫妮聳聳肩。「是《星艦迷航記》裡的東西嗎？」

「我也是這樣覺得。」依琳說。

戴米恩對她們兩人露出嫌惡的表情。我知道那表情他不用裝。「不對，蠢蛋。是這個意思啦。」他寫道：**龍老師是我方人馬**。「好，依琳，妳來試試下一個詞，『丰姿冶麗』。」

「喔~，我知道它是什麼意思。」簫妮說，把戴米恩要遞給依琳的鉛筆搶過來，在「丰姿治麗」旁邊迅速寫下：**我！**然後在下面潦草地寫道：**安娜塔西亞也是**。

「下一個詞我來解釋。」我說，但壓根兒不理會下一個詞是什麼，直接寫下：**我們今晚得離開這裡，但不能用悍馬，無法隱形**。我頓住，咬了咬嘴唇，然後補上一句：**務必小心，奈知道我們想離開**。「我看，我還是想不出下一個詞的意思。戴米恩，可以爲我解釋嗎？」

「沒問題。」戴米恩寫道：**我們是得盡速離開這裡，在他們阻撓我們之前**。

「好，等等，我來試試下一個詞。先讓我想一下。」我在思考時，大家沉默進食，但我想的並非「周遍」這個詞（說眞的，我就算思考一輩子，也想不出那是什麼意思）。

我們必須離開，用我的隱身術掩護，而且盡速。但奈菲瑞特已經預料我們會脫逃。她話已經說得很白。這代表，她會仔細聆聽我們交談。不只派仿人鴉偷聽，也會在距離夠近時，親自潛入孿生的和戴米恩的心裡竊聽。我再次鬆了一口氣，因爲只有我和史蒂薇·蕾知道，我要去的地方是本篤會修道院而非火車站坑道。幸虧我想到傳紙條的辦法，以及——

「有了！」

孿生的和戴米恩瞪著我。我咧嘴笑著看他們。「我知道『周遍』的意思了！」我撒謊。

「而且我想到了一個學習辭彙的好辦法。我把一些詞的定義寫在紙條上，給你們每人一張，你們學過後，就把紙條還我，我再給你們另一張。有點像字卡。」

「妳在發什麼神經啊?」簫妮說。

「不,」戴米恩興沖沖地說:「這是個好點子,一定很好玩。」

我把筆記本的紙張撕成一條一條,然後在上面振筆直書:**去馬舍**。仔細摺好每一張後,我說:「仔細回想我們剛剛學到的辭彙。今天第六堂課下課鐘聲響之後,才能讀我現在給你們的新詞。我是說眞的。」然後我將「新詞」交給他們。

「好,好,我們懂了。」依琳說,把紙條塞進身上那件設計款牛仔褲的口袋。

「好,隨便啦,反正妳也要變成老師了。這可不是恭維喔。」簫妮說,接過她的紙條。

「記住,下課鐘響之前不許偷看。」我說。

「不會偷看的。」戴米恩說:「而且,看紙條的時候,也許我們應該召喚元素來幫助我們專心。」

「對!」我說,感激地對戴米恩微笑。

「說到這個,」簫妮抓起那張我們在上面寫了一堆字的紙,「我要把它帶到女生廁所,用我的元素好好再研讀一番。」她嚴肅地看著我,我對她點點頭。我知道她要召喚火將我們「圖謀不軌」的證據毀屍滅跡。

「我跟妳一起去,孿生的。妳可能需要我,呃,協助。」依琳趕緊起身跟上去。

「起碼我們不必擔心簫妮會不小心把學校燒了。」戴米恩壓低聲音說。

「哇咧，餓死了！」愛芙羅黛蒂一陣風似地衝過來，一屁股坐在我旁邊，盤子裡裝滿義大利麵。她看起來依然是美女一個，但略顯緊張。她通常讓頭髮披垂在肩上，今天卻紮成一個時髦的馬尾髮型，只不過這馬尾看起來一團亂。

「妳還好嗎？」我悄聲問她，對她使個眼色，並朝窗戶瞥了一眼，希望她懂我的意思。

愛芙羅黛蒂隨著我的視線望過去，微微點頭，低聲回答我：「我沒事。達瑞司好**快**！」看來達瑞司起碼用他的超級速度帶她跑過一些地方。霎時，我眞遺憾他無法一個個將我們全部帶離這裡。嗯，緊急狀況下，或許他還是可以護送一兩個雛鬼離開吧。

「他們無所不在。」愛芙羅黛蒂的聲音好小，小到我幾乎聽不見。

「圍繞整個校園？」戴米恩悄聲問。

愛芙羅黛蒂點點頭，將義大利麵往嘴裡鏟。「他們也潛伏在校園裡各個角落。」她邊吃邊說，始終壓低聲音。「不過，他們的目的顯然主要是防止任何人暗中進出校園。」

「我們肯定得暗中出去。」我說，然後望向戴米恩。「我要跟愛芙羅黛蒂說話，得麻煩你離開。可以體諒吧？」

他一開始一臉受傷，但隨即露出了解的眼神。想必他已經想到，我跟愛芙羅黛蒂可以暢所欲言，毋需擔心奈菲瑞特會潛入她的心裡窺探。

「我了解。」他說，「那，就待會兒見……」他拖長尾音，讓這句話變成問句。

「記得讀我給你的辭彙紙條，好嗎？」

他笑笑說：「好。」

「辭彙紙條？」他離去後愛芙羅黛蒂問。

「我要他們放學後立刻到馬舍碰頭，但又不要他們事先知道，免得被奈菲瑞特窺知，所以用了這一招。這樣，奈菲瑞特得一段時間後才可能知道我們要幹什麼。」

「到時我們就要動身離開了？」

「希望如此。」我壓低聲音，靠向愛芙羅黛蒂，不在乎仿人鴉看到我們兩人頭靠這麼近而起疑心。至少他們無法潛入我們的腦袋。「放學後盡速和達瑞司到馬舍。龍老師和安娜塔西亞都是我們這一國的。我希望這就表示貓咪給我們的線索是正確的，而蕾諾比亞也眞的站在我們這邊。」

「換句話說，她會幫助我們利用馬舍旁邊防守最弱的地方離開？」

「對。好，接下來我告訴妳的話，千萬**別**告訴任何人，連達瑞司都不能說。妳發誓？」

「好，好，隨便啦。我發誓，否則不得好——」

「妳發誓不說出去就夠了。」我阻止她說下去，不想聽到她嘴巴冒出「死」字。

「我不會說的。好，妳要說什麼？」

「我們離開這裡後，不是要回火車站的坑道，而是要去本篤會修道院。」

她看我的眼神好犀利。她其實遠比多數人所以爲的聰明。「妳眞的認爲這是好主意？」

「我信任安潔拉修女，而且我對坑道有不好的感覺。」

「啊，要命。我就討厭妳這麼說。」

「我也不喜歡啊！不過，我在坑道裡眞的感覺到一種黑暗。後來，我又遇見很多次。」

「奈菲瑞特。」愛芙羅黛蒂悄聲說。

「恐怕是。」我說：「我覺得那些修女的力量足以阻遏她。此外，安潔拉修女跟我說過，修道院裡有個能量之地。她好像把那地方稱爲聖母洞。」我邊說，邊感受到心裡的篤定。我知道，這表示妮克絲很高興我做這樣的決定。「或許我們可以利用那裡的能量，就像以前我們利用東牆邊的能量一樣。最起碼，它也許能幫我掩蔽大家。」

「聖母洞？聽起來很像應該在海裡，而不是在陶沙市。聽著，妳必須記住，東牆那裡的能量被濫用的程度跟被善用的程度不相上下。」她說：「對了，史蒂薇·蕾和她那些怪胎呢？還有妳那兩個男友呢？」

「他們也會去那裡，至少我希望他們去得了。仿人鴉一直守在火車站，除非史蒂薇．蕾想出辦法躲開他們，否則我眞怕他們會抓住她。」

「嗯，根據我先前跟史蒂薇．蕾相處那兩天的經驗，我可以告訴妳，她很有一些手段，只不過有些手段不怎麼好。」她停頓下來，顯得有些侷促不安。

「怎麼了？」我催促她說出來。

「聽著，如果我告訴妳，妳保證一定要相信我。」

「好，我保證。到底是怎樣？」

「嗯，說到妳這個鄉巴佬好友和她的囊中法寶，我想起一件事。這事就發生在她和我，呃，妳知道的，」

「相互烙印之後？」我替她說出來，忍俊不住。

「一點都不好笑，臭屁鬼。」她沒好氣地頂我。「總之，記不記得妳問史蒂薇．蕾坑道有多大之類的事情時，她的反應？」

「我記得。」當時的情景在心頭浮現，我的胃揪緊。那時，達瑞司問史蒂薇．蕾有多少紅雛鬼，她顯得很不安。我做好心理準備，等著聽愛芙羅黛蒂告訴我實情。

「她對妳撒謊。」

我有感覺愛芙羅黛蒂會這麼說，但親耳聽到還是很難受。「她跟我撒什麼謊？」

「所以，妳相信我的話？」

我嘆一口氣。「唉，對。妳跟她烙印了，這代表妳跟她親近的程度沒人比得上。畢竟我和西斯烙印了，所以我知道。」

「聽著，我可不想跟史蒂薇·蕾做什麼噁心的事。」

我賞她白眼。「蠢蛋，我不是那個意思。烙印有很多種。我和西斯之間的連結有肉體的成分，但我被他吸引本來就已經很多年了。呃，至少妳沒有被史蒂薇·蕾吸引，對吧？」

「要死啦，當然沒有。」愛芙羅黛蒂板起臉孔說。

「妳們兩人都有心靈感應力，所以妳們的連結應該是心靈的，而非肉體的。」我說。

「對，妳說對了。就是因爲這樣，當她說紅雛鬼就只有她跟我們介紹的那幾個，我知道她在說謊。其實還有更多，她知道，而且她跟他們有接觸。」

「妳確定嗎？」

「百分之百，絕對確定。」她說。

「好，看來這應該跟我在坑道裡感覺到的幢幢黑影有關，以前史蒂薇·蕾周圍也有這種黑暗。但我現在沒時間操心這個，等離開這裡以後再說吧。」我心裡好難過，我的好友竟然覺得必須對我撒謊。

「我眞不想告訴妳這些，但史蒂薇．蕾的祕密比上流富家女派瑞絲．希爾頓的包包還多。樂觀一點吧，我打賭妳這個會說謊的鄉巴佬好友、那些怪胎，和妳的男友們會躲過那些鳥東西的。」

「希望如此。」我嘆一口氣，手裡把弄著紙巾。

「嘿，」她輕聲說：「別因爲這件事難過。她是隱瞞妳一些事情，但我知道，她很關心妳——非常關心。我也知道她選擇了良善，即使有時對她來說很辛苦。」

「這點我知道。我相信史蒂薇．蕾不告訴我一些事情肯定有原因。我的意思是，我以前又不是沒對朋友隱瞞過。」**是啊**，我在心裡告訴自己，**而且妳還因為這樣而惹出大麻煩**。

「好，所以，妳看起來之所以需要靠藥物來提神，不只是因爲史蒂薇．蕾。」她揚起眉毛繼續打量我。「啊，我知道了，妳還有感情困擾。或者該說是多角戀困擾？」

「很不幸，似乎確實是多角戀困擾。」我咕噥著。

「艾瑞克和我是有過一段，但妳知道那已經過去了。若有需要，妳可以跟我談。」

我看著她，心想，眞是諷刺，她又說對了。我是可以跟她談。

「我不確定自己想要跟艾瑞克在一起。」我衝口而出。

她雙眼稍微睜大了一些，但語氣依然平靜。「他想逼妳跟他發生關係？」

我聳聳肩。「對，也不對。有一點啦。但不只是因爲這樣。」我傾身靠向她，壓低聲音說：「愛芙羅黛蒂，他跟妳在一起時，會占有欲很強，而且善妒嗎？」

她嘴角揚起，露出譏諷的冷笑。「他是想這樣，但我可不能容忍醋罈子這種狗屎。」然後她頓住，以嚴肅的口吻說：「柔，妳也不該忍受。」

「我知道，我不會。」我嘆一口氣。「等現在這些亂七八糟的事情結束，我有好多問題得處理。」

「說眞的，等這些亂七八糟的事情結束，妳確實還有很多亂七八糟的事情得處理。」她又叉起一口義大利麵。

「好，我們先解決當前的麻煩，然後我才有辦法回頭處理我個人的荒謬劇。記得告訴達瑞司，準備應付今晚的可怕場面。就像他說的，卡羅納發現我們離開，絕對會很不高興。」

「不，他是說卡羅納發現**妳**離開，絕對會很不高興，因爲卡羅納對妳情有獨鍾。」

「我知道，眞希望他能早日清醒。」我說。

「嘿，我們離開坑道前克拉米夏給妳的第一首詩，妳有沒有再拿來揣摩？我總覺得這是除掉卡羅納的一道妙方。」

「嗯，我還沒搞清楚那是什麼妙方。」我不想對愛芙羅黛蒂承認，我壓根兒沒去想與卡羅納有關的這首詩。我想到的都是第二首，以及史塔克找回人性的可能性。想到這裡，我的胃揪緊。萬一史塔克是故意分散我的注意力呢？萬一我們兩人獨處時他的表現都是裝出來的，故意讓我無暇想另一首詩或其他事——比方如何逃出夜之屋？

「好吧，看來妳滿腦子只有個人問題。我想，妳的問題可以用兩個字總結。」愛芙羅黛蒂說。

我看著她的眼睛，兩人異口同聲說：「男生。」

她哼了一聲，我則有點歇斯底里地咯咯笑。「但願有一天妳的人生只需操心男孩子的問題。」她遲疑一下，然後說：「妳該不會還在想著史塔克吧？」我聳聳肩，往嘴巴塞一大口義大利麵。「聽著，我到處打聽過，這傢伙眞的是壞蛋。就這樣。忘了他吧。」

我繼續吃我的，不想回應。愛芙羅黛蒂不放棄，仍盯著我。「那首詩很有可能不是在講他。」她說。

「我知道。」我終於回答她。

「妳知道？聽好，妳必須專心，先把我們弄出這個鬼地方，然後除掉卡羅納——起碼趕走他。至於史塔克、艾瑞克、西斯，甚至史蒂薇．蕾的事，以後再操心吧。」

「好，**我知道**。」我說：「我以後再想他們的事。」

「我還記得史塔克死去那天晚上妳的模樣。他的死眞的讓妳很傷心。但妳必須記住，現在這個胡作非爲，到處摧殘女孩子的史塔克，已經**不是**死在妳懷裡的那個史塔克了。」

「萬一他仍是那個史塔克，只不過像史蒂薇・蕾那樣，還需要經歷蛻變呢？」

「嗯，我可以跟妳保證，我絕不會捨棄我的一絲絲人性去救他。拜託，柔依，賭史塔克還不如賭艾瑞克！妳聽到我的話了嗎？」

「聽到了。」我深吸一口氣。「好，我現在就忘了他們所有人，專心把我們大家弄出去，然後趕走卡羅納。」

「很好，妳可以日後再處理男孩子的問題。」

「好。」我說。

「也日後再處理鄉巴佬好友的問題。」

「好。」我說。

「好。」她說。

我們回頭繼續吃麵。我是說眞的，我會日後再處理我的個人問題。眞的。起碼我眞的這麼想……

27

我本來以為戲劇課應該不會有什麼大不了的，頂多就是哪個豆莢老師來取代艾瑞克上課。我坐在蓓卡後面的位置，霎時有一種似曾相識的詭異感覺，彷彿等一下艾瑞克還會叫我上台，好當著全班的面引誘我——或羞辱我。

「喔．我的．天哪！他沒有跟**我**在一起啦！儘管我好～想跟他在一起！」

蓓卡一連串惱人的驚歎句打斷我的思緒。她微微喘著氣在跟隔壁排的女孩說話。我認出那女孩是五年級的凱西，曾經在莎士比亞獨白劇競賽中拿到第二十五名。可是，今天她演的不是莎翁劇中的女主角，而是笑得花枝亂顫的，惹人厭的女孩。

「嗯，他也沒跟我在一起。不過我告訴妳，自從他咬了我，我就超想咬他一小口，試試吸吮他的感覺。」凱西說完後又是一陣咯咯笑。

「妳們在說誰呀？」我明知故問。

「當然是史塔克啊。他現在是夜之屋最辣的帥哥。喔，如果不把卡羅納算在內的話。」

蓓卡說。

「他們兩個都是超變帥。」凱西說。

「超變帥？」我問。

「超級變態的帥。」蓓卡解釋。

事後我發現我眞的不該開口。我原本只是想跟這些被洗腦過的豆莢人聊聊，但終究還是跟她們爭執了起來。對，我知道，我這麼不爽，部分原因是我莫名其妙地感到嫉妒。

「呃，不好意思啊，蓓卡，」我口氣超酸地說，「不過我和達瑞司不是才把妳從**夜之屋最辣的帥哥**手裡救出來，免得妳被他強暴嗎？那時妳還哭哭啼啼呢。」

聽我突然這麼一說，蓓卡驚愕地嘴巴張開，閉上，再張開，讓我聯想到魚。

「妳只是在嫉妒。」凱西似乎一點都沒有受到驚嚇，像個可惡的母夜叉。「艾瑞克走了，羅倫．布雷克死了，現在妳手上再也沒有學校這兩枚大帥哥好使喚。」

我覺得臉頰開始紅燙。難道奈菲瑞特把我跟羅倫的事告訴了所有的人？我不知道該說什麼，不過反正蓓卡也沒讓我有機會說話。

「就是嘛，別以爲妳對元素有感應力就很了不起，看上哪個男生都可以擁有他。」蓓卡對我投來仇恨的目光，就像昨晚孿生的試圖勸她時，她看她們的眼神。「我們其他人偶爾也會有機會的。」

我克制住想對她尖叫的衝動，試圖跟她說道理。「蓓卡，妳根本沒有想清楚。昨晚達瑞司和我介入時，史塔克正在逼妳讓他吸血，而且還差點強暴妳。」我真氣自己說出這些話，更氣我知道這是事實。

「我記得不是這個樣子。」蓓卡說：「我記得自己很享受被他吸血的感覺，也喜歡史塔克吸吮女孩時會有的其他動作。妳根本是雞婆，壞了別人的好事。」

「妳會這樣以爲，是因爲史塔克操控了妳的心。」

蓓卡和凱西哈哈大笑，惹得眾人望向我們。

「接下來妳大概要說卡羅納也操控我們的心，所以我們才會認爲他超變帥。」凱西說。

「妳們兩個眞的看不出來，自從卡羅納破土而出，這裡已經變得不一樣了？」

「那又怎樣？他是女神化身的伴侶。他來到這裡，本來就會改變一切呀。」凱西說。

「況且，他當然是從土裡出現啊，土本來就是妮克絲的元素之一。幹麼說得好像妳不知道？」蓓卡說，看著凱西翻了翻白眼。

我正想張嘴跟她們解釋，他是從地底**逃**出來，不是從土裡誕生時，教室的門打開，卡羅納邁步走進來。

女生集體發出嘆息聲。我除外。但是，老實說，我也差點嘆息，必須咬緊了牙關才沒出聲。他今天穿黑色寬鬆休閒褲，短袖襯衫下襬沒紮進褲頭，衣襟沒上釦。他一走動，對襟掀開，我可以看見他完美的古銅色胸膛和迷人的六塊肌。他那雙壯麗的黑翅從襯衫後面裁開的隙縫伸出，利落地收攏在寬闊的後背。他的深色長髮垂在肩頭，儼然古代的神，即便他穿的是現代服裝。我很想問蓓卡或凱西，她們覺得他幾歲，因為在我眼中，他不過十八、九歲，青春綻放，朝氣蓬勃，而非古老神祕，遙不可及。

不！聽聽妳說的是什麼話！接下來妳會變得癡癡傻傻，像蓓卡、凱西及其他女孩。用妳的腦袋想！他是妳的敵人。別忘了！當我強迫自己看穿他的肉體之美和惑人的吸引力，我才察覺，我在心裡對自己吶喊時，他一直在跟全班說話。

「此外，我認為我應該來帶這堂課，因為你們似乎一直對這門課的老師要求很高。」

全班爆出笑聲，聽起來既溫暖又親切。

我舉手。他驚訝得睜大琥珀色眼睛，然後微笑地說：「真是令人高興，第一個問我問題的是最特殊的雛鬼。好，柔依，有什麼問題需要我回答？」

「我只是好奇，你來接這門課，是否代表你認為艾瑞克．奈特會離開好一陣子？」好吧，其實我不想問他問題，但我的直覺要我舉手，要我說這些話。我知道，拿艾瑞克逃離夜之屋的事情來挑釁他，是危險之舉。我也搞不懂，爲什麼我的直覺要我逗弄喜怒無常的不死生物。我只希望，我提出問題的方式不會讓他勃然大怒。

卡羅納一點都沒被我的問題激怒。「我相信艾瑞克・奈特會比某些人所以爲的更快回到夜之屋。不過，很可惜，我聽說他狀況不佳，很可能相當一段時間不適合擔任教職，或做其他任何事。」他的笑容變得愈來愈溫暖、親暱。我可以感覺到蓓卡和凱西及其他女孩對我射出嫉妒的銳利目光。我驚恐且不敢置信地發現，這些女孩根本沒聽到卡羅納說的話，她們沒聽出他剛剛對艾瑞克語出威脅，說他即將回來，但情況很慘，可能只差沒裝在屍袋裡被拖回來。她們只聽見他的聲音悅耳動聽，她們只知道他的注意力全放在我身上。

「親愛的柔依——或者，我應該依照自己的心意，叫妳埃雅——現在，我請妳挑選我們這堂課要研習的第一部作品。小心！全班都必須遵從妳的決定。而且，妳也要知道，不管妳挑選那一部劇作，我都會扮演裡頭的主角。」他大步走到我旁邊。我的座位在前面數來第二排，蓓卡的正後方。我發誓，他靠近時，我眞的看見蓓卡在顫抖。「或許，我也會讓妳在我們這齣小戲碼裡飾演一角。」

我直視著他，心臟怦怦跳。我相信他一定聽得到我的心跳。他靠得這麼近，我幾乎無法承受。我想起夢中他接近我，將我摟入懷中。我可以感覺到他身體散發出一縷縷寒氣……籠罩我……讓我渴望被他的烏黑巨翅包覆……

他要傷害艾瑞克！我抓緊這個念頭，立即感覺到那甜美的寒氣從我的身體逸去。不管艾瑞克和我之間發生什麼事，我絕不容許他遭遇不測。

「我知道有一齣戲非常適合我們來演。」真高興我的聲音竟如此鎮靜、有力。

他的笑容讓人感受到純粹的、感官的愉悅。「勾起我的興趣了！妳選哪一齣？」

「《米蒂雅》。」我毫不猶豫地說。「古希臘悲劇，場景設定在眾神還在人間行走的時候，內容談的是傲慢的下場。」

「啊，對，傲慢。當人以為自己是神，所表現出的傲慢。」他的聲音依然低沉迷人，但我可以見到他眼裡已開始燒起怒火。「我想，妳會發現，傲慢只會出現在凡人身上。對神祇而言，無所謂傲慢。」

「所以，你不想演這齣戲？」我裝出極其天真的語氣說道。

「正好相反！我相信這齣戲演起來會很有趣，或許我應該讓妳來演米蒂雅這個角色。」

他將視線移開，重新對全班施展他的魅力。「大家今晚研讀這齣戲，我們明天演出。好好休息吧，我的孩子們。期待再見到你們每個人。」他轉身，倏地離開教室，一如他遽然走進教室。

全班鴉雀無聲，沉默良久。我終於開口說話——不是說給任何人聽，但也說給所有的人聽。「我想，我得來找找《米蒂雅》的劇本。」我起身走到教室後方。我打開櫃子，關上櫃子，翻找劇本的聲響，遮蓋不住此起彼落的竊竊私語。

「她為什麼能引起他的注意？」

「這不公平！」

「如果這又是妮克絲的神祕旨意，那我真受夠了。」

「可惡，對妮克絲來說，如果妳不是柔依．紅鳥，就連屁都稱不上。」

「妮克絲讓她得到她想要的任何人，什麼都不留給我們。」

她們不停嘀咕，愈說愈生氣，後來連男生也跟著發牢騷。看來我成了現成的宣洩對象。在卡羅納的撩撥下，他們心裡想必已蓄積強烈的憤怒和嫉妒，但他們不會發洩在他身上，因爲他已經操控了他們的心。更顯而易見的是，卡羅納正一步一步剝除雛鬼對妮克絲的愛，甚至利用我來幫他遂行這個目的。現在，雛鬼再也看不見女神的愛、榮耀和力量，因爲卡羅納肉體的存在擋住了他們的視線，一如太陽遮蔽了月亮的光輝。

我找到了一盒《米蒂雅》的腳本，拿到蓓卡的座位，重重放在她桌上。她抬頭怒視著我，我告訴她：「發給大家吧。」然後，我不發一語，離開教室。

出了教室，我步下人行道，走進陰暗處，倚在石塊與磚頭混砌的牆上，開始顫抖。卡羅納一個細緻的動作，已經成功地讓全班與我爲敵。他們沒看到我不像其他人那樣對他流口水，也沒看到我激怒了他。這些學生只看到他蠱惑人的美貌，以及他對我的特別青睞。

爲此，他們恨我。

但他們不只恨我。最可怕，最不可思議的是，他們竟然開始恨妮克絲。

「我必須趕走他。」我說出心裡的聲音，讓這話變成誓言。「無論如何，卡羅納必須離開夜之屋。」

我慢慢走向馬舍。我走得慢，不只因爲上一堂課提早結束，在第六堂的馬術課開始之前，我有的是時間；更因爲路上非常滑，一不小心，就會摔斷手腳。在這個緊要關頭，我可不希望哪裡裹上石膏。有人在人行道上撒了沙和鹽來止滑，但效果不大。冰雨一波波來襲，世界看起來像覆蓋著冰晶糖霜的大蛋糕，美麗依舊，但給人詭異、夢幻的感覺。我連溜帶滑，奮力跋涉。從戲劇教室到馬舍，不過短短幾碼路。我這才想到，我們六個人連步行離開學校都不可能，更遑論走一哩路，前往路易斯街與第二十一街交叉口的本篤會修道院。

我好想坐下來，坐在這濕冷、混亂的夜裡，放聲大哭。我要怎麼把大家帶離夜之屋啊？

就在快抵達馬舍時，那棵駐守在門口的老橡樹上傳來**嘎！嘎**！的嘲弄啼聲。我的第一個反應，是連溜帶滑地快速衝進門。實際上我已經不由自主地加快速度，但接著，我心裡生起一把怒火。我停步，深吸一口氣，集中念力，不理會那雙盯著我的人眼已經讓我頭背上寒毛直豎。

「火，我需要你。」我悄聲將意念傳往南方，亦即火元素掌管的方向。霎時，我感覺到熱氣拂過我的肌膚，四周的空氣裡有個力量在等候、聆聽，準備接受我的差遣。我轉身，抬頭望向老橡樹被冰雪覆蓋的枝椏。

不是仿人鴉，而是奈菲瑞特可怕的魅影，出現在我眼前。她攀附在橡樹中央枝椏開始分叉的地方，散發出黑暗與邪惡。四下無風，但她的長髮飛揚起來，彷彿頭髮有自己的生命。她的眼睛發出噁心的紅光，更像鏽紅而非豔紅。她的身體是半透明的，肌膚閃爍著詭異駭人的光。

我專心想著一件事：如果她的身體近乎透明，那就代表她不是真的在那裡。於是，恐懼開始消渙，我終於能夠開口講話。「除了窺視我，妳沒其他更重要的事要做嗎？」聽到自己的聲音沒有顫抖，我很高興。我甚至抬高下巴，怒視著她。

「妳和我的恩怨還沒了結。」她的嘴巴沒動，但她的聲音詭異地迴盪在四周。

我模仿愛芙羅黛蒂狂妄、譏刺的語氣，說：「好吧，或許**妳**真的沒有更重要的事好做，除了監視我。不過，**敝人在下我**可是很忙，沒時間被**妳**打擾。」

「看來妳還得學習怎樣尊敬長者。」她開始笑，美麗的嘴巴張大，再張大，一直張大，直到她的喉嚨發出駭人的作嘔聲，咽喉冒出蜘蛛，而她的影像爆裂，化爲成千上萬隻騷動的多腳生物。

我深吸一口氣，放聲尖叫，並開始慌亂地往後退。然後，羽翅窸窣振動的聲音傳來，我看見一隻仿人鴉停在枝椏上。我眨眨眼，等著看他被蜂擁的蜘蛛淹沒。不料蜘蛛閃爍著，融入黑夜，隨即消失無蹤，只留下樹木、仿人鴉及縈繞不去的恐懼。

「柔～～依，」仿人鴉嘶嘶地叫喚我的名字。看來這隻仿人鴉的層次很低，說話的能力遠不如利乏音。「妳聞～起來像夏～天。」他張開黑色的鳥喙，我看見他分叉的舌頭飢餓地不斷伸吐，彷彿在品嘗我的氣味。

夠了。眞是夠了。我才剛被奈菲瑞特嚇得魂飛魄散，現在連這隻……這隻……鳥小子也想欺負我？哼，門都沒有。

「好，我實在受夠了你們這些怪胎。你們、你們的老爸，以及齷齪的奈菲瑞特，居然以爲你們可以掌控一切。」

「父親說～去找柔～依，我找柔～依。父親說～看著柔～依，我看著柔～依。」

「不，絕對不！如果我想被惹人厭的老爸跟蹤監視，我打電話找我那個垃圾繼父就行了。所以，我要告訴你、你老爸，以及你的鳥兄弟，甚至奈菲瑞特：別．跟著．我！」我舉起手，將火擲向他，他哀叫一聲，倉皇起飛，瘋狂拍翅，搖搖晃晃地飛離橡樹，飛離我，留下羽毛燒焦的氣味和一片闃寂。

「妳知道嗎，惹他們生氣沒有好處？」有個聲音說：「他們本來就很惹人厭。如果妳激怒他們，他們會變得更難相處。」

我轉身面向馬廄所在的校舍，看見史塔克站在敞開的門口。

28

「瞧，這就是你和我之間的差異。你想跟他們好好相處，我可不。所以我不在乎惹毛他們。」我告訴史塔克，把猶存的餘悸轉成憤怒。「還有，你知道嗎，現在我眞的不想再聽到跟他們有關的事？」我口氣依然不佳，但我緊接著問他：「你見到了嗎？」

「見到什麼？妳是說仿人鴉？」

「我是說噁心的蜘蛛。」

他一臉驚訝。「樹上有蜘蛛？眞的嗎？」

我沮喪地長長吐出一口氣。「最近，在學校裡，我不確定自己還分辨得出眞假。」

「我倒是很清楚地看到妳發飆，把火當成皮球似地扔來扔去。」

我看見他的目光往下移到我的手，這才發現它們在發抖，而且仍泛著紅光。我深吸一口氣，冷靜下來，止住顫抖，然後用比較鎭靜的聲音說：「謝謝你，火，你可以離去了。喔，等等，可以請你先替我除掉一些冰嗎？」我抬起閃爍著焰光的雙手，指向眼前這一小段人行道，指尖隨即像迷你噴火器，射出歡欣的火焰，舔舐人行道上的厚冰，將冰變成濕冷的泥濘。但起碼這樣路就不那麼滑了。「謝謝你，火！」手指的火焰飛離，奔向南方。

我踩著水和冰的泥濘，從史塔克身邊經過。他瞪大眼睛看著我。「幹麼？」我說。「我受夠了老在冰上打滑，不行嗎？」

「妳眞不是蓋的。」他露出壞男孩的冷傲、可愛笑容。我還來不及反應，他已一把將我拉入懷中，吻我。這不是艾瑞克那種強求的、想占有我的吻，而是像甜蜜的問號。我答以明確的驚歎號。

是的，我該生氣，該將他推開，要他滾遠一點，而非（急切地）回吻他。我巴望我可以說，我這樣近乎不知廉恥地回應，是因爲我最近壓力太大，擔心受怕，所以需要逃避，而他的懷抱是就近可得的避風港。然而，眞話沒這麼好聽。我吻他不是因爲壓力、恐懼，或想要逃避，而是單純因爲我想吻他。我喜歡他，眞的、眞的非常喜歡。我不知道該拿他怎麼辦，不知道該把他放在我生命中的什麼位置，甚至不知道該如何把他放進我生命中。特別是如果我羞於公開承認我對他的感覺，我怎麼能要他？我可以想見朋友們知道以後大驚失色，成千上萬個豆莢女孩忿忿不平……

一想到無數個豆莢女孩被史塔克咬過或怎樣過，我就像被潑了一桶冷水，瞬間停止吻他。我用力推開他，他踉蹌退出門外。我衝進門內的甬道，心虛地東張西望，確定我們是唯一在這裡遊蕩的人，才舒了一口氣。甬道左側室內田徑場的旁邊有個小房間，類似右側馬廄那裡的馬具房，裡面放弓、箭、靶子，及其他田徑和運動器材之類的。我快步走進裡頭，史塔克緊跟在後，關上門後我在離他幾步的地方站定。他又對我露出那種性感的微笑，開始要走向我。我舉起一隻手阻止他，就像個指揮學生穿越馬路的導護老師那樣。

「不行。你站在那裡，我站在這裡。不准你靠近我。我們必須談談。」我說。

「因爲妳一碰到我就無法把手拿開？」

「喂，拜託，我剛剛才把手拿開欸。我不是你那些豆莢女孩。」

「豆莢女孩？」

「你知道的，就是電影《天外魔花》裡的生物啊。那些被你咬過，被你攪亂心智，成天嚷著『**哇，喔我的天啊，那個史塔克，簡直辣到不行！**』的女孩，就像那種生物。如果你敢對我玩這種把戲，跟你保證，我一定召喚所有五元素，踹得你屁滾尿流。你等著瞧吧。」

「我不會那樣對待妳，但這不表示我不想碰妳。」他的聲音又變得性感迷人，開始朝我逼近。

「不行！我是說眞的，你站在那裡，不許過來。」

「好！好！不要那麼激動。」

我瞇眼怒視他。「我沒有激動。只不過，不曉得你注意到沒，我們周遭就要天下大亂了。夜之屋受到某種東西的控制，那東西很可能就是魔鬼。奈菲瑞特已經變了，很可能變得比魔鬼還可怕。我的朋友和我身處險境，我不知該怎麼進行我必須做的事，來處理這種混亂局面。更扯的是，有個傢伙跟一卡車的女孩亂搞，還控制她們的心靈，而我居然迷上他。」

「妳迷上了我？」

「對，很讚吧？我已經有一個吸血鬼男友，**還**烙印了一個人類男生。就像我阿嬤說的，邀我跳舞的人已經排到門外了。」

「我可以解決那個吸血鬼男友。」史塔克無意識地伸手撫摸他佩在背上的弓。

「不行，你不可以**解決他**！」我大吼。「你要搞清楚，這把弓不是解決問題的答案，而是非不得已的最後手段。你絕對、絕對不可以拿它對付其他人，不管是人類或吸血鬼。你以前知道這個原則的。」

他的臉往下沉。「妳知道我出了什麼事。變成這副德性，我沒什麼好愧疚的。」

「德性？你是說你那驕縱、蠻橫的德性，還是好色、荒唐的德性？」

「我說的是我這個人！」他握拳捶自己胸口。「現在這個樣子的我。」

「好，仔細聽我一次說清楚，因爲我不會一再重複。你聽清楚了！我們**所有人**的內心都有壞東西，而且我們**所有人**都必須選擇要向它屈服，還是要對抗它。」

「這不一樣，我——」

「閉嘴，聽我說！」我的怒氣在我們四周爆開。「我們**每個人**都不一樣。有些人只須決定，到底是繼續賴床，蹺掉第一堂課，還是乖乖起床上學。有些人面臨的掙扎比較困難——去勒戒所，遠離毒品，還是乾脆放棄，繼續吸毒。對你而言，或許又更困難——努力找回人性，或者臣服於黑暗，當個惡魔。不管怎樣，這都是一種**選擇**，你自己的選擇。」

我們站在原地，凝視著對方。我不知道還要說什麼。我不能替他做決定，而且我突然明白，我不要這樣偷偷摸摸地跟他見面。如果我不能驕傲地公然和他交往，那麼，他私底下爲我做的任何動作都沒有意義。他必須知道這一點。「昨晚的事情不會再發生。我不要那樣子。」我的怒氣已消，聲音冷靜下來。在這寂靜的房間裡，我聽起來安靜而悲傷。

「妳怎麼可以才跟我說妳迷上我，卻又這麼說？」

「史塔克，我要說的是，如果我必須瞞著所有人跟你在一起，那我就不會跟你交往。」

「因爲那個吸血鬼男友？」

「因爲你。艾瑞克確實會影響到我們。我在乎他，絕對不願意傷害他，但我不會笨到跟他在一起，卻同時想跟你或其他人交往，包括被我烙印的人類男孩。所以，你必須了解，讓我無法跟你在一起的阻礙不是艾瑞克。」

「妳真的對我有感覺，對不對？」

「對，但我可以向你保證，如果在我朋友面前我羞於跟你在一起，我就絕不可能當你的女朋友。你不可能在別人面前是個爛人，唯獨在我面前變成好人。真正的你是多數時候你表現出來的你。我知道你內在仍是善良的，但你裡面的黑暗仍將掩蔽你的善良，我不會待在這裡等著看這種事情發生。」

他別開頭。「我知道妳是怎麼想的，只是沒想到會親耳聽到妳說出口。我不知道自己能否做出正確的決定。跟妳在一起的時候，我覺得我能。妳是這麼堅強，這麼善良。」

我大大嘆一口氣。「我沒有那麼好。我搞砸了很多事。慘的是我可能還會繼續搞砸，唉，一大堆事。昨晚堅強的人是你，不是我。」

他再次看著我的眼睛。「妳很好，我感覺得到。妳內心深處的良善才是重要的。」

「希望如此。我只能盡力。」

「那麼，請答應我。」我來不及阻止，他已邁步靠近。一開始，他沒碰觸我，只一味凝視著我的眼睛。「妳還沒完成蛻變，但冥界之子都已稱呼妳女祭司。」然後他單膝跪地，抬頭看我，右手握拳放在心臟位置。

「你這是在幹什麼？」

「我要向妳立誓。幾世紀以來，戰士都這麼做——以他們的性命、身體、心和靈，立誓保護他們的女祭司長。我知道我仍只是雛鬼，但我相信我已經具備當戰士的資格。」

「我也仍只是雛鬼，所以我們旗鼓相當。」我的聲音在顫抖，得拼命眨眼才能眨掉盈眶的淚水。

「妳接受我的誓約嗎，我尊貴的小姐？」

「史塔克，你了解自己在做什麼嗎？」我知道戰士對女祭司長立誓代表什麼意義。這種誓約一旦立下，他就必須終生爲她效力，而且這種關係通常比烙印更難解除。

「我知道。我在做一個抉擇，正確的抉擇。我選擇良善而非邪惡，光明而非黑暗。我選擇我的人性。願意接受我的誓約嗎，我尊貴的小姐？」他再一次懇切地問。

「願意，史塔克，我願意。以妮克絲之名，我命令你爲女神和我效力，而爲我效力就是爲她效力。」我們四周的空氣波動閃爍，出現一道絢爛的光。史塔克大吼一聲，整個人蜷縮起來，趴倒在我腳邊呻吟。

我急忙跪下，扳他的肩膀，想看他到底發生什麼事。「史塔克！怎麼了？你——」

他爆出欣喜若狂的叫聲，抬頭望著我，淚水撲簌滑下臉龐，但他的笑容是如此燦爛。我眨了眨眼，這才恍然大悟。他的弦月刺青已經變實心，延展開來，兩支箭拱著弦月，環飾著繁複的符號，鮮紅的刺青灼灼發亮，映襯著他的白色肌膚。「喔，史塔克！」我伸手撫摸他的刺青。這刺青已永遠標記他是成鬼，有史以來第二個紅色吸血鬼。「好美！」

「我蛻變了，對不對？」

我點點頭，眼淚奪眶而出，淌下臉頰。然後我撲進他懷裡，親吻他。我們又哭又笑，擁抱彼此，淚水交織在一起。

第五堂課的下課鐘聲響起，嚇了我們一跳。他扶我站起來，笑著抹去我和他臉龐的淚。然後，現實把我從喜悅中拉回來，我想起伴隨著這嶄新的蛻變，還有哪些事情必須做。

「史塔克，雛鬼一旦蛻變，必須經歷一些儀式。」

「妳懂得這些儀式嗎？」

「不，只有成鬼才懂。」我想了一下之後說：「你必須去找龍・藍克福特。」

「擊劍老師？」

「對，他是我們這一國的。你告訴他，是我叫你去的。告訴他，你已經立誓成爲戰士，爲我效力。他知道該怎麼做。」

「好，我這就去找他。」

「不過，別讓其他人發現你已經蛻變。」我不知道這爲什麼很重要，但我知道在找到龍老師之前他不能被發現。我環顧房間，看到一頂陶沙市大學的棒球帽，我將它戴在史塔克頭上。我又找了一下，發現一條大毛巾，我將毛巾圍在他脖子上。「圍好。把帽簷往下拉。外頭正刮著冰風暴，穿戴這樣不奇怪。快去找龍老師吧。」

他點點頭。「那妳呢？」

「我打算從這裡逃出夜之屋。龍老師和龍師母心裡明白。我想，馬術老師蕾諾比亞也是。所以，你待會兒盡快回來這裡。」

「柔依，不要等我。盡快離開，離得遠遠的。」

「那你呢？」

「我會看情況。放心，我會找到妳的。我的身體無法隨時跟妳在一起，但我的心永遠是妳的。我是妳的戰士，記得吧？」

我微笑，撫摸他的臉頰。「我永遠不會忘記，我保證。我是你的女祭司長，而你已對我立誓。這代表我的心也是你的。」

「那我們兩個都要平平安安。沒有心，很難活下去。我知道，我試過了。」他說。

「但你不會再這樣了。」

「不會了。」他說。

史塔克吻我，非常溫柔地吻我，我幾乎無法呼吸。然後，他後退一步，握拳放在心臟位置，對我鞠躬行禮。「再見，我尊貴的小姐。」

「你要小心。」我說。

「如果我小心不了，我會加快速度。」他對我露出自信的笑容，迅速離開房間。

他走之後，我閉上眼睛，握拳放在心臟位置，低頭鞠躬。「妮克絲，」我悄聲說：「我告訴他的是實話，我的心是他的。我不知道結果會如何，但我求妳保守我的戰士平安。同時，我感謝妳賜給他勇氣，選擇善良。」

妮克絲沒有在我面前乍然現身，我沒期待她會這樣。但我確實感覺到四周空氣霎時靜默，彷彿有人在聆聽。對我來說，這就夠了。我知道女神的手會眷顧、保守史塔克。**請保護他……給他力量……喔，也請妳幫助我想清楚，我該拿他怎麼辦……**我在心裡默默祈求，直到第六堂課的上課鐘聲響起。

「好，柔依，」我告訴自己：「讓我們闖出去吧。」

29

我衝進馬廄時，已經遲到。蕾諾比亞冷冷地看了我一眼，說：「柔依，妳有個馬欄得清理。」她丟給我一把乾草叉，指著普西芬妮的馬欄。

我低聲道歉，喃喃說著：「是，我立刻去。」然後衝進馬欄。普西芬妮對我輕聲嘶鳴打招呼，我直接走到她的前頭，撫摸她的臉，吻她絲絨般柔軟的口鼻部位，稱讚她是全宇宙最漂亮、最聰明、最棒的馬。她舔了舔我的臉頰，朝我噴氣，似乎很同意我的看法。

「妳知道的，她很喜歡妳。這匹母馬跟我這麼說過。」

我轉身，看見蕾諾比亞站在馬欄門內，倚在牆上。有時我會忘記她有多美，所以在像這樣的時刻，當我凝視著她，總會震懾於她出眾的美。她美在充滿力量，卻又無比細緻。除馬匹立起的刺青外，一頭銀白秀髮和石板灰的眼眸是她臉上最惹眼的特徵。她一如往常，穿著潔白襯衫和褐色馬褲，褲管塞進英式馬靴裡。如果不看她臉上的刺青和衣服胸口的銀色女神刺繡，她儼然是從凱文·克萊時尚廣告走出來的模特兒。

「妳眞的可以跟馬兒講話？」我早就如此懷疑，但蕾諾比亞從未這麼直率地承認她具有這種能力。

「不是用語言。馬溝通用感覺。他們熱情、忠誠，心胸寬大到足以容納整個世界。」

「我也這麼認爲。」我輕聲說，親了親普西芬妮的額頭。

「柔依，卡羅納必須剷除。」

她突如其來冒出這句話，嚇了我一大跳。我趕緊四處張望，怕有仿人鴉潛伏在附近。

蕾諾比亞搖頭要我別擔心。「跟貓一樣，馬也非常厭惡仿人鴉。只不過被馬討厭比被貓討厭更危險。那些鳥東西不敢靠近我的馬舍。」

「其他雛鬼呢？」我輕聲問。

「因爲冰風暴，馬被困在室內好幾天了。他們忙著把馬牽出去蹓躂，不會偷聽我們說話。所以，我再說一次，卡羅納必須剷除。」

「不可能殺死他，他是不死的生物。」我的聲音明顯流露我的無力感。

蕾諾比亞將她濃密的長髮往後甩，在馬欄裡來回踱步。「可是我們必須打敗他。他引誘我們的族類背離妮克絲。」

「我知道。我回來不到一天，就看出情況有多惡劣。這一切，奈菲瑞特也有份。」我屏住呼吸，等著看蕾諾比亞是否仍盲目追隨她的女祭司長，或者她也已看出她的眞面目。

「奈菲瑞特比他們任何一個都壞。」她忿恨地說：「她是最該效忠妮克絲的人，卻背叛得最徹底。」

「她已經不是以前的她。」我說：「現在她滿腦子都是邪惡念頭。」

蕾諾比亞點點頭。「對，我們有些人早就擔心這一點。我覺得很羞愧，奈菲瑞特一開始表現異常時，我們視而不見，沒正面挑戰她。我不再當她是妮克絲的僕人。我打算對新的女祭司長立誓效忠。」她說完後投給我一個心照不宣的眼神。

「不是我！」我幾乎是在尖叫。「我甚至都還沒蛻變呢。」

「女神標記和揀選了妳。對我來說，這就夠了。龍老師和安娜塔西亞也這麼認為。」

「其他老師呢？還有其他人也站在我們這邊嗎？」

她面露哀傷。「沒有，他們全被卡羅納蒙蔽了。」

「你們爲什麼沒被蒙蔽？」

她從容不迫地回答：「我也不確定爲什麼。龍老師、安娜塔西亞和我稍微談過這件事。我們確實都感覺到他的誘惑，但心中有個地方他碰觸不到，所以我們才看得見他的眞面目，知道他是多麼可怕的毀滅性生物。柔依，我們也都堅決認爲，妳必須打敗他。」

我覺得害怕，無助，喘不過氣來，而且該死的太稚嫩。我很想雙手亂揮，放聲尖叫，**我才十七歲！我沒法拯救世界——我連路邊停車都不會！**這時，充滿草原氣息的甜美微風拂過我的臉龐，溫暖如夏日豔陽，濕潤如清晨露珠。我的靈升起，回應風。

「妳不只是雛鬼。傾聽妳內在的聲音，覺察那細弱、寧靜的聲音指引妳前往何處，我們必然跟隨。」蕾諾比亞的聲音讓我想起我的女神。

她的話語和撫慰著我的元素互相交融，忽然，我睜大眼睛。我怎麼會忘了呢？

「詩！」我衝口而出，跑向馬欄門邊，拿起掛在那裡的手提包。「有個紅雛鬼一直在寫預言詩。我來這裡之前，她給了我一首跟卡羅納有關的詩。」蕾諾比亞好奇地看著我翻找包包。「找到了！」有兩張紙捲在一起。一張寫的是那首應該與史塔克有關的詩，另一張上面寫的就是這首詩。「好，就是這一首，它談到怎樣可以把卡羅納趕走。只不過……只不過它寫的是詩的密碼之類的。」

「讓我看看，或許我可以幫忙解讀。」

我把詩拿高，好讓她看得見。她念出聲音，我跟著重讀一遍。

先前束縛他之物

將令他逃逸
能量之地——五者同聚

夜
靈
血
人性
土

結合不是為了征服
而是要得勝
夜帶往靈
血連結人性
土給予圓滿

「卡羅納破土而出時，奈菲瑞特想讓大家相信，這是他的重生，但其實不是，對不對？」蕾諾比亞說，眼睛仍端詳著那首詩。

「對，他被囚禁在地底一千多年了。他是脫困，不是重生。」我說。

「被誰囚禁？」

「我阿嬤的切羅基族祖先。」

「看來這表示，妳阿嬤族人之前束縛他的東西，不管那是什麼，現在已經不能再束縛他。這一次，這東西是要逼他逃離。對我來說，只要把他趕走，那就夠好了。在他徹底腐蝕我們跟妮克絲的連結之前，我們必須打發他走。」她的目光從詩轉移到我。「切羅基族是怎麼把他囚禁在地底的？」

我呼出長長一口氣，真希望阿嬤在這裡，引導我渡過這個難關。「我——其實我知道得不夠清楚。我應該要知道得更清楚的！」我喊道。

「沒關係。」蕾諾比亞撫摸我的手，像在安撫受驚的小母馬。「等等，我有個主意。」

她衝出馬欄，返回時手裡拿著一把馬刷，將它遞給我。然後她又出去，抱了一大捆乾草回來，放在牆邊，並坐了上去。她舒服地往後靠在牆上，抽出一根金黃色乾草，放進嘴裡嚼啊嚼的。「現在，刷妳的馬，說出妳心裡想的事。這樣，我們三個一定可以找到答案。」

「好。」我開始刷普西芬妮的紅褐色頸毛。「阿嬤告訴我，來自數個部落的格希古娃，呃，就是女智者，聚在一起，用泥土創造了一個少女，讓她將卡羅納誘入洞穴囚禁起來。」

「等等，妳說一群女人聚在一起創造出一個少女？」

「對，我知道這聽起來很扯，不過我發誓就是這樣。」

「不，我不是懷疑妳阿嬤說的話，我只是好奇聚在一起的女人有幾個？」

「我不知道。阿嬤只說，埃雅基本上是她們的工具，每位女智者賜給她一樣天賦。」

「埃雅？那少女的名字？」

我點點頭，然後越過馬的肩頭望向她。「卡羅納稱呼我埃雅。」

蕾諾比亞吃驚地倒抽一口氣。「那麼，妳就是工具，可以用來再次打敗他。」

「對，但不是打敗，只是趕走。」我不由自主地說。然後，我的直覺回應我的嘴巴，我知道我說對了。「是我沒錯。只不過，這次他不會再被囚禁，因爲他已經有心理準備。但我可以將他趕走。」我好像是在說給普西芬妮聽，而不是說給蕾諾比亞或我自己聽。

「但這次妳不只是工具，因爲我們的女神已經賜給妳自由意志。妳選擇良善，而良善將會驅走卡羅納。」蕾諾比亞語氣肯定，充滿自信，感染了我。

「對了，『五者』不知道是指什麼？」我現在才想到這個問題。

蕾諾比亞拾起我放在地上的詩。「詩中說，『能量之地——五者同聚』，然後列出五樣東西：夜、靈、血、人性、土。」

「這五者是指人。」我說，忽然覺得好興奮。「她們是象徵這五樣東西的人。還有……我打賭，如果阿嬤在這裡，她會告訴我，當時聚在一起創造埃雅的格希古娃共有五個。」

「在妳靈魂深處，妳覺得是這樣嗎？妳感覺到女神在跟妳說話嗎？」

我微笑，我的心往上飛揚。「對！我感覺是這樣。」

「最顯而易見的能量之地，應該就在夜之屋這裡。」她說。

「不！」我莫名其妙大聲起來，害普西芬妮緊張地鼓鼻噴氣。我撫拍著她，用比較平和的聲音說：「不，學校裡的能量之地已經被卡羅納玷污。他和奈菲瑞特的力量結合起來，再融合史蒂薇．蕾的血，才使得他獲釋，而且——」我倒抽一口氣，頓時察覺自己話中的言外之意。「史蒂薇．蕾！我原本想說她應該代表土，我的意思是，她具有土元素的感應力呀。但其實她不是土，而是血！」

蕾諾比亞微笑點頭。「非常好，解決一個了。現在妳必須把其他四個人找出來。」

「也要找出能量之地。」我低聲咕噥。

「對，還有地點。」她附和。「嗯，能量之地通常跟神靈有關。比如古代的女神之島亞法隆，跟英國格拉斯頓伯里地方的神靈關係密切。連基督徒也感受到這地方的力量，在那裡蓋了一座修道院。」

「什麼？」我繞過普西芬妮，興奮地走到蕾諾比亞面前。「妳說什麼修道院和女神？」

「傳說中的亞法隆島具有強大能量，其實不存在於這世上。但基督徒感受到它，在那裡蓋了一座修道院來膜拜聖母馬利亞。」

「啊，蕾諾比亞，這就對了！」我頓時寬下心來，眼睛竟盈滿淚水，害我拼命地眨眼。然後，我笑著說：「太完美了！原來這個能量之地就在第二十一街和路易斯街交叉口的本篤會修女修道院。」

蕾諾比亞雙眼睜大，然後笑著說：「女神真是明智。現在，妳只需找出另外四個人，然後帶大家去那裡。這首詩提到她們是如何聚在一起的……」她頓住，看著紙張念：

夜帶往靈
血連結人性
土給予圓滿

「血已經在能量之地了——至少我希望她已經平安到達了。」我說：「我察覺卡羅納準備抓她時，就叫她帶著紅雛鬼到修道院。」

「妳怎麼會想到要叫她去那裡？」

我綻開大大的笑臉。「因爲靈就在那裡呀！靈就是修道院院長，瑪麗・安潔拉修女。她保護我阿嬤免受仿人鴉攻擊，然後一直在那裡照顧我阿嬤。」

「修女？她代表靈，來征服一個古代的墮落天使？妳確定嗎，柔依？」

「不是征服，只是將他驅逐，讓我們有時間重整旗鼓，想出永久擺脫他的辦法。還有，對，我非常確定。」

蕾諾比亞只遲疑了一下，就點點頭，說：「那麼，妳已經找到血和靈。再想一想，誰裡面藏了土、夜和人性？」

我回頭繼續梳理普西芬妮的毛，然後，我大笑，很想狠狠地敲自己的腦袋。「愛芙羅黛蒂！她一定就是人性，雖然多數時候她不想跟人性扯上關係。」

「既然妳都這麼說了，我只好相信妳。」蕾諾比亞挖苦地說。

「好，現在只剩夜和土。一如我剛才說的，一開始我以爲土是史蒂薇・蕾，因爲她對土具有感應力，但我內心深處知道她是血。至於土……土……」我再次嘆一口氣。

「有可能是安娜塔西亞嗎？她對咒語和儀式的天賦，往往扎根於土。」

我想了一下。可惜內心沒有萌生那種肯定的感覺。「不，不是她。」

「或許我們把注意力放錯地方了。既然出乎我意料地，靈來自夜之屋以外的地方，或許土也是。」

「嗯，確實值得從這個角度來思考。」

「有哪個人——既不是雛鬼，也不是成鬼——有可能代表土？」

「我想，就我認識所及，跟土最親近的是我阿嬤的族人。切羅基族一向尊敬大地，不會占有、利用或濫用土地。傳統切羅基族人的世界觀跟今天現代人的看法很不同。」接著，我閉上嘴巴，頭靠在普西芬妮柔軟的肩部，在心裡悄聲對妮克絲致謝。

「妳知道土是誰，對不對？」

我抬起頭，微笑地說：「是我阿嬤。她就是土。」

「太好了！」蕾諾比亞同意我的話。「這樣就全員到齊了。」

「還少了夜。我還沒想出誰——」我頓住，發現蕾諾比亞露出彷彿已洞悉祕密的眼神。

「往妳內心深處探詢，柔依．紅鳥，我相信妳會知道妮克絲揀選誰來代表夜。」

「不會是我。」我喃喃地說。

「當然是妳。」蕾諾比亞說：「詩裡寫得很清楚，『夜帶往靈』。我們沒人會想到往本篤會修道院或裡頭的院長尋求答案，來解讀這個詩謎。是妳帶領我們得到答案。」

「如果我沒想錯的話。」我的聲音有點顫抖。

「聆聽妳的心。問它，妳想對了嗎？」

我深吸一口氣，往內心探索。沒錯，它就在那裡，那種感覺來自我的女神。我凝視蕾諾比亞充滿智慧的褐色眼眸，堅定地說：「我是對的。」

「那麼，我們得把妳和愛芙羅黛蒂送到本篤會修道院去。」

「我們所有人都得去。」我不假思索地說：「達瑞司、孿生的、戴米恩，以及愛芙羅黛蒂，都得去。萬一出了差錯，這樣才能設立守護圈。而且，我在這裡並不受歡迎，如果趕走卡羅納之後，那些雛鬼和老師沒能立刻從催眠狀態中清醒，我很可能短期內回不了學校。另外，我們當然還得對付奈菲瑞特。這一切，我都非常需要他們所有人的協助。」

蕾諾比亞稍微皺了一下眉頭，但隨即點頭同意。「我了解。妳這番話說得我很擔心，但我同意妳的話。」

「你們也應該跟我們一起走——妳、龍老師和安娜塔西亞。此刻的夜之屋不是你們該待的地方。」

「夜之屋是我們的家。」她說。

我看著她的眼睛。「有時候妳會被最親近的人背叛，妳的家不再是能讓妳快樂的地方。這種事很難接受，但有時就是這樣。」

「女祭司，以妳這個年紀，說這種話可真是有智慧啊。」

「唉，我是父母離異和錯誤再婚底下的產物。誰想得到這種經驗會派上用場呢？」

我們兩人哈哈大笑，下課鐘響，放學的時間到了。蕾諾比亞立刻起身，說：「我們必須通知妳的朋友，大家可以約在這裡。起碼，這裡算安全，可以避開仿人鴉的耳目。」

「已經通知了。」我說：「他們立刻會到。」

「假使奈菲瑞特發現大家約在這裡見面，我們肯定會很慘。」

「我知道。」我嘴巴這麼說，但我心裡這麼想：**唉，要命**。

30

雖然外頭又開始下起冰雨，戴米恩、孿生的、愛芙羅黛蒂和達瑞司在鐘響後幾分鐘內就抵達馬舍。

「好一個通知的辦法。」依琳說。

「妳眞夠狡猾，讓我們事先都蒙在鼓裡。」簫妮說。

「幹得好呀，妳！」戴米恩說。

「可是，現在你們腦袋裡都知道這件事了，所以大家務必守住心思，並且盡快進行該做的事。」達瑞司說。

「沒錯。」我說：「各位，召喚你們的元素，形成保護牆，牢守你們的心思。需要我快速設立個守護圈嗎？」

「不用，柔，我們只需要妳安靜片刻。」戴米恩說：「我們的元素都已經在待命了。」

「蠢蛋幫，那就快點動手呀！」愛芙羅黛蒂說。

「妳閉嘴！」孿生的齊聲吼她。

愛芙羅黛蒂對她們哼一聲，走去站在達瑞司身邊，他自然而然地抬手環抱她的肩膀。我注意到他臉上的傷幾乎已經痊癒，原本血淋淋的傷口只剩一條粉紅色細痕。我想起自己的傷。趁孿生的和戴米恩忙著召喚元素，愛芙羅黛蒂只顧著磨蹭達瑞司，我轉身背對他們，低頭偷瞄了胸口一眼。這一瞄，我皺起臉孔。我的傷疤不是粉紅細痕，而是一條鋸齒狀的紅腫褶皺。我動了動肩膀。不，不會痛，只是顯得嬌嫩，摸起來敏感，而且很醜，眞的、眞的很醜。想到有人可能會看到這麼噁心的傷疤（這「有人」是指史塔克、艾瑞克，甚至西斯），我眞想放聲大哭。或許我就不要想跟別的男生交往了。這樣，我的生活才不會那麼複雜……

「在良善對抗邪惡的爭戰中，戰鬥的傷疤有一種獨特的美。」蕾諾比亞說。

我嚇了一跳。她不知何時已經站在我旁邊，我完全沒有察覺。我凝視著她。她太完美了，**毫無疤痕**。「理論上可以這麼想，一旦傷疤眞的長在自己身上，就不會這麼覺得了。」

「我知道我在說什麼，女祭司。」她一隻手將銀色秀髮撩到一邊肩膀前面，轉身讓我看她的頸背，另一隻手拉下衣肩，從頸部髮際到背部，露出一道褶皺隆起的疤痕。

「好了！我們全都被元素充滿了。」依琳大喊。

「對，準備要下場了。」簫妮說。

「那麼，現在是什麼狀況？」戴米恩說。

蕾諾比亞和我快速交換個眼神。「這故事以後再說。」她輕聲告訴我。我跟在她背後走向我的朋友，心裡思忖著，她到底對抗過什麼惡魔，才留下這可怕的傷疤。

「柔依已經找出詩中提到的人，」蕾諾比亞開門見山地說：「也找到了這些人應該聚集的能量之地。」

大家全看著我。「那地方就是本篤會修道院。我想起安潔拉修女見到我召喚元素時，一點也不吃驚，是因爲她本身就感受過元素的力量。她說，她的修道院就是蓋在一個具有靈性力量的地方。那時我沒多想。」我停頓一下，苦笑一聲。「事實上，我沒把她的話當一回事，以爲她只是個瘋狂古怪的修女。」

「我得爲妳說句公道話，其實妳沒錯，她是眞的怪怪的。」愛芙羅黛蒂說。

達瑞司點點頭。「起碼就一個修女而言，安潔拉修女的確有點怪。」

「她也就是詩裡提到的靈。」我說。

「哇，妳眞的解開謎底了！」戴米恩咧著嘴對我笑。「那其他人是誰？」

「血是史蒂薇·蕾。」

「她肯定愛血。」愛芙羅黛蒂低聲嘟囔。

「妳是人性。」我斬釘截鐵地告訴愛芙羅黛蒂，還綻開笑容來強調。

「讚，眞是太讚了。我要先聲明一點：我・不・想・再・被・咬・了。」說完她看了達瑞司一眼，表情立刻改變，補上一句：「除非是你咬我。」孿生的發出作嘔聲。

「土是我阿嬤。」我繼續說，不理會他們。

「幸好妳阿嬤已經在修道院。」戴米恩說。

「那夜呢？」簫妮問。

「是柔依。」愛芙羅黛蒂說。

我驚訝地揚起眉毛看她。她翻了翻白眼。「還會有誰呀？任何人，只要不是智障或跟別人共用腦袋——」她意有所指地瞥了孿生的和戴米恩一眼——「都想得到。」

「好，對，我是夜。」我說。

「所以，我們必須到本篤會修道院。」達瑞司說。如同往常，他直接切進「作戰行動」的核心目標。我眞希望自己能按部就班，搞定該做的事，而不是每次都手忙腳亂，完全不像「作戰」。

「對，而且你們必須趕在卡羅納和奈菲瑞特對我們族類造成更大傷害之前，盡快抵達那裡。」蕾諾比亞說。

「或者趕在他們對人類發動戰爭之前。」愛芙羅黛蒂說。

除了達瑞司，所有人都瞠目結舌地看著她。我雖然目瞪口呆，卻也在她的美貌和神色自若的表象之外，清楚見到她的黑眼圈，以及眼白裡尚未完全褪去的血絲。

「妳又出現靈視了。」我說。

她點點頭。

「要命，我又被殺死一次？」我聽見蕾諾比亞倒抽一口氣。「說來話長。」我告訴她。

「沒有，蠢蛋，妳沒有再一次被殺。」愛芙羅黛蒂說：「不過，我瞥見戰爭——我之前看到的同一場戰爭——只不過這次我認出了仿人鴉。」她頓住，打了個寒噤。「你們知道他們會強暴女人吧？這種靈視實在讓人很不舒服。總之，奈菲瑞特跟卡羅納掛鉤，要進行她對人類發動戰爭的瘋狂陰謀。」

「但上次妳出現戰爭的靈視時，妳說，只要保住柔依，就可以阻止戰爭。」戴米恩說。

「這個我知道。我是靈視小姐，記得吧？我不了解的是，爲什麼這次不一樣——除了卡羅納也加入戰局外。還有，嗯，眞是太可怕了，我實在不想說，但還是得說：奈菲瑞特已經完全投向黑暗面。她變成某種東西，那東西絕不是我們所知道的任何一種吸血鬼。」

我內心被觸動，原本散落的拼圖湊齊了。我知道到底是怎麼一回事。「她眞正要變成特西思基利之后了，第一個吸血鬼特西思基利。這是前所未聞的新生物。」我的聲音跟我的感覺一樣冰冷。

「對，我見到的就是這樣。」愛芙羅黛蒂說，一臉蒼白。「我也知道戰爭將會從陶沙市開始爆發。」

「所以，他們想奪取的委員會一定就是夜之屋這裡的委員會。」我說。

「委員會？」蕾諾比亞問。

「一言難盡。這麼說吧，幸好他們的野心只是區域性的，不是全球性的。」我說。

「那麼，我們可以合理推斷，只要我們把卡羅納趕出陶沙市——幸運的話，連同奈菲瑞特一併驅逐——戰爭就不會爆發。」達瑞司說。

「或者，起碼不會從這裡開始爆發。」我說：「這樣一來，我們就能爭取到時間想辦法徹底擺脫他。看來他似乎是戰爭的主使者。」

「主使者是奈菲瑞特。」蕾諾比亞的聲音冷靜到彷彿沒有絲毫感情。「她是卡羅納背後的推手，她想對人類發動戰爭已經好多年了。」她看著我的眼睛。「妳也許得殺了她。」

我嚇得臉色發白。「殺死奈菲瑞特！不可能，我不會那樣做！」

「也許妳非那樣做不可。」達瑞司說。

「不！如果我眞的必須殺死奈菲瑞特，那我就不會光想到這件事，內心就覺得噁心。妮克絲會讓我知道這是她的旨意，但我不相信殺死她的女祭司長會是女神的旨意。」

「**前**女祭司長。」戴米恩說。

「女祭司長是一種不可以搞丟的差事嗎？」籲妮問。

「就是，這是一種『終身職』之類的東西嗎？」依琳說。

「況且，如果她變成別的東西，比方說特西思基利之后，那她還能算是女祭司長嗎？」愛芙羅黛蒂接著說。

「算！也不算！」我語無倫次了。「我不知道啦。我們別談這個話題了，我實在無法碰觸這個話題。」

我看到達瑞司、蕾諾比亞和愛芙羅黛蒂互相交換一個眼色，但我決定視而不見。蕾諾比亞說：「好吧，現在回來討論你們該怎麼離開這裡的事。我認爲大家必須現在就行動。」

「現在？」籲妮說。「這一刻？」依琳接腔。

「愈快愈好。沒錯，我感覺到你們的元素，也知道你們的心思受到它們保護，但奈菲瑞特萬一試圖闖入你們的腦袋，就會撞上元素築起的圍牆，那她就會察覺有什麼事不對勁，只差她無法確知那是什麼事。」我環顧四周，擔心她又會像鬼魅般的蜘蛛，飄浮在暗處。「她曾兩度像個鬼魅般出現在我面前，所以我才會說我們必須離開這裡，現在就走。」

「我不喜歡妳說的這種感覺。」依琳說。

「我也不喜歡。」我說：「不過，現在有個問題：我們怎麼離開這裡？天氣簡直在跟我們作對。光是從主校舍走到馬舍這裡，我就差點跌跤。我最後不得不用火融化一些冰。」我瞥簫妮一眼，不好意思地笑笑。

「等等，妳說妳用火元素來融化冰？」蕾諾比亞打岔。

我聳聳肩。「我實在厭煩了老是打滑，所以聚集了一些火在人行道上，三兩下就融掉了路上的冰。」

「沒錯，小事一樁。」簫妮說：「我自己也這樣做過。」

蕾諾比亞愈來愈興奮。「當你們集體行動，妳發出的火焰足以融化你們腳下的冰嗎？」

「應該沒問題，只要我們想出個辦法不燒到腳。不過，我不知道我可以撐多久。」我投給簫妮一個探詢的眼神。

她點點頭。「沒問題，我可以幫忙，而且我的腳不會被燒到。我們兩個同心協力，一定可以撐得比我們自己單獨召喚時更久。」

「孿生的，」依琳說：「第二十一街和路易斯街交叉口距離這裡不過半哩路。柔依今天看起來好多了，妳們兩個一定可以讓熱氣維持那麼久。」

「就算解決了冰的問題，我們靠雙腿走路也不夠快。我沒辦法讓那輛悍馬車隱形，因爲它不是有機物。」我說。

「我想，我有解決的辦法了。」蕾諾比亞說：「跟我來。」我們跟著她到普西芬妮的馬欄。這匹母馬正心滿意足地嚼食，蕾諾比亞跟她打招呼時，她只是對著我們把耳朵往後彈了彈。蕾諾比亞走到她的後腿，蹲下，說：「來，乖女孩。」

普西芬妮聽話地抬起腿，蕾諾比亞撥掉黏在蹄上的乾草，然後抓著馬腳，對簫妮說：「妳可以點火加熱她的馬蹄鐵嗎？」

聽到這個不尋常的請求，簫妮一臉愕然，但隨即說：「小事一樁。」她深吸一口氣，低聲呢喃，然後伸出紅熱的手指，點向普西芬妮的馬蹄。「燒吧，寶貝，燒吧！」她說。火光從她的指尖奔向普西芬妮腳蹄上那只銀色馬蹄鐵。剎那間，馬蹄鐵開始灼熱發紅。普西芬妮停止嚼食，彎下頭來，好奇地看了自己的馬蹄一眼，鼓鼻噴氣，又回頭繼續吃草。

蕾諾比亞拍了拍馬蹄，像在檢查蹄鐵燙不燙。她迅速將手抽回。「果然行得通。簫妮，妳現在可以讓火離開了。」

「謝謝你，火！請回到我身上！」一股灼亮的熱氣先繞著馬兒迴旋一圈，惹得她再次鼓鼻噴氣，才返回簫妮身上。接著，簫妮開始全身紅燙。她皺起眉頭，說：「安靜下來。」

蕾諾比亞放下馬蹄，溫柔地拍了拍普西芬妮的臀部，說：「這就是你們快速離開這裡，前往修道院的辦法。依我之見，騎馬是最好的移動方式。」

「這主意很棒，」達瑞司說：「不過，我們要怎麼逃出去？仿人鴉絕不會讓我們騎著馬從大門離開的。」

蕾諾比亞綻開笑臉。「搞不好會。」

31

「這計畫眞是太瘋狂了。」愛芙羅黛蒂說。

「但很可能行得通。」達瑞司說。

「我喜歡，感覺眞浪漫，可以騎馬之類的。再說，這是我們目前想到最棒的點子。」戴米恩說。

「是唯一的點子吧。」我說。看到蕾諾比亞揚起眉毛，我趕緊又說：「但我也喜歡。」

「你們騎的馬匹愈少，愈不會受注意。我建議兩人騎一匹。」蕾諾比亞說。

「可是，我們要怎麼通知龍老師和安娜塔西亞呢？」我說：「我們絕不能大家一起走去擊劍室或安娜塔西亞的教室吧。但我又不希望我們幾個分開。」

蕾諾比亞再次揚起眉毛。「我不曉得妳有沒有聽說過啦，不過有一樣東西我們很多人都在用，這東西叫作手機。信不信由妳，龍老師和安娜塔西亞也都有手機。」

「啊。」我說，覺得自己像白癡。愛芙羅黛蒂賞我一個白眼。

「我這就打電話給他們，讓他們知道自己要扮演的角色。妳們這些穿裙子的，都去換衣服。柔依會告訴妳們，騎馬裝放在馬具房裡的哪個角落。那裡面的東西，有任何妳們需要的，儘管拿去。」蕾諾比亞邊說，邊匆匆走向她的辦公室。「我會告訴龍老師，聲東擊西的行動三十分鐘後開始。」

「三十分鐘！」我的胃揪緊。

「這時間夠妳們換裝，把馬轡套在三匹馬上。別用馬鞍，免得太過醒目。」

蕾諾比亞剛走進辦公室，戴米恩就說：「不用馬鞍？我想，我快要反胃了。」

「大家都一樣。」我說，然後告訴愛芙羅黛蒂及孿生的：「來吧，妳們得把短裙換掉。還有，怎麼會有人在冰風暴的天氣裡穿細高跟鞋啊？」

「這是**馬靴**。」愛芙羅黛蒂說：「馬靴最適合冬天穿。」

「三吋半高的細高跟**馬靴**絕不適合冬天。」我說著帶她們走進馬具房，走向整齊吊掛在牆上的一套套騎馬裝。

「時尚智障宅女。」愛芙羅黛蒂嘀咕著。

「難得同意妳。」簫妮說。「僅此一次。」依琳接腔。

我抓起三副馬轡，對她們搖頭。「換衣服吧。那個櫃子裡有**騎馬專用的靴子**。好好善用這些裝備。」我走出馬具房時，重重把門關上。

我不確定蕾諾比亞會另外挑選哪兩匹馬讓我們騎走，不過，我知道負責載我的一定是普西芬妮，所以我疾步前往她的馬欄。馬廄裡窗戶的位置都很高，達瑞司正忙著將一捆捆乾草堆疊在其中一扇窗戶底下的地上，顯然想站上去察看天氣狀況和仿人鴉動態。

「呃，柔，可以跟妳私下說一下話嗎？」戴米恩說。

「當然，進來吧。」我走進普西芬妮的馬欄，拿起馬刷，幫她梳理一下。

戴米恩站在馬欄門口。「是這樣子的——其實我不會騎馬。」

「嗯，別擔心。我負責騎，你只須坐在我後面抱緊我就行了。」

「萬一我摔下來呢？我知道她是一匹很友善的動物——」他輕輕搖手跟普西芬妮打招呼，但她只顧開心地嚼著乾草，理都不理戴米恩——「不過，她也很高大，眞的非常高大。事實上，她是龐然大物。」

「戴米恩，我們現在正要逃命，然後想辦法驅逐一個古代的不死生物和一個邪惡的吸血鬼女祭司長，你卻爲了要騎在馬背上而焦慮不安？」

「沒有馬鞍欸。是坐在光溜溜的馬背上欸。」他說，然後自己點點頭。「對啦，這讓我焦慮不安。」

我開始咯咯笑，笑到傷口痛，得靠在普西芬妮身上支撐一下。這真的是我學到的人生教訓：只要有好朋友，不管日子多糟，他們總有辦法讓妳笑。

戴米恩蹙著眉頭看我。「我告訴妳，我要跟傑克說妳取笑我，他一定會對妳生氣，下次我買禮物送妳時，他就會罷工，不替我注意禮物包裝的品質。」

「啊，這懲罰好嚴厲啊。」我說，再度捧腹大笑。

「你們可不可以正經一點！我們現在有仗要打，有世界要拯救欸。」愛芙羅黛蒂雙手叉腰，站在馬欄外。她上半身穿設計款黑色短背心，胸前用金色字體打印上美味多汁幾個字，下半身穿褐色馬褲，褲腳塞進平底的英式馬靴——真正的馬靴，沒鞋跟，一點都沒有。我看她一眼，又開始咯咯笑。然後，我瞥見站在她身後的孿生的。她們兩人穿著高級絲質上衣，上面印有動物圖案，下半身穿彈性纖維的英式褐色緊身馬褲，褲腳同樣塞進英式馬靴裡。實在太好笑了。這一次，戴米恩也跟我一起歇斯底里地笑。

「我討厭他們兩個。」愛芙羅黛蒂說。

「小姐，看來我們跟妳的共通點愈來愈多了。」依琳告訴愛芙羅黛蒂。

「深有同感。」簫妮說，繃著臉怒視戴米恩和我。

可惜蕾諾比亞忽然現身說話，像一桶冷水般地澆熄我的快樂時光。

「我跟安娜塔西亞談過了，一切都已準備就緒。龍老師這會兒正在處理一個不尋常的吸血鬼蛻變狀況。他還叫我帶話給柔依，說史塔克已經到了，會受到妥善照顧。」

「她是說史塔克嗎？」戴米恩問。

「喔，該死。」愛芙羅黛蒂說。

「天氣仍然很糟。樹上有動靜。我想，他們大概想等我們離開馬舍時捉拿我們。我們最好快點行動。」達瑞司邊說，邊走過來，發現所有人都盯著我。「看來我錯過了什麼。」

「對，柔依正準備跟大家說明。」戴米恩說。

我啃著嘴唇，逐一看著他們。**唉，真要命**。「喔，是這樣的。史塔克蛻變了，成爲有史以來第二個紅色吸血鬼。」

「了不起喔！」依琳說：「他仍然是王八蛋一個。」

「沒錯。妳怎麼會知道他蛻變？」簫妮說。

「妳千萬不可以再這樣關心他，彷彿他是另一個史蒂薇．蕾。他們是截然不同的兩個人。」戴米恩說，態度比其他人溫和多了。

「她愛他。」愛芙羅黛蒂突然冒出這句話。

「愛芙羅黛蒂！」我大喊。

「總得有人讓這些蠢蛋知道妳可悲地迷戀上這傢伙啊。」愛芙羅黛蒂說。

「妳這是在幫倒忙。」我說。

「等等，倒帶一下。柔依愛上史塔克？這是我這輩子聽過最蠢的事。」依琳說。

「嗯，奧克拉荷馬州的分級駕照制度除外。孿生的，說真的，這是**我們**這輩子聽過最蠢的事。」簫妮說。

「沒錯。愛芙羅黛蒂，我們得告訴妳：妳．發．瘋．了。」依琳說。

「又．一次．發．瘋。」簫妮接腔。

每個人都看著我。

「我也覺得分級駕照制度很蠢。」我心虛地轉移話題。

「瞧！我就說吧！」愛芙羅黛蒂說：「她真的迷上了史塔克。」

「真個鬼啦。」依琳說。「我絕不相信。」簫妮說。

「聽她怎麼說！」戴米恩提高嗓門說。所有人安靜下來。

我清清喉嚨。「好，嗯，還記得那首詩嗎？」我這些朋友全瞇起眼睛看我。我覺得他們這樣很不公平，但我還是說下去：「那首詩不是說我應該拯救他的人性嗎？所以我就這樣做了，我想，呃，我希望。」

「女祭司，我們當場抓到他欺負一個雛鬼。妳怎能原諒他這種行徑？」達瑞司說。

「我沒有原諒他。他那種行爲讓我反胃。但我想起史蒂薇・蕾還在掙扎，想保住她的人性時，也很可怕。」我看著愛芙羅黛蒂。「妳知道我在說什麼。」

「對，而且直到今天，我都還不敢百分之百確定我們可以信任她。我可是被她烙印的人類，當然最了解她。」

我以爲孿生的和戴米恩會對她發飆，但他們默不吭聲。終於，我告訴達瑞司：「史塔克將他的戰士誓約獻給了我。」

「他的戰士誓約！妳接受了嗎？」達瑞司問。

「我接受了。就在他蛻變之前。」

達瑞司深深嘆息。「那麼，史塔克就會跟妳緊緊牽繫在一起，直到妳解除他的誓約。」

「我認爲，我接受他的誓約促成了他蛻變。」我說：「我想，紅雛鬼的蛻變都與他們在善惡之間的抉擇有關。」

「史塔克對妳立誓，代表他選擇善。」達瑞司說。

我露出微笑。「我願意這樣想。」

「所以，這代表他不再是混蛋了嗎？」依琳說。

「我以為妳剛才是叫他王八蛋。」簫妮說。

「孿生的，混蛋和王八蛋是一樣的意思。」依琳說。

「這代表我信任他。」我說：「我希望你們也能給他一個機會。」

「在這個時候，如果把機會給了不對的人，很可能會賠上我們的命。」達瑞司說。

我深吸一口氣。「我知道。」

「剛蛻變的吸血鬼必須隔離在妮克絲的神殿裡。龍老師向我保證，史塔克在那裡很安全。」蕾諾比亞瞥了一眼手錶。「我們只剩十分鐘。大家先處理眼前更重要的事，史塔克值不值得信任的問題，留待日後更恰當的時機再談，可以嗎？」

「當然可以。」我說：「接著要做什麼？」現在，我只希望龍老師真的把史塔克安全地隔離在妮克絲神殿裡，一切等把卡羅納趕走，同時擺脫奈菲瑞特之後再說。

我們迅速給另外兩匹馬套上馬轡。這兩匹馬的名字分別叫「希望」和「命運」，恰好反映了我們當下的處境。接下來，計畫中最困難的部分要開始了。

「我還是覺得不安全。」達瑞司說，看起來凜若冰霜。

「我非去不可。史蒂薇·蕾不在這裡，我是我們當中最能感應土元素的人。」我說。

「聽起來沒那麼難。」愛芙羅黛蒂說，試圖跟憂心忡忡的戰士講道理。「柔依只要溜到圍牆邊，告訴那棵早就斜靠在牆上的樹，要它更用力倒下去，然後再溜回來這裡就成了。」

「我送她去。」達瑞司固執地說。

「有你的飛快速度幫忙，當然更好。」我說：「好吧，我準備好了。」

「我要怎麼知道妳已經辦妥，可以開始進行下一步了？」蕾諾比亞問我。

「我會請靈元素來找妳。如果妳感受到一種舒服的震動，就表示我們好了，可以叫簫妮準備放火。」

「不過她必須記住，唯一能著火的東西是**馬蹄鐵**。」蕾諾比亞說，嚴厲地看簫妮一眼。

「我知道！這沒那麼難啦。柔依，妳去忙妳的吧，命運和我正在交朋友。」簫妮轉身面向那匹棗紅色母馬，繼續跟她說話，而依琳則輕輕地刷她的毛，跟她提起什麼方糖之類的。

「確保她安全，而且平安回到我身邊。」愛芙羅黛蒂對達瑞司說，親吻他的嘴，然後走向希望，幫蕾諾比亞給這匹母馬扣好馬轡的最後一條帶子。

「嗯，女祭司，我們可以走了嗎？」達瑞司問。

我點點頭，讓他將我抱在懷中。達瑞司一跨步，便走進外頭冰風暴的黑夜。接著，當他循對角線的方向穿越後側校區，四周模糊的景象一晃而過。有一年冬天，陶沙市風雪大作，夜之屋後方圍牆邊的一棵大橡樹支撐不住，倒下，樹幹斜靠在牆上。愛芙羅黛蒂說，在正常狀況下，這裡是溜出校園的絕佳地點。根據我個人的親身經驗，她所言不假。只不過，我們今天面對的不是正常狀況。

達瑞司在這棵倒下的樹旁煞住，把我放下，要我蹲在樹幹底下。他壓低聲音說：「待在這裡，我先確定四周安全。」說完人就不見了。

我蹲在那裡，心裡想著這裡好濕冷，男孩子眞麻煩。接著，我聽見可怕的撲翅聲。我決定站起來——以最快速度。當我從樹幹下走出來，正巧見到達瑞司手裡抓住一隻仿人鴉的翅膀，將他重重砸在地上，然後割開他的喉嚨。我趕緊別開頭。

「柔依，快，我們沒時間了。」

我努力不去看仿人鴉的屍體，折回半倒的橡樹旁。我手壓在樹幹上，閉上眼睛，集中意念，在心裡搜尋北方，也就是土元素的方向，然後開始召喚。「土，我需要你，請降臨我。」在冰風暴肆虐的深冬裡，春天草原的氣息忽然奇蹟似地籠罩過來……還有小麥成熟的香氣……含羞草花綻放的味道。我感激地低頭繼續說：「我需要你做的事情有點辛苦。如果不是情況緊急，我不會這樣要求你。」我深吸一口氣，將念力集中在掌心下覆蓋薄冰的樹皮。「倒下。」我下令。「原諒我，但我必須要求你倒下。」樹開始劇列顫抖，震得我踉蹌往後跌。一聲爆裂聲傳來，我發誓，我同時還聽見樹的內裡發出垂死的吶喊。接著，老橡樹倒下，壓垮原本就脆弱的那一段牆，石塊和磚頭崩落，圍牆出現一道缺口。人們不難合理地推測，我們是想從這裡逃走。

我費力地喘息，全身顫抖，但仍不忘派靈回去通知蕾諾比亞，我已經辦到了。然後，我站起來，蹣跚地走向倒下的樹，雙手放在樹皮上。「謝謝你，土。」忽然，我想到一件事，趕緊接著說：「去找史蒂薇．蕾，告訴她我們就要到了，請她準備好。」我可以感受到元素在我身旁聆聽。「去吧，土。再次謝謝你幫助我。我很抱歉，不得不傷害這棵樹。」

「我們必須回馬廄了。」達瑞司大步走向我，將我抱在懷中。「妳做得非常好，女祭司。」我將頭靠在他舒適的肩膀上。當我看見他外套上的濕痕，我才知道自己哭了。「我們離開這裡吧。」

32

三匹套了轡繩的馬正等著我們。依琳和簫妮已經跨坐在命運背上，負責「駕馭」的人是簫妮。她被標記之前念私立預校時，曾上過英式獵人賽（馬術比賽中以騎師的姿勢、風度爲評分標準）和越障賽（以跳躍障礙的表現爲評分標準）的馬術課程，她當然會宣稱自己是個「幾乎還不錯的騎師」。愛芙羅黛蒂和戴米恩站在普西芬妮和希望旁邊。戴米恩看起來好像隨時會嘔吐。

當我們如一陣風拂過蕾諾比亞身邊，她說：「我感覺到靈的碰觸，知道事情成了。」

「圍牆破了。但我被迫殺死一隻仿人鴉。我想，他們很快就會發現屍體。」達瑞司說。

「其實這樣很好，更加證明你們確實想弄倒圍牆，從那裡離開。」蕾諾比亞說著，瞥了一眼手錶。「時間逼近了。簫妮，妳準備好了嗎？」

「我早就等在這裡了。」簫妮說。

「很好。那妳呢，依琳？」

依琳點點頭。「一樣，也準備好了。」

「戴米恩？」

他應該回答蕾諾比亞，卻對著我說：「我好怕。」

我立刻走到他身邊，握住他的手。「我也怕。但一想到我們在一起，就沒那麼怕了。」

「即使我們在一起的地方是馬背上？」

我笑著說：「對，即使在馬背上。再說，普西芬妮是一位很棒的小姐。」我拉起戴米恩的手，牽著它貼在普西芬妮曲線優美的頸部。

「哇，好柔軟，好溫暖。」他說。

「來，我托你上去。」蕾諾比亞說，在我們旁邊半蹲下來，雙手合併成托架，遞送出來給戴米恩。

他彷彿壓抑很久了，長長嘆一口氣，抬起一隻腳的膝蓋，跪在她的手掌上。她一把將他托上普西芬妮寬闊的馬背時，他努力克制，卻還是發出一聲尖叫。

蕾諾比亞幫我翻上馬背之前，雙手搭在我的肩膀上，凝視我的眼睛，說：「跟隨妳的心和直覺，妳就不會出錯。趕走他，女祭司。」

「我會竭盡所能。」我說。

「我知道，所以我才對妳這麼有信心。」她說。

大家全上馬後，蕾諾比亞領我們來到底下裝有滑輪的門前。門外就是跑馬場。稍早前，蕾諾比亞已靜悄悄地出去，打開了跑馬場通往校園的大門。所以，待會兒滑輪門一打開，就沒有什麼擋在我們和外頭世界之間了——除了許多冰、學校大門、一大票仿人鴉，以及他們的老爸，和發了瘋的前女祭司長。

不難想見，我好擔心自己會緊張到猛拉肚子。幸好，時間緊迫到我的身體無暇多想。

蕾諾比亞拉開了門。她已經熄掉馬舍這一區的煤氣燈，所以沒有燈光會映照出我們的身影，讓我們變成顯著的攻擊目標。我們望向冰凍黑夜，知道風暴就要來臨。

「我會給你們幾分鐘召喚元素。」蕾諾比亞說：「當風暴忽然變強，那是安娜塔西亞的信號，表示她已在校園另一側施咒，製造混亂。還有，別忘了龍老師會守在學校大門口，一聽見馬蹄聲接近，就會立即斬殺駐守在那裡的仿人鴉。簫妮，妳準備好時，就在馬廄放火。我見到火焰，便會釋放其他馬。他們已經知道他們是要到校園裡東突西竄，大肆破壞。」

簫妮點點頭。「我懂。」

「然後，把火焰聚集在馬蹄鐵上。」蕾諾比亞頓住，再次重申：「我是說馬蹄上的馬蹄鐵。我會告訴普西芬妮，何時起步。你們其他人要做的，就是抓緊韁繩，跟在她後面。」她疼愛地撫拍著普西芬妮，然後抬頭看著我，說：「歡喜相聚，歡喜散場，期待歡喜再聚，女祭司長。」她說，握拳放在心臟位置，頷首對我鞠躬。

「誠摯地祝福妳，蕾諾比亞。」我說。她轉身要走開，我叫住她。「蕾諾比亞，請再次考慮離開這裡。如果我們沒能趕走卡羅納，妳和龍老師、安娜塔西亞務必躲到地底——火車站的坑道、修道院，甚至市區任何一棟建築的地下室都行。唯有這樣，你們才可能安全。」

蕾諾比亞回頭看我，對我露出安詳、智慧的笑容。「不過，女祭司，妳會成功的。」然後，她快速離去。

「天哪，她可眞固執。」簫妮說。

「我們不能讓她失望。」我說：「好，大家準備好了嗎？」朋友們都點點頭，我深吸一口氣，集中精神。此時大家面朝北，所以我用膝蓋頂了頂普西芬妮，要她向右轉，以便面向東方。沒有時間說些華麗的話語，或來段激勵人心的音樂。我們僅有的時間只能用來行動。我快速地逐一召喚元素。當它們充盈在空氣中，形成一道晶瑩剔透的圓圈，緊緊圍住我們，我頓時覺得心情篤定。而當靈的力量漲滿我內心，我不能自已地放聲大笑。

「戴米恩、依琳，讓你們的元素動起來吧！」我說，聲音仍帶著興奮的笑意。

我感覺到戴米恩在我背後舉起手，也看見依琳舉手。我聽見戴米恩對空低聲呢喃，請求寒風開始迴旋呼嘯，翻騰打轉，攪動我們身邊的一切。我知道依琳也在召喚水做類似的事，請求涷雨增強，淋濕我們周遭的世界。我提起精神，準備隨時幫他們引導、控制元素，好讓我們等一下在風狂雨驟的大漩渦中，始終能置身於一個寧靜的小泡泡裡。

戴米恩和依琳的元素立刻回應。我們望向外面，見到黑夜中驟然生出的暴風雨，洶湧猛烈，似乎足以摧倒氣象雷達。

「好，」我高聲叫喊，壓過呼嘯的風，「現在輪到火上場。」

簫妮舉起手，頭往後仰，彷彿準備投擲棒球。然後，她將掌心那團熊熊火焰擲向蕾諾比亞要她點燃的，那個堆滿乾草的空馬欄。

「現在點燃馬蹄。」我大聲說。

她點點頭。「幫我維持住火。」

「我會的，別擔心。」

簫妮舉起手指，往下點向我們這三匹馬的馬蹄。「加熱她們的鞋子！」她大喊。普西芬妮鼓鼻噴氣，低頭看見腳下的鋸木屑開始冒煙，豎起耳朵，傾聽自己馬蹄下的聲音。

「喔，天哪……我們得趁她們的馬蹄鐵燒掉一切之前，趕緊離開這裡。」戴米恩說。他緊緊抱住我，緊得我差點喘不過氣來。但我不想說什麼，免得害他摔下馬背。

這時，後面傳來一陣騷動。我知道一定是蕾諾比亞放出馬群，假裝他們是因爲馬廄失火，受到驚嚇，才跑到校園裡奔竄。普西芬妮甩頭噴氣，我感覺到她的肌肉緊繃。我隨即夾緊兩腿，向後面的戴米恩大喊：「抱緊了！出發！」於是，普西芬妮衝出馬廄，奔入狂風暴雨的黑夜中。

我們三匹馬並肩疾馳，穿越跑馬場，衝出蕾諾比亞已經爲我們打開的大門。然後，我們緊急左轉，繞到主校舍後方。當炙熱的馬蹄鐵接觸停車場柏油路面的冰，蒸氣立刻嘶嘶作響，我們四周的地面湧現一陣陣煙霧。

我聽見身後傳來驚慌的馬匹嘶鳴，仿人鴉發出可怕的哀叫聲。我咬緊牙，希望蕾諾比亞的馬可以解決掉一票鳥人。

普西芬妮的馬蹄奔馳在滑溜的路上，奔向通往學校大門的車道。

「啊，女神啊！看！」戴米恩大喊。他的手越過我的肩頭，指向左前方那排樹。在那裡，龍老師正在跟三隻仿人鴉奮戰。他長刺、撥擋、迴身，速度之快，手中的劍化成一道模糊的銀光。那些鳥人一發現我們，將注意力轉過來，龍老師趁機加倍展開攻擊，立刻一劍刺穿其中一隻。其他兩隻旋即轉身，對他憤怒地嘶鳴。

「快走！」我們奔馳經過他旁邊時，他大喊：「願妮克絲保護你們！」

學校大門已經敞開。我確信，這一定是龍老師所為。我們衝出校門，向右轉，奔馳在空蕩無人，覆滿冰雪的尤帝卡街。到了第二十一街路口那盞沒亮的路燈下，我們往右轉，讓馬兒站在路中央，放鬆她們的韁繩，任由她們自行決定行進的速度。

陶沙市的中城已經變成冰封的鬼域。若非我集中精神，而且確知我們的馬正以平穩的速度奔馳在第二十一街上，我很可能會以為我們迷失在一個末日浩劫之後的，冰封的陌生世界裡。環顧四周，我看不見任何熟悉的景物。沒有燈光，沒有往來車輛，也沒有人跡。世界已被嚴寒、漆黑和冰所籠罩。幾株美麗的老樹被厚厚的冰壓得攔腰折斷。電線散落，宛如慵懶的毒蛇蜿蜒在街頭。我們的馬不理會它們，直接跳過樹枝和電線，炙熱的馬蹄劃過路面，擦出火花。

就在這時，除了馬蹄敲擊路面的達達聲，和火焰觸及冰雪發出的嘶嘶聲，我聽見可怕的撲翅聲和第一隻仿人鴉的咆哮，以及緊接著跟上來的一隻又一隻鳥人的聲音。

「達瑞司，」我大喊：「仿人鴉！」

他回頭往後面和上面看，嚴肅地點點頭。接著，他做出一件令我震驚的事：他從外套口袋掏出一把黑管槍。我從未見過冥界之子持有現代武器。槍在他手上顯得好突兀。他對愛芙羅黛蒂說了些什麼，她緊貼著他的背，往旁邊挪一點，好讓他回過身去。他舉槍，瞄準，連續扣發五、六顆子彈。在凍寒的黑夜裡，槍聲震耳欲聾。但緊接著傳來的聲音更讓人覺得詭異、恐怖——中槍的仿人鴉尖叫哀號，一隻隻從天空掉落地上，發出**砰**！**啪**！巨響。

「那裡！」簫妮大喊，指著我們的右前方。「我看見火焰！」

一開始我什麼都沒看到。然後，在一叢覆冰的樹木後面，我瞥見第一盞搖曳的燭火，接著第二、第三盞……相繼浮現，彷彿在迎接我們。那是什麼？本篤會修道院嗎？可見度極差，一切看起來是如此漆黑，令人迷惑。我分辨不出那是修道院，還是這一帶街上一間間由住宅改裝的整型外科醫院。

專心！如果那是能量之地，我一定感覺得到。

我深吸一口氣，以直覺探索。我感覺到了，靈與土元素相會、結合，牽引著我。這感覺是如此清楚，無可置疑。「就是那裡！」我大喊：「那裡就是修道院！」

我們將馬頭拽向右邊，離開馬路，越過溝渠，爬上點綴著樹木的護坡。馬兒必須放慢速度，避開掉落在地上的樹枝和電線。然後我們從林木間穿出，進入一片空地。我們正前方有一棵巨大的老橡樹，低矮的枝椏上吊滿了一個個小籠子似的玻璃容器，裡面插著明亮燃燒的蠟燭。大樹後方遠處有一個車棚，再過去則是巨大的磚造建築。我知道，這就是本篤會修道院。一扇扇窗戶裡面，都亮著一盞蠟燭。

「好，你們現在可以送走元素，讓一切平靜下來。」我說。孿生的和戴米恩對他們的元素低語，暴風雨開始止歇，留下一個烏雲密布的寒冷夜晚。

「喝！」我喊道，我們這三匹乖巧、忠誠的母馬立刻止步，停在一位穿戴黑色長袍和頭巾，凜凜然站立在那兒的人面前。

「哈囉，孩子，我聽見你們來了。」她說，仰頭對我微笑。

我滑下普西芬妮的背，撲進她的懷裡。「瑪麗．安潔拉修女！我好高興見到妳。」

「我也是。」她說：「不過，孩子，或許我們應該晚點再來寒暄，因爲妳身後那些樹裡正躲著一票黑漆漆的怪物。」

我轉身看到數十隻仿人鴉降落在樹上。除了撲翅的聲音，他們非常安靜，幾乎一聲不響。他們紅色的眼睛灼灼發光，像惡魔盯著我們瞧。

「啊，該死。」我說。

33

「注意妳的言談。」安潔拉修女說，態度沉著冷靜。

達瑞司已經下馬，正在幫愛芙羅黛蒂和孿生的爬下馬背。戴米恩沒等人幫忙，幾乎跟我一樣迅速地自己跳下來，站到我旁邊。

「女祭司，」達瑞司對安潔拉修女說：「妳們修道院該不會剛好備有槍枝吧？」

在這個時候，她的笑聲很突兀，但聽起來令人安心。「喔，戰士，當然沒有。」

「要和他們作戰的話，我們人手太少。不過，我們有守護圈。」達瑞司一邊打量棲滿鳥人的樹，一邊說：「妳只要待在守護圈裡，就很安全。」

當然，達瑞司說得沒錯。我們的守護圈完好如初，雖然已經不再是正圓，但圈起我們的那條銀絲線依然閃閃發亮。

「我可以跑回夜之屋找幫手。」達瑞司說。

但我聽出他語氣裡的無力感。他能帶什麼幫手來？自從回到夜之屋，我們就沒見到任何他的戰士弟兄。龍老師的劍術是很厲害，但一個人對付不了一大群仿人鴉。第二十一街的路樹上，黑壓壓一片都是鳥人。原已被冰壓得直呻吟的樹木，仿人鴉一降落，幾乎再也支撐不住。枝椏斷裂的聲音，跟鳥人的嘎嘎啼叫一樣嚇人。

「嘿，聽說這裡需要幫手。」我這輩子聽過的聲音當中，從來沒有哪個聲音，像此刻史蒂薇．蕾的奧克腔那樣讓我興奮。我緊緊抱住她，沉浸在見到她平安的喜悅中，絲毫不在意她對我有所隱瞞。見到一群紅雛鬼跟在她身後從陰暗處走出來，我寬心地舒了口氣。

「他們可眞噁心！」克拉米夏說，嫌惡地對著仿人鴉皺起臉孔。

「看我們怎麼修理他們。」強尼說，一副全身充滿睪丸素的肌肉男模樣。

「他們是很噁心。但除了盯著我們，他們什麼也沒做。」另一個熟悉的聲音說。

「艾瑞克！」我大叫。史蒂薇．蕾笑著放開我，艾瑞克一把將我拉入他強壯的臂膀裡。

我的右側閃過一個影子，原來是傑克撲向戴米恩。

我抬頭看著艾瑞克。雖然置身在這麼一團混亂當中，我仍忍不住想著，但願我們之間的關係能變單純。霎時，我好希望只有我和艾瑞克，而不是像現在，除了艾瑞克，還有史塔克、卡羅納和西斯……「西斯呢？」我問道，退出他的擁抱。

艾瑞克嘆一口氣，下巴往他後面的修道院一揚，說：「在裡面。他沒事。」

我怯怯地傻笑，不知道該說什麼。

「柔依，卡羅納很快就會到。仿人鴉沒有發動攻擊，是因爲我們現在無意逃跑。他們只是替他看著我們。別忘了妳該做什麼事。」達瑞司的聲音打破艾瑞克和我之間的尷尬。

我點點頭，轉身對安潔拉修女說：「卡羅納會跟我們到這裡來。還記得我告訴過妳，他是不死生物嗎？」

「墮落天使。」她點點頭說。

「另外，記得我跟妳提到過的女祭司長嗎？她變得非常邪惡，我確定她會跟他一起來。他們兩個同樣危險。」

「我了解。」

「雖然我們無法殺死他，但我想我知道該如何將他逐出這裡。希望到時候奈菲瑞特也會跟他一起離開。不過，我需要妳的協助。」

「儘管吩咐。」安潔拉修女說。

「很好，我需要妳，」我告訴她，然後轉向史蒂薇．蕾，「還有妳。」

愛芙羅黛蒂走到我旁邊。「還有我。」她說。

「另外，我也需要阿嬤。我知道這對她來說很辛苦，不過我需要她出來這裡。我感覺到我們周圍有一種能量，我們等一下得站在這能量的中心點。」

「孩子，可以請妳去把柔依的阿嬤帶出來嗎？」安潔拉修女問克拉米夏。

「好的，修女。」克拉米夏說，快速跑開。

「聖母洞就是能量的所在。」安潔拉修女指向我背後，再指著我們此刻站立的這一側——所以，那地方介於仿人鴉蹲踞的樹叢、一片修剪整齊的草坪的西北角，以及我們之間。

我轉身望向她指的地方，驚訝地倒抽一口氣，不明白自己剛才怎麼沒注意到。這是我所見過最大的聖壇，由奧克拉荷馬州的巨大砂岩構築而成。每塊岩石都精挑細選，與相鄰的岩石嵌合得天衣無縫。整座聖壇的形狀像個大碗，讓我想起某些著名戶外劇場的照片。聖壇裡放置了一張長椅，幾處彎弧內側則有天然的岩石壁架。所有可以利用的地方，都點了小蠟燭。整個聖壇因燭光和冰雪的映照，而閃爍耀眼。我走向聖壇，凝視著我頭上幾呎高的優雅弧頂，不禁屏住呼吸。在那裡，靠近聖壇頂部的地方，有一尊我所見過最美的聖母雕像。聖母祈禱時的容顏安詳寧靜，往上看的眼神似在微笑。她腳邊有許多嬌豔的玫瑰圍繞著，彷彿她是從花朵之間誕生的。我端詳聖母臉龐，感覺到我的心臟噗通噗通跳得好用力。我認得這尊聖母馬利亞。我怎麼可能不認得？不過幾天前，她才以女神妮克絲的面貌顯現在我眼前。

「我可以感覺到這地方的力量。」愛芙羅黛蒂說。

「哇，這尊聖母雕像眞的好美。」傑克說。他和戴米恩牽著手，兩人仰頭凝望。

「看看這人行道，很完美。」史蒂薇．蕾說。

我低頭一看，發現水泥人行道從我們剛才下馬的地方一路延伸過來，抵達聖壇前面時變得更寬，還繞成一個圓圈。我笑著對史蒂薇．蕾說：「確實完美。」

「柔依，妳需要我們做些什麼？」安潔拉修女問。我還來不及回答，轟轟隆隆的引擎聲就將大家的注意力轉向被仿人鴉盤據的樹木和樹後方的道路。

我內心的恐懼逐漸高漲，看著兩天前送我回夜之屋的那輛黑色大悍馬逐漸接近，駛出道路，加速油門，突然轉彎駛下溝渠，然後從另一側爬上來，一路咆哮著穿過樹叢。樹上的仿人鴉紛紛振奮地撲翅，嘎嘎啼叫。

「修女，靠我近一點。」我說：「愛芙羅黛蒂、史蒂薇．蕾，妳們也站在我身邊。」

「我們來了。」愛芙羅黛蒂說，艾瑞克和達瑞司讓開，讓她們兩人站在我左右兩側。

「我需要阿嬤。」我說。

「她就來了，別害怕。」安潔拉修女說。

終於，那輛悍馬在快靠近馬兒的時候戛然停住，嚇得她們對車子鼓鼻噴氣，往後退到車棚下。車門打開，卡羅納和奈菲瑞特一起走下來。卡羅納全身上下只穿一件黑色長褲，背後的翅膀窸窣作響，微微展開。奈菲瑞特穿得一身黑，拖地的絲質禮服領口很低，露出垂掛在她雙乳之間的那只翅膀造型的瑪瑙墜子。像是一團氛圍的黑暗在她周遭搏動，使得她的濃密頭髮飛揚飄動。

「哇靠！」愛芙羅黛蒂低聲驚呼。

「對，我知道。」我說，覺得心情很沉重。

「喔，蒙福馬利亞！」站在我旁邊的安潔拉修女也驚愕地倒抽一口氣。

「別看他的眼睛！」我低聲對她說：「他有蠱惑人的催眠力量，別讓他影響妳。」

她遲疑了一下，打量卡羅納，然後說：「他不吸引我。不過，我確實可憐他，他顯然墮落了。」

「妳覺得他看起來幾歲？」我忍不住問她。

「很老，比土壤還古老。」

我沒時間告訴她，在我眼裡他只有十八歲，因爲悍馬車的駕駛這時下車了，走到卡羅納和奈菲瑞特旁邊。那是史塔克，他的眼睛立刻搜尋到我的雙眼。然後，他以幾乎難以察覺的動作，微微對我頷首鞠躬。

我聽見史蒂薇．蕾驚愕地倒抽一口氣，我們身後的紅雛鬼也騷動起來。

「射箭傷我的，就是那傢伙，對不對？」她問。

「對。」我回答。

「他蛻變了。」史蒂薇·蕾說：「他現在是紅色吸血鬼了。」

「他也是個他媽的叛徒。」愛芙羅黛蒂咕噥著，然後趕緊說：「對不起，修女。」

「別相信他，柔依。」達瑞司的聲音從我正後方傳來。「妳已經看見他選擇效忠哪一邊。」

「達瑞司，」我沒有轉頭看他，但語氣堅定地說：「你必須信任**我**，這代表你也必須信任我的判斷。」

「有時妳的判斷怪怪的。」依琳說。

「我聆聽妮克絲的時候就不會。」我說。

「那妳現在有在聆聽她嗎？」簫妮問。

我凝視著史塔克，想看他四周是否浮現黑暗。沒有，什麼都沒有。那裡只有史塔克，以及他堅定凝視著我的眼神。「我毫無疑問是在聆聽妮克絲。現在，圍繞著我們設立守護圈。」孿生的和戴米恩立刻從我後方的人群中走出來。戴米恩走到地上水泥圓圈的東側邊緣。我看不見簫妮，但我感覺得到她移動到我的後方。依琳則站在我們左邊的位置。有那麼片刻，我猶豫著，考慮從愛芙羅黛蒂、史蒂薇．蕾和安潔拉修女身邊走開，走到代表土元素的北方，但隨即發現，聖母洞就位於北方，而那條美麗的銀絲線形成圓圈時，也包含聖壇在內。

「妳無法永遠維繫這個守護圈，」卡羅納說，慢慢走向我們這一小群人。「但我可以永遠地追逐妳。」

「我的雛鬼們，」奈菲瑞特說，在卡羅納身邊緩緩走著，依然美麗，泰然自若，儼然仍是女祭司長。「柔依追求權力而誤入歧途，害你們置身險境，但你們現在覺悟不算遲。只要唾棄她，解除守護圈，你們就能重返你們女祭司長的溫暖胸懷。」

「若不是修女在這裡，我就會告訴妳，妳該怎麼處理妳下流的胸部。」愛芙羅黛蒂說。

「柔依沒有背離妮克絲。」依琳說。

「對，我們都知道，是妳背棄了女神，只不過柔依是第一個發現這件事的人。」簫妮說。

「瞧，她的邪惡話語是如何污染了妳們的判斷力？」奈菲瑞特說，聽起來似乎很傷心，而且願意包容我這幾個朋友的錯誤。

「那我的判斷力是被什麼給污染的？」安潔拉修女提高聲音說：「我幾乎不認識這孩

子，她的話語無法污染我，也無法讓我幻想出妳身上散發出來的黑暗。」

奈菲瑞特譏諷修女時，原本沉穩的表象瞬間崩裂。「人類女人，妳不過是個傻瓜。妳當然可以在我身上感覺到黑暗，因爲我的女神是黑夜的化身！」

但安潔拉修女的沉著不是表象，奈菲瑞特的話絲毫沒有影響她。她只淡淡地回答：「不對，我認識妮克絲。她雖然是黑夜的化身，卻絕不與黑暗往來。誠實點，女祭司，承認妳爲了那個生物而背離女神吧。」修女的手一揮，指向卡羅納，黑色修女袍優雅地飄動。「拿非利人，我認得你。現在我以聖母之名重申你已知道的事：你應該離開這裡。你從哪裡墮落下來，就該回哪裡去。悔改吧，或許你還有機會重返天堂，體驗永恆。」

「不准跟他說話，女人！」奈菲瑞特尖著嗓子說道，僞裝的沉著冷靜全都不見了。「他是來到人間的神，妳應該匍匐在他腳下膜拜他。」

卡羅納的笑聲好恐怖，仿人鴉跟著騷動不安，嘶嘶鳴叫。「小姐們，請勿爲我爭執。我是神！足夠妳們所有人分享。」他說這話是爲了回應奈菲瑞特和安潔拉修女，但他的琥珀色眼睛凝視著我。

「我永遠不可能跟你在一起。」我告訴他，無視於周遭所有人的可能反應。「我永遠選擇我的女神，而你與她所代表的一切截然相反。」

「妳別以爲——」奈菲瑞特開口想說話，但卡羅納舉手打斷她。

「埃雅，妳誤解我了。看看妳內心深處那個被創造來愛我的少女吧。」

我背後似乎發生什麼事，引起一陣騷動。我同時感覺到細微的震動，知道我們的守護圈被人闖入，而唯有女神允許，這種狀況才會發生。我想回頭看是誰加入我們，卻無法把目光從卡羅納魅惑人的凝視移開。

然後，她的手滑入我的掌心，她的愛打破卡羅納的魔咒。我高興地叫出聲，低頭看見阿嬤坐在輪椅上，由西斯推到我身邊。她看起來就像經歷了一場戰爭，手裹著石膏，頭纏著繃帶，臉仍然腫脹，帶著瘀青，但笑容和甜美的聲音依舊。

「我聽說妳需要我，我的**嗚威記阿給亞**？」

我捏捏她的手。「阿嬤，我永遠都需要妳！」

我回頭瞥了西斯一眼。他對我微笑，說：「把他踹出這裡，小柔。」說完，他走去站在艾瑞克和達瑞司旁邊。

這時，阿嬤已經從輪椅上站起來，慢慢往前跨出兩步，望向樹叢及樹上麇集的仿人鴉。

「喔，我母親的母親的孩子啊！」她大喊，聲音像黑夜裡部落傳出的響亮鼓聲。「你們讓他把你們變成了什麼樣？你們沒感覺到母親的血液嗎？你們沒想到她們爲你們心碎嗎？」

我驚訝地看到有幾隻仿人鴉竟然別過頭去，彷彿羞愧得無法面對我阿嬤。其他有些仿人鴉眼睛裡的紅光則開始消褪，我看見他們內心深處屬於人類的憂傷和迷惘。

「閉嘴，**阿尼．雲衛亞**。」卡羅納的聲音在我們四周轟隆作響。阿嬤教過我，所以我知道，卡羅納是用切羅基族人的古代稱呼來叫阿嬤。

慢慢地，阿嬤將注意力轉到這個長翅膀的生物。「我知道你，古人。你永遠學不會教訓嗎？難道一定要女人再次團結起來擊敗你嗎？」

「這次不會了，格希古娃。妳會發現，我這次沒那麼容易被囚禁。」

「或許這次我們只需等著你囚禁自己。我們族人非常有耐心，況且你以前就囚禁過自己。」阿嬤說。

「但這個埃雅不同，」卡羅納說：「她的靈魂在夢中呼喚我。不消多久，她醒著的肉體也會呼喚我。到時候我將完完全全擁有她。」

「不，」我堅定地說：「你以爲你可以擁有我，彷彿我是某種財產，這是你犯的第一個錯。我的靈魂確實被你吸引，」我終於大聲承認——而我發現，誠實帶給我令人驚異的力量——「但就像你說的，我是不同的埃雅，我有自由意志，而我的意志**絕不**將我自己交給黑暗。所以，這樣吧：你現在離開，帶著奈菲瑞特和仿人鴉，離這裡遠遠的，找個地方好好生活，別再傷害任何人。」

「不然呢？」他問，一臉興味盎然。

「不然我就把你踹出這裡，套用我人類伴侶的話。」我堅決地說。

他興味盎然的表情綻開，變成迷人的笑容。「埃雅，我不相信我會離開這地方，因爲我發現我非常喜歡陶沙市。」

「記住，這是你自找的。」我說。然後，我告訴我四周的女性：「那首詩說：結合不是爲了征服，而是要得勝。我是夜，我領妳們找到安潔拉修女——她是靈。」我伸出左手，安潔拉修女緊緊握住。「史蒂薇·蕾，妳是血。愛芙羅黛蒂，妳是人性。」

史蒂薇·蕾走向安潔拉修女，握住修女的另一隻手，然後看著愛芙羅黛蒂。她點點頭，握住史蒂薇·蕾伸出的手。

「她們在做什麼？」奈菲瑞特的聲音比之前接近，我抬頭發現她正快速靠近我們。

「埃雅！妳在做什麼蠢事？」卡羅納的聲音不再興味盎然，他也快速逼近我們的守護圈。

「土給予圓滿。」我對阿嬤伸出手。

「別讓那個格希古娃加入她們！」卡羅納大喊。

「史塔克！殺了她。」奈菲瑞特下令。

「不是殺埃雅！」卡羅納大吼：「是殺那個老格希古娃。」

我屏息凝視史塔克的眼睛。這時，奈菲瑞特說：「殺了柔依，這次別失手，瞄準她的心臟！」就在她說話之際，黑暗從她四周陰暗處爬出，像蛇一般爬向史塔克。我看見它纏繞他的腳踝，開始往上爬向他的身體。我清楚看見史塔克內心在掙扎。所以，奈菲瑞特的黑暗力量還是能影響他。我的胃揪緊。難道他對我立下的戰士誓約不足以打破奈菲瑞特的蠱惑嗎？我想信任他，而且我已決定信任他。這會是個愚蠢的錯誤嗎？

「不！」卡羅納咆哮道：「別殺她！」

「我不會跟任何女人分享你！」奈菲瑞特大喊。她的頭髮飛揚飄拂，而且她似乎變得愈來愈高大。我想得果然沒錯，無論是肉體或靈魂，她已不再是以前的她。她迅速轉身面向史塔克：「藉由我喚醒你的力量，我命令你瞄準目標，一箭命中柔依的心臟！」

我盯著史塔克，試圖透過念力讓他選擇良善，守住良善，摒棄奈菲瑞特甜膩的黑暗。忽然，我看出他知道自己該怎麼做。他和我彷彿又回到室內田徑場的那個小房間，我聽見自己對他說：**我的心是你的**……而他回應：**那我們兩個都要平平安安。沒有心，很難活下去……**

「那個才是我不會失手的目標。」史塔克隔著冰冷的距離對我講話，彷彿當下只有我們兩人。「她的心，有一部分被我當成自己的心。」當他做出決定，攫住他的黑影霎時消散。驚恐的感覺霎時湧上心頭，我知道他想做什麼。

他瞄準我，拉弓，發射。

他一射出箭，我高聲大喊：「風、火、水、土、靈！聆聽我！別讓箭射中他！」我將力量擲向史塔克，傳送出所有五元素。利箭發出詭異的微光，忽然不再飛向我，而是掉頭飛向史塔克的心臟。箭離他胸口不過幾吋時，元素以驚人的力量擊爆它，碎裂它。史塔克被撞飛出去，癱倒在地上，但沒有中箭。

「妳這個臭婊子！」奈菲瑞特尖聲吼叫：「妳不會得逞的！」

我不理會她，向阿嬤伸出手。「土給予圓滿。」我重複這句話。

阿嬤握住我的手。於是，我們五人連結起來，面向急速進逼的卡羅納和奈菲瑞特。

「別咒罵他們。」安潔拉修女的聲音是如此平靜，彷彿來自另一個世界。「他太熟悉黑暗、憤怒和詛咒了。」

「要祝福。」史蒂薇．蕾說。

「對，充滿憎恨的人不知道如何面對愛。」愛芙羅黛蒂說，與我的目光短暫交會，露出微笑。

「祝福他，阿嬤。我們跟著妳一起做。」我說。

然後，阿嬤發出洪亮的聲音，因靈與血、夜與土的力量，以及愛的人性的加持，她的聲音變得加倍嘹亮。「卡羅納，我的巫度。」阿嬤以切羅基族語的「弟兄」來稱呼他。「我要給你我的祝福。」阿嬤開始吟誦切羅基族的古老祝福辭。「願來自天堂的溫煦和風飄送到你家……」

我們五人齊聲複誦：「願來自天堂的溫煦和風飄送到你家……」

阿嬤繼續吟誦：「願偉大神靈祝福所有進入你家的人……」

這次，戴米恩和孿生的也跟著我們複誦。

阿嬤的聲音穩定有力。「願你的鹿皮鞋在各處雪地踏出歡樂的足跡……」

這次，當我們高聲複誦阿嬤的話，在守護圈裡的所有人都加入我們。連我們背後也響起祝福聲，我知道本篤會的修女已走出避難所，加入我們的祈福。

當阿嬤說出最後一句，她的聲音充滿了愛、溫暖與全然的喜悅，我忍不住淚水盈眶。

「願彩虹永遠撫觸你的肩膀……」

接著，在眾人的祝福聲中，我聽見卡羅納痛苦地叫喊。他踉踉蹌蹌走過來，離我不過幾步時，突然站定不動。奈菲瑞特站在他旁邊，美麗的臉因憎恨而扭曲。他向我伸出手。

「埃雅，爲什麼？」他說。

我凝視他令人讚歎的琥珀色眼眸，用眞話來驅逐他——「因爲我選擇愛。」

串起我們守護圈的閃亮銀線發出一道刺眼光芒，從我身上彈出，纏繞卡羅納和奈菲瑞特。我看著銀線光束形成的繩套開始收緊。我知道這道銀線不只是由五元素構成，更透過夜和靈、血和人性，變得更強韌，而且穩固地根植於土。

卡羅納發出可怕的哀號，踉蹌後退，奈菲瑞特抓著他不放。她身上散發出的黑暗開始扭曲蠕動，而她也痛苦地放聲尖叫。他的目光停留在我身上，但雙手抱著奈菲瑞特，張開夜色般黑黝的雄偉翅膀，一躍飛上天空。他在半空中盤旋片刻，撲翅對抗地心引力。原先縛住他們的銀線往下彈跳，取得更大彈力，如鞭子一般揮向他們，將長翅膀的男人和墮落的女祭司長擲出，高高地擲出，直到他們隱沒在雲層裡，一群仿人鴉哀叫著尾隨而去。

他一從我的視線消失，我立刻感受到熟悉的灼熱感在我的胸膛擴散。我知道下一次照鏡子時，我會看見女神恩寵的另一個記印。只不過，這個記印將交織著傷疤，以及深沉的、心碎的痛。

尾聲

眾人沉默了似乎好長一段時間。然後，我彷彿不自覺地逐一感謝元素，解除守護圈，幫阿嬤坐回輪椅。安潔拉修女開始關照每個人，叨叨絮絮地說我們一定又濕又冷又疲憊，招呼大家進入修道院，說裡面有熱巧克力和乾爽的衣服等著我們。

「馬。」我說。

「已經妥善照顧了。」安潔拉修女朝兩位修女的方向點點頭。我認出她們是我去流浪貓之家當義工時，見到的畢昂卡修女和法蒂瑪修女。她們正牽著三匹馬走向旁邊一棟小建築物。現在那裡是一間植栽溫室，不過，厚重的石塊地基顯示，它很久以前有可能曾經是馬廄。

我點點頭，覺得虛脫無力。我叫喚達瑞司。然後，我走向一動也不動的史塔克，他、艾瑞克和西斯緊跟在我後面。

他倒在悍馬旁的地上，被車子的大燈照得全身通亮。他的上衣已經燒破，露出胸口被一截斷箭灼傷的，血淋淋的烙痕。那傷口看起來很糟，不只紅腫、流血，而且瘀青，彷彿被熱燙的熨斗狠狠擊中。我強自振作起來。之前我已見過他死一次，我可以再承受目睹他死第二次的。我深吸一口氣，跪在他身邊，握住他的手。我猜對了，他沒有呼吸了。但是，一被我碰觸，他立刻深吸一口氣，咳嗽，張開眼睛，痛苦地皺起臉孔。

「嗨，」我輕聲說，淚眼朦朧地對他微笑，心中默默地感謝妮克絲彰顯奇蹟。「你還好嗎？」

他低頭看著自己胸膛。「很怪的燒灼感。但除了覺得被五元素撞倒、碾過以外，我想，我應該沒事。」

「你嚇死我了。」我說。

「我自己也嚇到了。」他說。

「戰士，你立誓爲一位女祭司長效力，可不是爲了要把她嚇死，而是爲了保護你的尊貴小姐免於死亡。」達瑞司說著，手伸向史塔克。

史塔克抓住他的手，痛苦地慢慢站起來。「嗯，」他又露出我很愛的那種冷傲的微笑，「爲這位小姐效力，可能得重寫所有的規則。」

「這哪需要你說？」艾瑞克說。

「是啊，我們早就知道了。」西斯說。

「喔，要命。」我對著我的男孩們搖頭。

「柔依鳥兒，看上面！」阿嬤叫我。我抬頭，驚訝地深吸一口氣。烏雲完全消散了，清朗的天空掛著一彎皎潔的弦月。月光是如此明亮，驅走了卡羅納在我心頭種下的困惑和哀傷。

安潔拉修女走到我旁邊，也仰望著夜空。當月亮在她臉上投下一束美麗的光，她的面容似乎變成了聖母馬利亞的雕像。

「妳知道的，他和她的事情還沒結束。」她輕聲說，只說給我一個人聽。

「我知道。」我說：「但不管發生什麼事，我的女神都會與我同在。」

「還有妳的朋友，孩子，還有妳的朋友。」

窺獵 / 菲莉絲.卡司特（P. C. Cast）, 克麗絲婷.卡司特（Kristin Cast）著；
郭寶蓮譯.
-- 初版. -- 臺北市 : 大塊文化, 2011.04
面； 公分. -- (R;35 夜之屋 ; 5)
譯自 : Hunted : the house of night , book 5
ISBN 978-986-213-248-7(平裝)

874.57 100003909

LOCUS

LOCUS

LOCUS

LOCUS